The 5th Wave 2 : The Infinite Sea

無垠之海

——第五波 2

瑞克・楊西——著 丁世佳——譯

獻給我太太珊蒂，無垠的守護者

情如大海廣闊，愛似汪洋深邃，
為你付出越多，擁有越多，因為兩者皆無垠無邊。
——威廉·莎士比亞

Contents

楔子：麥子 009

第一部

第一章 老鼠的啟示 015
第二章 逐漸瓦解的一切 045
第三章 最後的星星 079
第四章 百萬分之一 115
第五章 代價 121
第六章 成為扳機 179

第二部

第七章 一切的總和 189
第八章 歡迎來到迪比克 295

謝辭 299

楔子：麥子

不會有收割。

春雨喚醒沉睡的新芽，鮮豔的綠莖從潮濕的土壤中竄出，像久睡後醒來伸懶腰的人一樣挺立。春去夏來，鮮豔的綠莖顏色逐漸變深，轉為金褐。白日又長又熱，高聳迴旋的厚重烏雲帶來雨水，棕色的麥桿在蒼穹下的永恆暮色中閃閃發光。成熟的麥穗垂著頭在草原的風中搖擺，猶如波濤起伏的帷幕，如一片延伸到地平線盡頭的無垠汪洋。

但收割的季節不再有農夫摘下莖上的麥穗，用長繭的雙手互搓，吹掉麥糠；不再有收割者咀嚼麥子，感受細緻的外殼在齒間裂開。農夫已經死於瘟疫，他倖存的家人逃到臨近的城鎮，在那裡他們也染病身亡，加入死於第三波的數十億人潮。農夫的祖父蓋的老農莊現在成了無垠棕色汪洋中的孤島。白日漸短，夜晚轉涼，麥子在乾燥的風中碎裂。

麥子幸運地熬過冰雹和夏日暴風雨的閃電，但運氣不足以讓它躲過寒冷。等倖存者到老屋避難的時候，麥子已經死於深霜的摧殘之下。

男人輪流在門廊上放哨。白天無雲的天空是明朗的藍色，低低掛在地平線上方的太陽把單調的棕色麥田照得閃爍金光。夜幕並非輕柔地降下，而是近乎猛然憤怒地撲向地面，星光將金棕色的麥子轉變成閃亮的銀色。

機械化的世界已經逝去。地震和海嘯摧毀沿岸。瘟疫吞噬數十億人。

門廊上的男人望著麥田，想知道接下來還會發生什麼事。

某天下午，男人看見麥穗如死海分開，知道有人正踩著麥田朝老農莊走來。他呼喚屋內其他人，一個女人走了出來，跟他一起站在門廊上。他們望著高聳的麥桿消失在棕色汪洋中，彷彿被地球吸了進去，不管是誰——還是**什麼東西**——都隱身在麥田之中。男人在前院等待，女人在門廊上等待，其他人在屋內把臉貼在窗戶上等待。沒有人說話，他們等著麥田的帷幕分開。

帷幕分開時，出現了一個孩子。等待的僵局被打破了，門廊上的女人奔上前，壓下男人手中步槍的槍管。**他只是個孩子，你要開槍打小孩嗎？**男人的面孔因遲疑和失去一切的憤怒而扭曲。**我們怎麼知道？**他問女人。**我們現在要如何確定？**孩子走出麥田，踉蹌倒下。女人跑過去抱起他，將男孩骯髒的面孔貼在胸前，男人帶著槍走到她面前停下。**他快凍死了，我們得帶他進去。**女人走過男人身旁，上了台階，進入屋內。男人低下頭，彷彿在禱告，然後哀求般的抬起頭。他等了幾分鐘，看還有沒有其他人從麥田裡走出來，因為他無法相信一個無助的小孩能在無人保護之下存活這麼久。真有這種可能嗎？

他走進老農莊的前廳，看見女人把孩子抱在膝上。她替孩子裹上毯子，給他水喝。他凍紅的小手握著杯子，其他人都在房間裡，沒人說話，他們全都驚愕地瞪著這個小孩。**怎麼會有這種事？**小孩低聲嗚咽，視線掃過每個人的臉，找尋熟悉的面孔，但全是陌生人，就像世界末日之前他們也都是陌生人一樣。他說他好冷，說他喉嚨痛。他的喉嚨受傷了。

抱著他的女人要他張開嘴。她看見他喉嚨裡發炎的組織，但她看不見埋在喉嚨裡猶如髮絲的細線。她看不見細線，也看不見細線末端的小膠囊。她彎腰低頭望進他嘴裡時，不知道孩子體內的裝置能偵測到她呼出的二氧化碳。

我們的呼吸是扳機。

我們的孩子是武器。

爆炸頓時將老農莊夷為平地。

農莊、其他建築物和每年都會裝滿收成的穀倉頓時蕩然無存，但麥田花了比較久的時間才燃燒殆盡。乾燥輕軟的麥桿被火焰燒成灰燼，日落時強勁的北風掃過原野，將灰燼吹上天空，送到數百公里之外，然後再像灰黑的雪花一般，淡漠地覆蓋在荒蕪的大地上。

The Infinite Sea

第一部

第一章

能者之章

The Problem of Rats

老鼠的啓示

1

世界是一座發條漸鬆的時鐘。

我在寒風它冰冷的手指抓搔窗戶時聽見，我在老舊旅館裡發霉的地毯和腐壞的壁紙上聞到，我在睡著的茶杯胸口感覺到。她的心跳，她呼吸的律動，在冰冷的空氣中如此溫暖。時鐘的發條漸漸鬆弛。

凱西．蘇利文在房間另一端的窗口放哨，月光從她身後窗簾的縫隙滲入，照亮她吐出的冰冷氣息。她的小弟睡在離她最近的床上，在層層被子覆蓋下如一丘小小的隆起。窗戶、床鋪、再望回窗戶，她的頭像鐘擺一樣來回。她轉頭的動作和規律的呼吸跟雞塊一樣，跟茶杯一樣，跟我一樣，象徵著時鐘的發條漸漸鬆弛。

我溜下床。茶杯在睡夢中呻吟，縮進被子裡。雖然只差靴子跟外套，我全身都裹著衣服，寒冷還是籠罩了我，讓我難以呼吸。我從床腳拿起外套，蘇利文在另一頭望著我穿上靴子，我走向櫃子拿起帆布背包和步槍，然後走到窗邊站在她身旁。我覺得離開之前應該說點什麼，因為我們可能再也見不到對方了。

「所以就這樣？」她說。白色的皮膚在月光下微微發亮，臉上的雀斑彷彿是浮在她的鼻樑和面頰上方。

我調整了一下肩膀上揹的步槍。「就這樣了。」

「那個……我明白他為什麼叫作小飛象，因為他的耳朵很大。雞塊這名字我也懂，因為山姆個子小。茶杯我也明白。但我不大清楚為什麼要叫班恩僵屍，他不肯說。磅蛋糕的話，我猜是因為他肉肉的。那能者又是為什麼？」

我知道她為何這麼問，因為除了僵屍和她弟弟之外，她誰也不相信，而能者這個名字激起了她內心的懷疑。我向她聲明：「我是人類。」

「是啦，」她從窗簾的縫隙望向樓下的停車場，地面上的結冰閃閃發光。「有人也跟我說過同樣的話，我就傻傻地相信了。」

「在現在這種情況下，我覺得妳沒有那麼傻。」

「少裝了，能者，」她怒道：「我知道妳不相信艾文的事。」

「我相信**妳**，沒道理的是他說的話。」

我在她要流淚之前走向門口。不能拿艾文．沃克來逼問凱西．蘇利文。我不認為她要負責，艾文是她攀住懸崖用的小枝，如今他已經不在了，她則攀得更緊了。

茶杯沒有出聲，但我感覺到她的視線，我知道她醒了。我走回床邊。

「帶我一起走。」她低聲說。

我搖頭，我們已經爭論過一百遍了。「我去個幾天而已，很快就回來。」

「妳保證？」

不行，茶杯，保證是現在唯一可行的抵用品，必須非常謹慎地使用才行。她的下唇開始顫抖，眼中泛淚。「嘿，」我輕聲說：「我怎麼跟妳說的，大兵？」我忍住安撫她的衝動。「第一優先是什麼？」

「不要往壞處想。」她聽話地回答。

「因為想壞事會怎樣？」

「會讓我們變得軟弱。」

「變得軟弱會怎樣？」

「我們就會死。」

「我們想死嗎？」

她搖頭：「還不想。」

我摸摸她的臉，冰冷的面頰，溫暖的眼淚。**還不想**。人類時鐘上的時間所剩無幾，這個小女孩可能已經步入中年，而我和蘇利文都是老人。僵屍？他根本就是古人了。

他在前廳等我，亮黃色連帽罩衫外是一件滑雪外套，全都是從旅館裡的屍體上剝下來的，僵屍逃出避風營時只穿著單薄的手術袍。他的臉在淩亂的鬍子下因高熱發紅，我開槍打他造成的傷口在他逃出避風營時裂開，我們十二歲的醫護兵替他緊急處理，但現在傷口一定感染了。他靠著旅館櫃台，一隻手按著身側，試著露出沒事的樣子。

「我還以為妳改變主意了。」僵屍說。深色的眼睛閃閃發光，好像在開玩笑，也可能是因為他在發燒。

我搖搖頭：「茶杯。」

「她不會有事的。」他把那殺手般的笑容從籠子裡放出來試圖安撫我。我認為僵屍並不真的明白保證是如何珍貴，否則他不會這麼輕易說出。

「我擔心的不是茶杯。你看起來糟透了，僵屍。」

「天氣太冷，讓我的臉色不大好看。」他再度露出微笑，傾身向前，要我回應他的笑容。「總有一天，能者下士，妳會因為我說的話而笑，然後地球就裂成兩半啦！」

「我沒有打算要負那種責任。」

他笑起來，我彷彿聽見他胸口的震動。「來。」他又給了我一本洞窟觀光小冊。

「我有一本了。」我告訴他。

「還是收著，以防掉了另外那本。」

「我不會掉的，僵屍。」

「我讓磅蛋糕跟妳一起去。」他說。

「不用。」

「下令的人是我，我說要就要。」

「我不需要磅蛋糕跟我一起去，你比較需要他留在這裡。」

他點點頭。他知道我會拒絕，忍不住再試最後一次：「或許我們應該放棄，」他說。「我是說，這裡也沒有那麼糟，雖然大概有一千隻臭蟲、幾百隻老鼠、幾十具屍體，但是景色很漂亮……」

他還在開玩笑，還在試圖逗我。他看著手上的小冊，**全年攝氏二十三度！**

「有一天我們會被大雪困住，或是氣溫再次下降。你知道我們沒有辦法這樣下去的，僵屍，我們已經在這裡待太久了。」

我真不明白。我們都已經討論到快掛了，他還想繼續爭論。有時候我真搞不懂僵屍到底想要怎樣。

「我們得冒險，你知道我們不能盲目地衝過去。」我繼續說：「洞窟裡很可能有其他生還者，他們或許不會歡迎我們，尤其他們若遇過蘇利文的消音器的話。」

「或是遇過像我們這樣的大兵。」他加上一句。

「所以我需要先去看看，過幾天就回來。」

「這下子妳跟我保證過了。」

「這不是保證。」

我們已經無話可說。當然我們還有幾百萬句話可說。這可能是我們最後一次見面，他心裡也正這麼想，因為他說：「謝謝妳救了我。」

「我開槍打了你，你可能會因此而死。」

他搖搖頭。他的眼睛因高燒而閃亮，他的嘴唇發灰。為什麼要叫他僵屍？這簡直就是不祥之兆。

我第一次看見他的時候，他在操場上握著拳頭做伏地挺身，血在他拳頭下的柏油地上積聚。**那傢伙是誰？**我問。**他叫僵屍**。他們說他跟瘟疫對抗，打了勝仗。我不相信。沒有人能打敗瘟疫，瘟疫就是死刑。訓練士官瑞茲尼克彎身對他大吼大叫，僵屍穿著寬鬆的藍色連身裝，強迫自己突破不可能的極限。我不知道當他命令我開槍打他，好讓他實現他對雞塊不可能的保證時，我為何覺得驚訝。因為當你直視死亡，而死亡先眨了眼的時候，天底下似乎就沒有不可能的事了。

就連讀心術也一樣。「我知道妳在想什麼。」他說。

「不，你不知道。」

「妳在想妳是不是該跟我吻別。」

「你為什麼要這樣？」我問：「為什麼要跟我打情罵俏？」

他聳聳肩。他的微笑有點古怪，跟他靠著櫃台的身體一樣。

「這很正常啊，妳不想念正常嗎？」他問道，深深望入我眼中。他總是在探詢，我從不確定他要找什麼。「妳知道的，得來速、星期六晚上的電影、冰淇淋三明治，還有推特？」

我搖搖頭：「我不玩推特。」

「臉書呢？」

我有點不爽了。有時候我很難想像僵屍是怎麼撐到現在的。懷念失去的一切就像在期望永遠不會發生的事情一樣，兩者都是令人絕望的死巷。「那不重要，」我說：「那些都不重要。」

僵屍的笑聲從腹腔深處傳來，像溫泉的熱氣冒上地表。我不再覺得不爽了，我知道他在施展魅力，也知道他這麼做並不會降低他對我的影響。這是僵屍另一個有點嚇人的地方。

「真有趣，」他說：「我們以前都覺得那些玩意兒重要得不得了。妳知道真正重要的是什麼嗎？」他等著我回答。我覺得我好像掉進了他的笑話陷阱，什麼也沒說。「上課鈴。」他說。

他把我逼到了角落，我知道他在操控我，但沒辦法阻止他。「上課鈴？」

「那是世界上最正常的聲音。等到一切結束後，上課鈴就會再度響起。」他進一步說，或許是怕我不明白。「妳想想看，當上課鈴再度響起，一切就回復正常了。孩子們趕著去上課，無聊地坐等下課鈴響，想著那天晚上、那個週末、接下來的五十年要做什麼。他們會像我們一樣學到天災、疾病和世界大戰，妳知道的：『外星人來的時候，死了七十億人。』然後鈴聲響了，大家都去吃午飯，抱怨薯球不脆，像是：『哇，七十億人耶，超多的，好慘喔！這些薯球你都要吃掉嗎？』**那才正常，那才重要。**」

原來不是笑話。「不脆的薯球？」

「好啦，隨便。我在胡說，我是白癡。」

他微笑起來，他的牙齒在亂糟糟的鬍子之間看起來非常潔白。既然他之前說了，現在我真的開始考慮要吻他，想知道他唇上的鬍渣會不會讓我發癢。

我甩開這個念頭。保證是無價的，吻也是某種保證。

2

星光肆無忌憚地穿越黑暗，將公路籠罩在一片珍珠般的白光中。乾草微微發亮，除了掃過荒蕪大地的風聲之外，整個世界都陷入冬日的沉寂。

我在一輛報廢的休旅車旁蹲下，望了旅館最後一眼，它像一堆平凡無奇的白色方塊中平凡無奇的一棟。這裡距離曾是避風營的巨大坑洞只有六公里，我們稱此為「沃克旅館」，為了紀念創造那個巨大坑洞的人。蘇利文告訴我們她跟艾文約好要在這家旅館會合，但我覺得這裡距離案發現場太近，也難以防守。反正艾文．沃克應該已經死了，我提醒僵屍，會合需要兩個人。我被否決了。如果沃克真的是它們之一，他或許有辦法逃生。

「他要怎麼逃出來？」我問。

「有逃生艙。」蘇利文說。

「所以呢？」

她皺起眉頭，深吸一口氣：「所以……他或許會搭上其中一個逃生艙逃出來。」

我望著她，她回望我，我們倆不再說話，然後僵屍說：「好吧，我們總得找個地方待一陣子。能者，」那時他還沒有找到洞窟的觀光小冊。「我們應該給他一個機會證明。」

「給他機會證明什麼？」我問。

「證明他是他說的那個人，」僵屍望向蘇利文，後者仍怒瞪著我。「讓他實現他的承諾。」

「他保證他會來找我。」她解釋道。

「我有看見貨機，」我說：「但沒有看見任何逃生艙。」

蘇利文的臉在雀斑下面紅了起來。「妳沒有看見並不表示……」

我轉向僵屍：「這跟本說不通！一個比我們先進好幾千年的傢伙背叛自己的同類——為了什麼？」

「我還沒有開始填答案。」僵屍半笑著說。

「他的整個說法都很怪，」我說：「純粹的心智佔據人類軀體——如果它們不需要軀體，那也不需要這個星球才對。」

「或許它們需要星球是有別的原因。」僵屍努力地為之辯解。

「什麼？養家畜嗎？當度假勝地嗎？」我覺得有點不對勁，一個小聲音執拗地說：**這有點不對**

勁。但我不知道哪裡不對勁，每次我想抓住那個點的時候，它就迅速逃開。

「當時我們沒有時間談論細節，」蘇利文叫道：「我只是想把我弟弟從死亡集中營裡救出來而已。」

我不再逼她，她的腦袋看起來快爆炸了。

我往後瞥最後一眼，看見她腦袋的剪影映在旅館二樓窗戶上。這很糟，真的很糟，她根本就成了狙擊手的活靶子，而她碰到的下一個消音器可能不會像第一個那樣被愛情沖昏頭。

我躲到路邊一排單薄的樹木後面，凍硬的秋天落葉枯木在我的靴子下碎裂，樹葉像拳頭一般蜷起，垃圾和人骨四處散落。寒風帶來微微的煙味，世界會燃燒百年，火焰會吞噬所有用木材、塑膠、橡皮和布料製作的東西，然後水和風和時間會將石頭與鋼鐵化為粉末。意外的是，我們原本都想像城市會被外星人的炸彈和死光摧毀，但事實上它們只需要大自然和時間就可以了。

根據蘇利文的說法，它們還需要人類軀體。雖然蘇利文也說過，它們不需要軀體。

無形的存在不需要實體的星球。

我第一次這麼說的時候，蘇利文充耳不聞，僵屍則露出這不重要的樣子，他說不管原因是什麼，到頭來它們就是要把我們全部殺光，其他一切都只是無關緊要的噪音。

或許吧，但我不這麼認為。

因為那些老鼠。

我忘記跟僵屍提起老鼠的事。

3

天亮的時候，我抵達伊利諾州的厄巴納南郊。依照計畫，距離目的地還有一半路程。雲層從北方逼近，太陽從雲層底下冒出頭來，將天際的雲染成發亮的棕紅色。我得在樹林裡躲到晚上，然後越過城市西邊的原野，祈禱頭上的雲層不要散去，至少撐到我抵達另一邊的公路為止。繞過厄巴納需要多走幾公里路，但比起在白天穿越城市，在晚上穿越城市的風險更大。

一切都有風險。

霧氣從凍結的地面上升起，天氣嚴寒，冰冷的空氣壓迫著我的臉，每次呼吸胸口都會作痛。我感覺到深植在基因中對火的古老渴望。學會用火是人類跨出的第一大步。火保護我們，使我們溫暖，讓我們的飲食從堅果和梅子轉為蛋白質豐富的肉類，改變了我們的大腦。而現在火是敵人的另一種武器。寒冬已至，我們夾在兩種風險中進退兩難：凍死，或是讓敵人知道我們的位置。

我靠著一棵樹，拿出小冊子。**俄亥俄州最多采多姿的洞窟！**僵屍說得對，沒有避寒的地方我們熬不過冬天，這些洞窟是我們最好——或者是唯一——的賭注。或許那裡已經被佔據，不然就是已經被敵人摧毀；或許那裡的倖存者看見陌生人就會開槍。但只要我們多待在旅館一天，風險就增加十倍。

洞窟行不通的話，我們就沒有其他選擇了。無處可逃，無處可躲，作戰的念頭簡直荒謬，時鐘即將停止。

我對僵屍指出這一點的時候，他說我想太多了。他先是微笑，然後收起笑容說：「不要讓它們搞亂妳的腦袋。」彷彿這是一場美式足球賽，我只需要中場休息打氣一番。**不要去想五十六比零的分數，抬頭挺胸地比賽吧！**這種時候我會想甩他耳光，當然甩他耳光也沒有用，但至少能讓我好過一點。

微風停止了，空氣中瀰漫著風雨欲來的寂靜。如果下雪的話，我們就會被困住。我困在樹林裡，僵屍困在旅館裡。我距離洞窟還有大約三十公里——我應該冒險在白天穿越原野，還是冒著可能會下雪的風險等到晚上？

又是風險，一切都是風險，不只我們有風險，它們也有風險。侵入人類體內，設置死亡集中營，訓練小孩完成種族滅絕大業，這一切既瘋狂又愚蠢，就像艾文．沃克一樣，不協調、不合邏輯、詭異到了極點。它們一開始的攻擊猛烈而有效率，幹掉了百分之九十八的人口，直到第四波都有點道理：如果人類無法互相信任，就難以組織有效的反擊。但在那之後，它們高明的策略卻逐漸失靈。花了一萬年的時間策劃如何除去地球上的人類，就只能想出**這種**方法？自從茶杯和老鼠之夜以後，我腦中反覆思考這個問題，無法停止。

我身後左邊的樹林深處，輕微的呻吟聲劃破了寂靜。我立刻聽出那是什麼聲音，自從它們到來之後，我已經聽過上千遍。早期幾乎無所不在，就像持續的背景噪音，就像繁忙的高速公路上的車聲。那是人類痛苦的聲音。

我從背包裡掏出眼帶，小心地調整左眼鏡片，刻意不慌不忙，因為驚慌會讓神經元罷工。我站起來，檢查步槍的槍機卡榫，然後在樹林間穿梭，朝那個聲音前進，掃視四周找尋「被侵」的綠色光點。霧氣籠罩林間，整個世界都是白色的。我的靴子踩在冰凍的地面上震耳欲聾，我的呼吸就像音爆。

精緻的白色帷幕分開了，我看見二十公尺外有個身影頹然靠在樹上，他仰著頭，雙手放在大腿上。他的腦袋沒有在我的眼帶中發光，這表示他不是一般人，他是第五波之一。

我用步槍對準他的腦袋：「你的手！讓我看你的手！」

他張著嘴，空洞的眼神望著閃亮的結冰枯枝間的灰色天空。我走近一些，看見一把跟我一樣的步槍，就在他身旁的地上，他沒有伸手拿槍。

「你的小隊在哪裡？」我問。他沒有回答。

我放下武器。我是白癡。在這種天氣時我應該會看見他呼出白霧，但眼前什麼也沒有，我聽到的呻吟一定是他最後的聲音。我慢慢地繞著他走一圈，屏住氣息，但除了樹林跟霧氣之外我什麼也沒看見，除了自己的血流在耳中咆哮之外我什麼也沒聽見。然後我走向屍體，強迫自己不慌不忙，注意所有細節。不要驚慌，驚慌會害死妳。

跟我一樣的槍，一樣的制服。他的眼帶掉在旁邊的地上，他是第五波沒錯。

我打量他的面孔，看起來有點眼熟。我猜他大概十二三歲，跟小飛象差不多年紀。我在他身邊跪下，伸手摸他的脖子，沒有脈搏。我解開他的外套，拉起染血的襯衫找尋傷口，他被一發大口徑子彈擊中腹部。

但我沒有聽到子彈聲。若不是他已經躺了好一會兒，就是槍手用了消音器。

消音器。

根據蘇利文的說法，艾文．沃克獨自一人在黑夜裡幹掉了整個小隊，他受了傷，還以寡敵眾，這有點像是他一手炸掉整個軍事基地之前的暖身。當時我覺得難以置信，現在我腳邊有個死掉的大兵，他的小隊在任務中失蹤，而我獨自被乳白色的霧氣和死寂的樹林包圍。

現在沒有那麼不可信了。

快動腦筋，不要驚慌。就跟西洋棋一樣，衡量可能性，評估風險。

我有兩個選擇：留在原地看會發生什麼事，等到天黑；不然就迅速離開樹林。殺了他的人可能就在幾公里之外，或是躲在某棵樹後面等待時機開槍。

可能性越來越多。他的小隊呢？死了？被殺他的人幹掉了？如果打死他的人是變成桃樂西的大兵呢？別管他的小隊了。增援部隊來的時候我該怎麼辦？

我抽出刀子。我發現他之後已經過了五分鐘，如果有人發現我的話，我早就已經死了。我選擇等到天黑，這期間萬一有脫隊的第五波朝我襲來，我得做好準備。

我沿著他的頸背摸索，找到疤痕底下的小突起。**保持鎮靜。就像西洋棋一樣，思考步驟跟對策。**

我慢慢割開疤痕，用刀尖挑出晶片，上面沾著一滴血。

這樣我們就知道妳在哪裡，我們就可以確保妳的安全。

風險。在眼帶中變成綠色的風險，敵人可以按一個鈕就把我的腦子炸掉的風險。

晶片躺在血滴裡。樹林裡是一片可怕的沉寂，揮之不去的寒意和猶如交纏的手指攀在枝枒間的霧氣。僵屍的聲音在我腦袋裡說：**妳想太多了。**

我把晶片塞到口腔內側和牙齦之間。真蠢，我應該先擦一擦，我嚐到那孩子的血。

4

我不是獨自一人。

我看不到他，聽不到他，但感覺得到他。我身體的每一吋都因為被監視而感到刺痛，現在這已經是一種不適卻熟悉的感覺，從一開始就揮之不去，母艦默默地在軌道上徘徊十天，就讓人類社會產生裂縫。這是另一種瘟疫，不確定、恐懼、驚慌，壅塞的公路、荒廢的機場、擠爆的急診室、封鎖的政府機關，食物和天然氣短缺，有些地方開始戒嚴，有些地方無法無天。獅子蹲在草叢中，羚羊嗅聞空氣，暴風雨前嚇人的寧靜。隔了一萬年之後，我們再度體會到成為獵物是什麼感覺。

樹林裡滿是烏鴉。閃亮的黑頭，空洞的黑眼，牠們縮起翅膀的剪影讓我想起公園長椅上的矮小老人。數以百計的烏鴉停在樹上或在地上蹦跳。我瞥向旁邊的屍體，那雙視而不見的眼睛跟烏鴉一樣深不可測。我知道烏鴉為什麼在這裡，牠們餓了。

我也餓了。於是我從背包裡掏出一條牛肉乾和一包剛過期的軟糖。吃東西也有風險，因為我得把嘴裡的晶片拿出來，但我必須保持警覺，而保持警覺需要燃料。烏鴉望著我，歪著頭好像在傾聽我咀嚼的聲音。**這些死胖子，你們能有多餓？**它們的攻擊創造了數百萬噸的肉，在瘟疫的高峰期，龐大的烏群鋪天蓋地，牠們的影子遮蔽了煙霧瀰漫的城市。烏鴉和其他食腐肉的鳥類完成了第三波的循環，牠們吃病死的屍體，然後把病毒散播開來。

可能我判斷錯了，或許這裡只有我們，我跟這個死掉的孩子。時間一分一秒地過去，我越來越覺得安全。如果有人在監視，我只想得到一個他沒有開槍的理由，他在等著看會不會有其他扮演大兵的白癡小孩出現。

我吃完早餐，把晶片塞回嘴裡。時間慢慢地過去。它們入侵後最讓人困惑的地方——除了看著你認識並喜歡的每個人都慘死之外——就是在事態迅速進展時，時間卻變慢了。花了一萬年才發展出來的文明，崩壞卻只要十個月，每一天都比前一天長個十倍，而夜晚又比白天長個十倍。唯一比這些百無聊賴的時間更折磨人的，就是知道這一切可能隨時都會結束的恐懼。

早晨過了一半，霧氣消散，比烏鴉眼珠子小的雪花開始飄落。沒有一絲風，樹林籠罩在如夢似幻的閃亮白雪中，只要落雪不繼續增大，我就可以在這裡等到晚上。

如果我沒有睡著的話。我已經二十個小時沒睡覺了，現在我覺得溫暖舒適，開始想睡。

我內心的焦慮在虛無飄渺的寂靜中開始高漲。我感覺自己的腦袋在他準星的正中央，他在高高的樹上，像獅子一樣靜靜藏在樹叢中。我對他而言是一個謎，因為我沒有驚恐萬分，所以他沒有開槍，而是靜候事態發展。我待在一具屍體旁邊一定有我的原因。

我沒有驚慌，沒有像嚇壞的羚羊一樣狂奔，我勝於自己恐懼的總和。

能打敗它們的不會是恐懼。不是恐懼，不是信心或希望，也不是愛，而是憤怒。

幹你娘，蘇利文對沃希說。她的故事只有這裡讓我佩服。她沒有哭，沒有祈禱，沒有哀求。

她以為一切已經結束了。當一切結束的時候，當鐘走到最後一秒的時候，就沒有哭泣、祈禱或哀求的時間了。

「幹你娘。」我低聲說，這讓我覺得好多了。我再說一次，這次比較大聲，我的聲音在冬日的空氣中傳得很遠。

我右邊的樹林深處傳來黑色羽翼振翅的聲音，烏鴉粗嘎的叫聲，我透過眼帶看見一個綠色小點在棕色和白色之中閃爍。

找到你了。

這一槍很困難。困難，但並非不可能。當年軍隊在辛辛那提市郊的休息站找到我，把我帶到營地，給我一把步槍之前，我從來沒有碰過武器。當時訓練士官大聲說指揮中心是不是塞了一個小丑給他。六個月後，我的子彈打中他的心臟。

我有天賦。

明亮的綠光越來越近，或許他知道我看到他了，但這不重要。我撫摸光滑的扳機，透過眼帶望著綠光越來越大。或許他以為他不在我的射程內，或許他在尋找更好的射擊地點。

這不重要。

那可能不是蘇利文說的無聲殺手，可能只是某個迷失的可憐倖存者在期待救援。

這不重要。只有一件事重要。

風險。

5

在旅館時，蘇利文告訴我她在啤酒冷藏櫃後面打死一個大兵的故事，以及她後來的心情。

「那不是槍，」她試著解釋：「那是一個十字架。」

「這有什麼重要？」我問。「那也可能是一個布娃娃或者一包M&M巧克力。妳還有什麼選擇？」

「沒有，這就是我的**重點**。」

我搖搖頭：「有時候妳只是不巧地出現在不對的地方，那不是任何人的錯，妳只是想用內疚讓自己好過一些。」

「用內疚讓自己好過？」憤怒的紅暈在她的雀斑底下漫延開來。「這他媽的完全說不通。」

「我殺了一個無辜的人，我覺得好抱歉、好內疚！」我解釋道：「但那傢伙還是死了。」

她瞪了我好一陣子。「好吧，我現在明白沃希為什麼要妳加入小隊了。」

發出綠光的腦袋朝我逼近，在林間穿梭。現在我可以在懶洋洋的細雪中看到步槍的反光，我很確定那不是十字架。

我揣著步槍，頭靠著樹幹，彷彿在打瞌睡，或是望著光禿禿的樹枝間飄落的雪花，像頭草叢中的母獅。

距離五十公尺。M16的槍口初速是每秒九百五十公尺，這表示他還能活〇·〇五秒。

希望他好好運用。

我把步槍甩到身前，挺起肩膀，在槍口轉到正前方時射出子彈。

烏鴉的尖叫聲在樹林間迴盪，黑色的羽翼瘋狂拍打，發出嗔怪的沙啞叫聲。綠色光點倒下，沒有起身。

我等著，準備看接下來會發生什麼事。五分鐘，十分鐘，沒有動作，沒有聲音。除了震耳欲聾的沉默雪地之外，什麼也沒有。除了那些鳥，樹林顯得非常空曠。我靠著樹幹，慢慢起身，不動聲色地又等了幾分鐘。我看著地上的綠光，沒有動靜。我跨過大兵的屍體，凍硬的樹葉在我的靴子下碎裂。

每一步都在倒數著我所剩餘的時間。當我走到距離那具倒下的軀體還有一半路程的時候，我忽然明白自己做了什麼事。

在一棵倒下的樹旁，茶杯蜷成一團，她的臉埋在落葉的殘骸中。

一個垂死的人在啤酒冷藏櫃後面把一個染血的十字架摟在胸前，殺他的人別無選擇。它們讓她別無選擇。因為風險，她的風險，它們的風險。

我在她身旁蹲下。她的眼睛痛苦地圓睜，她對我伸出手，她的手在灰暗的光線中是深紅色。

「茶杯，」我低聲說：「茶杯，妳在這裡做什麼？僵屍呢？」

我掃視樹林，沒有聽見或看見僵屍或者其他人。她的胸口上下起伏，唇間冒出血泡，她快要窒息了。我緩慢地把她的臉扳向地面，清掉她嘴裡的阻塞物。

她一定是聽到我的咒罵聲，憑著聲音找到我。

茶杯忽然尖叫，她的聲音劃破了寂靜，在樹林間迴盪。這樣不行。我用手使勁掩住她血淋淋的嘴，叫她不要出聲。我不知道是誰打死了我發現的那個孩子，但如果我剛才開槍的聲音沒有讓他回來，她的尖叫也會。

該死，閉嘴，閉嘴。小混蛋，妳他媽的到底在這裡幹什麼，為何偷偷摸摸地跟著我？蠢貨，蠢貨，蠢貨，蠢貨。

她的牙齒狂亂地咬著我的手掌，小小的手摸上我的臉，我的面頰上染了她的血。我用空著的那隻手拉開她的外套。我得壓住傷口，否則她會失血而死。

我抓住她的襯衫領口往下撕裂，露出她的上身。接著把布料壓在她肋骨下方出血的槍傷上，她在我手下痙攣，發出哽咽的啜泣。

「我是怎麼跟妳說的，大兵？」我低聲說：「第一優先是什麼？」

濕滑的嘴唇在我手掌下張開，但是沒有出聲。

「不要往壞處想。」我告訴她：「不要往壞處想，不要想壞事。因為想那些會讓我們變得軟弱，讓我們軟弱，軟弱，軟弱。我們不能軟弱，不能，我們軟弱的話會怎樣？」

樹林裡充滿脅迫的陰影，林間深處傳來斷裂的聲音，是靴子踩在結冰的地上嗎？還是凍硬的樹枝裂開？我們可能正被一百個敵人包圍，也可能一個也沒有。

我飛快地盤算我們擁有的可能，不多，而且都很糟。

第一個選項：留下來。問題是留下來幹什麼？死掉大兵的小隊下落不明，殺掉那孩子的人也不知去向，而茶杯不接受治療的話就沒救了，她只剩下幾分鐘，不是幾個小時。

第二個選項：逃跑。問題是逃去**哪裡**？回旅館嗎？茶杯在回旅館途上就會先失血而死，更別提她離開旅館可能有其原因。去洞窟嗎？我們不能冒險通過厄巴納，這表示得多花好幾個小時穿越幾公里的空曠地帶，才能抵達一個算不上安全的地方。

第三個選項。難以想像的選項，卻是唯一可行的選項。

雪下得更大了，灰暗更深了。我一手捧住她的臉，另一手壓在她的傷口上，但我知道她沒救了。我的子彈打穿她的內臟，傷勢非常嚴重。

茶杯要死了。

我應該拋下她，現在就走。

但我沒有。我不能。我在避風營爆炸的那天晚上跟僵屍說過，當我們決定某個人不重要的時候，它們就贏了。現在我自己的話將我綁在她身邊。

我在大雪紛飛恐怖死寂的樹林裡，擁她入懷。

6

我讓她躺在林地上。她的臉毫無血色，看上去只比白雪好一點。她張著嘴，眼瞼顫動。她已經失去意識，我不覺得她會醒來。

我的手在發抖，我努力不讓自己失控。我非常氣她，氣自己，氣它們帶來的七十億不可能的困境，氣所有的謊言和矛盾，以及自從它們到來之後，那些荒謬、無望又愚蠢的無言保證一一失效。

不要心軟，想想此時此刻什麼最重要，這妳很擅長。

我決定等待。不會太久。或許等到她死，我心裡的軟弱就會消失，我就能思考。平靜的每一分鐘都表示我還有時間。

但世界是一座發條漸鬆的時鐘，已經不再有平靜的時刻了。

一次心跳之後，我決定留在她身邊。接著旋翼的轟隆聲打破沉寂，直升機的聲音解開了魔咒。

我知道什麼才重要，這是除了射擊之外，我最擅長的事。

我不能讓它們生擒茶杯。

如果它們帶走她，或許會救活她。但如果它們救了她，就會把她接上仙境。雖然機會渺茫，但殭屍在旅館裡仍可能平安無事，或許茶杯不是因為那裡出了狀況才逃出來，或許她只是溜出來找我。只要我們其中一人掉進兔子洞，大家就都完了。

我從槍帶中抽出手槍。

我們做決定的那一分鐘……我希望我有一分鐘，或者至少有三十秒。三十秒是一輩子，一分鐘是永恆。

我用槍對準她的腦袋，抬頭望向灰暗。雪落在我的皮膚上，微微顫抖後融化。

蘇利文有她的十字架大兵，現在我有我的了。

不。我才是大兵，茶杯是我的十字架。

7

就在這時候，我感覺到他的存在，他站在林間動也不動地望著我。我望過去，看到他，深色枝幹間一個淺色的人影。有一會兒我們都沒有動作，我憑本能知道他就是射殺那孩子跟他的小隊的人，也知道這個槍手不可能是大兵，因為他的腦袋沒有亮起。

雪花飄散，寒氣逼人。我眨了一下眼，那個影子不見了，如果那個影子真的存在的話。

我快要失去判斷力了。太多變數，太多風險。我無法克制地顫抖，我懷疑它們是不是終於讓我崩潰了。在逃過毀掉我家的海嘯、害死我家人的瘟疫、奪走我希望的死亡集中營和吃下我子彈的無辜小女孩之後，我終於毀了、完了。也許這些原本就不是**會不會**發生的問題，而是**什麼時候**會發生？

直升機朝我逼近，我得快點處理掉茶杯，不然就要加入她了。

我的視線沿著手槍槍管落在腳邊那張天使般的蒼白面孔上，我的犧牲者，我的十字架。

黑鷹直升機震耳欲聾地接近，相形之下我的思緒就像瀕死老鼠微小的哀鳴。

就跟老鼠一樣，對不對，杯杯？就跟老鼠一樣。

8

老舊旅館裡害蟲橫行。蟑螂都凍死了，但其他害蟲還活著，特別是臭蟲和跳蚤，而且牠們都很餓，才一天我們就被咬得遍體鱗傷。地下室是蒼蠅的，瘟疫期間屍體都堆放在那裡，等我們抵達的時候，大部分的蒼蠅都死了。我們第一次下去察看時，踩碎了滿地的黑色蒼蠅屍體，那也是我們最後一次去地下室。

整棟建築充滿了腐臭味，我建議僵屍打開窗戶讓空氣流通，可以殺死一些害蟲。他說他寧可被咬被燻，也不要凍死。他的微笑讓人難以抗拒。**放輕鬆，能者。這只不過是在外星人荒野中的另一天罷了。**

茶杯不在乎害蟲和臭味，讓她抓狂的是老鼠。牠們咬穿牆壁，晚上噬嚙抓搔的聲音讓她（也就等於讓我）無法入睡。她輾轉反側，哀聲嘆氣地抱怨，一想到任何關於我們目前狀況的發展最後都不是好下場。我試著轉移她的注意力，當然無效，又開始教她下西洋棋。我用毛巾當棋盤，硬幣當棋子。

「西洋棋是蠢人玩的蠢遊戲。」她告訴我。

「不，那非常普及，」我說：「聰明人也玩。」

茶杯翻翻白眼：「妳想玩只是因為想贏我而已。」

「不，我想玩是因為我懷念下棋。」

她驚訝得把嘴巴張得大大的：「妳懷念下棋？」

我把毛巾鋪在床上，放好硬幣。「不要還沒嘗試就先下定論。」我開始下棋的時候跟她差不多年紀。我父親書房裡的棋桌上有漂亮的棋盤和閃亮的象牙棋子：嚴肅的國王、倨傲的皇后、高尚的騎士、虔誠的主教。西洋棋本身，每個棋子都對棋局有貢獻。這很單純，也很複雜。這很野蠻，也很優雅。這是舞蹈，也是戰爭。一切有限又無限，就像生命。

「一分錢是士兵，」我告訴她：「五分錢是城堡，十分錢是騎士和主教，二十五分錢是國王和皇后。」

她搖頭，像在說能者是白癡。「十分跟二十五分怎麼能各代表兩種？」

「正面是騎士跟國王，背面是主教跟皇后。」

象牙清涼的觸感，防滑底座在拋光的木頭上移動，彷彿細微雷聲的衝撞。父親低頭盯著棋盤，形削骨瘦滿面鬍渣，兩眼泛紅嘴唇緊抿，陷在陰影之中。酒精甜膩的氣味和如蜂鳥翅膀般振動的手指。

這叫作帝王的遊戲，瑪芮卡。妳想學怎麼玩嗎？

「這是帝王的遊戲。」我跟茶杯說。

「呃，我不是帝王。」她雙臂交抱在胸前，露出不耐煩的模樣。「我喜歡跳棋。」

「那妳就會喜歡西洋棋，西洋棋是嗑了藥的跳棋。」

父親用不整齊的指甲敲打桌面。老鼠在牆壁裡抓搔。

「主教是這樣走的，茶杯。」

騎士是這樣走的，瑪芮卡。

她把一片乾硬的口香糖塞進嘴裡，憤怒地嚼成碎片。薄荷味的口氣。威士忌的口氣。**抓、抓、敲、敲。**

「給它一個機會，」我拜託她：「妳會喜歡的，我保證。」

她抓住毛巾一角說：「這就是我的感覺。」我知道她打算做什麼，但當她把毛巾抽掉，硬幣全飛起來的時候，我還是畏縮了一下。一個五分錢硬幣打中她的前額，她連眼睛都沒有眨一下。

「哈！」茶杯叫道：「我猜這就是將軍了，賤貨！」

我不假思索地打了她一巴掌。「不可以那樣叫我，永遠不行。」

寒冷讓這一巴掌更加疼痛。她噘起下唇，眼中湧上淚水，但沒有哭。

「我恨妳。」她說。

「我不在乎。」

「不，我恨妳，能者，我恨妳他媽的膽量。」

「說髒話是不會讓妳變成大人的。」

「那我就是個小孩。媽的、媽的、媽的！幹、幹、幹！」她伸手要摸臉頰，然後又止住。「我不用聽妳的話，妳不是我媽也不是我姊，妳誰都不是。」

「那為什麼離開避風營之後，妳就像跟屁蟲一樣纏著我不放？」

一顆淚珠掉了下來，沿著她赤紅的臉頰往下滑。她如此纖瘦蒼白，皮膚像父親的棋子一樣微微發光。我很驚訝那一巴掌沒有讓她碎成片片。我不知道該說什麼，或者怎樣收回說出口的話，於是我一言不發。我把手放在她膝蓋上，她推開我的手。

「把我的槍還給我。」她說。

「妳要槍幹嘛？」

「打死妳。」

「那妳肯定拿不回妳的槍了。」

「我可以用槍打死那些老鼠嗎？」

我嘆一口氣：「我們沒有那麼多子彈。」

「那就毒死牠們。」

「用什麼毒？」

她舉起雙手表示投降：「好吧，那我們在旅館放火，把牠們都燒死！」

「真是個好主意，可是我們剛好也住在這裡。」

「那牠們就會贏。牠們會打敗我們。一群**老鼠**。」

我搖搖頭，聽不懂她在說什麼。「贏我們——怎麼贏？」

她難以置信地瞪大眼睛，像在說能者是白癡。「聽牠們的聲音！牠們在**吃**旅館。很快我們就不住在這裡了，因為不會有**這裡**可以住了！」

「那不是贏，」我指出：「那樣牠們也會沒有地方住啊！」

「牠們是**老鼠**耶，能者，牠們想不了那麼遠。」

不只是老鼠，那天晚上她終於在我旁邊睡著時我想到。我聽著牠們在牆裡的動靜，嗑嚙、抓搔、尖叫。最後在天氣、昆蟲和時間的幫助下，老旅館會崩塌。再過個一百年，就只剩下地基；再過一千年，就什麼也沒有了。不管是這裡還是其他地方都一樣，彷彿我們從來不曾存在過。如果能用自然的力量對抗我們的話，誰還需要避風營那些炸彈呢？

茶杯緊貼著我，就算在層層被子的覆蓋下，寒氣仍舊咄咄逼人。現在是冬天，它們用不著發動一波攻擊，光是嚴寒就能殺掉數以千計的倖存者。

沒有任何行動是無意義的，瑪芮卡。父親教我西洋棋的時候曾經這麼說。**每一步都很重要。高明的棋藝在於瞭解每一次的每一步有多重要。**

這話在我腦中縈繞不去。老鼠的問題。不是茶杯的問題，不是**有**老鼠的問題，是老鼠**本身**的問題。

9

我看見直升機從白霧籠罩的枯枝上方逼近，灰暗天空上出現三個黑點。我只剩下幾秒鐘的時間。

選項：

解決茶杯，冒險跟三架配備了地獄火飛彈的黑鷹直升機對抗。

讓它們解決茶杯——或者更糟，讓它們救活她。

最後一個選項，解決我們倆。一顆子彈給她，一顆子彈給我。

我不知道僵屍是不是沒事，也不知道茶杯為什麼——如果真的出了什麼事的話——離開旅館，我只知道我們的死可能是他唯一的存活機會。

我會自己扣下扳機。如果我能開第一槍，第二槍就容易多了。我告訴自己一切都太遲了——對她太遲了，對我也太遲了，反正我們終究無法逃避死亡。這不就是它們好幾個月以來一直灌輸到我們腦袋裡的念頭嗎？無處可躲，無處可逃。拖過今天，明天死亡仍會找上你。

她看起來如此美麗，簡直不像真人。她躺在雪地中，黑髮像瑪瑙般閃耀，她沉睡的表情猶如神祕的古老雕像，難以言喻。

我知道幹掉我們倆是對其他人風險最小的選擇。我又想起了老鼠，以及之前我和茶杯有時候為了打發時間，計畫如何消滅它們而制訂的各種策略和階段性攻擊，每一波都比上一波更荒謬，直到最後她歇斯底里地笑得前俯後仰，而我則告訴她我在靶場上對僵屍發表的同一番演說。我告訴他們的教訓現在已經出現在眼前，將獵人跟獵物聯繫在一起的恐懼和子彈，彷彿一條銀色絲線將我們倆聯繫在一起。我是獵人也是獵物，另一種完整的圓圈。我的嘴跟死寂的空氣一樣乾燥，跟我的心一樣冰冷。真正的憤怒是絕對零度，而我的憤怒比汪洋還深邃，比宇宙還廣袤。

所以，讓我把手槍插回槍帶的不是希望。不是希望，更不是愛情。是憤怒。

憤怒，以及我臉頰內側和牙齦之間有一個死大兵的晶片的這個事實。

10

我把她抱起來，她的頭靠在我的肩膀上。我們在林間奔跑。一架黑鷹直升機在上方發出震耳欲聾的噪音，另外兩架已經分道揚鑣，一架往東，一架往西，阻斷我們所有後路。高聳光禿的細枝紛紛彎曲，雪花掃在我臉上。茶杯沒有重量，我就像抱著一堆衣服。

我們離開樹林，一架黑鷹直升機從北方升起，猛烈的氣旋拉扯著我的頭髮。直升機在我們上方盤旋，我們站在路中央，一動也不動。走投無路，無處可逃。

我把茶杯放在柏油路上，直升機近到我可以看見駕駛員的黑色頭盔和打開的機艙門裡有一群人。我知道所有人的視線都盯著我和我腳邊的小女孩。流逝的每一秒都表示我又多活了一秒，而每一秒都增加了我可以再活一秒的可能性。或許一切還沒有太遲，對我沒有太遲，對她也沒有太遲。

我沒有在他們的眼帶裡發光，我是他們的一員。我一定是，對吧？

我把步槍從肩上甩下，手指扣住扳機。

第二章

凱西之章

The Ripping

逐漸瓦解的一切

11

當我還在蹣跚學步的時候，爸爸就常問我：**凱西，妳想飛起來嗎？**然後我會把雙臂高舉過頭。

開什麼玩笑，老頭，我當然想飛！

他會抓住我的腰，把我拋到空中。我的頭會往後仰，像火箭衝向天空那樣。在千年般的一瞬間，我彷彿能一直飛往星辰。我會高興地尖叫，如雲霄飛車般的刺激恐懼讓我伸手緊抓著雲端。

飛吧，凱西，飛吧！

我弟弟也知道這種感覺，他比我更清楚，因為他記憶猶新。即便在「到來」之後，爸爸也仍舊繼續將他發射到軌道上。在沃希出現殺了他的前幾天，他還在骨灰營裡這麼跟弟弟玩。

山姆，好孩子，你想飛嗎？他把聲音壓低，像街頭賣藝的魔術師一樣，雖然他推銷的遊戲是免費的——而且無價。爸爸是發射台，爸爸是降落點，爸爸是維繫山山——和我——不流落到虛無太空的鎖鍊，但現在他已經成為虛無了。

我等著山姆發問。那是告訴他壞消息最簡單的方法，也是最惡劣的。但是他沒有問，他直接告訴我。

「爹地死了。」

他是層層被子下的一個小隆起，棕色大眼睛跟緊貼著他臉頰的泰迪熊一樣。**泰迪熊是給小孩子玩的，**我們在地獄旅館的第一天晚上他對我說，**現在我是大兵了。**

縮在他床位旁的另一個嚴肅的迷你大兵瞪著我，就是那個叫茶杯的七歲小女孩。她有著洋娃娃般的可愛面孔和茫然不安的大眼睛。她不跟玩具一起睡，她的床伴是一支步槍。

歡迎來到後人類時代。

「山姆。」我離開窗口走過去坐在他床邊。「山米，我不知道要怎樣——」

他用緊握的蘋果拳頭打中我的臉。我完全沒看見，也沒有料到。我眼前金星直冒，有一會兒我擔心他讓我的視網膜剝離了。

OK，我撫摸臉頰。**我活該。**

「妳為什麼讓他死？」他質問道，沒有哭，也沒有尖叫。他的聲音低沉有力，燃燒著怒火。

「不是我讓他死的，山山。」

父親流著血在塵土中爬行——**爸爸，你要去哪裡？**——沃希高高在上地俯視他，看著父親往前爬，就像殘忍的小孩看著被自己拔掉翅膀的蒼蠅一樣，冷酷而滿意。

「妳應該要照顧他。」

茶杯在床上說：「再給她一拳。」

山姆對她怒吼：「妳閉嘴。」

「那不是我的錯。」我低聲說，摟住小熊。

「是他太軟弱，」茶杯說：「當人變軟弱的時候就會——」

山姆在兩秒鐘內撲向她，他們拳腳相向，被子上的塵埃滿天飛舞，**老天，那張床上有支步槍！**

我推開茶杯，把山姆拉進懷裡，將他緊緊摟在胸前。他拳打腳踢，咬牙切齒，口沫橫飛；茶杯則對著他吼叫污言穢語，說如果他再碰她一下，她一定會把他像狗一樣打死。接著門猛地打開，班恩穿著那件可笑的黃色連帽罩衫衝進來。

「沒事，」我在尖叫聲中大喊：「我搞定了！」

「杯杯！雞塊！停止！」

班恩一聲令下，兩個孩子就像被關掉開關一樣靜了下來。山姆不再掙扎，茶杯靠向床頭板，雙手抱胸。

「是她先開始的。」山姆噘起嘴來。

「我正想在屋頂上畫一個紅色大叉呢！」班恩說，他把槍收起來。「謝謝你們替我省了麻煩！」

「很好！」茶杯說。她跳下床，走向門口，又轉身走回床邊拿步槍。她拉著班恩的手腕：「我然後對我露齒一笑。「或許在能者回來之前茶杯應該跟我睡。」

「馬上就走。」他溫和地說：「小飛象在放哨，妳先睡他的床。」

們走吧，僵屍。」

「現在是我的床啦，」她離開前仍忍不住咒罵一聲：「王八蛋。」

「妳才是王八蛋！」山米在她背後大喊，房門砰然關上。「王八蛋。」

班恩揚起右邊眉毛望著我：「妳的臉怎麼了？」

「沒事。」

「我打了她。」山米說。

「你打她？」

「因為她讓爹地死了。」

現在山姆終於忍不住了，忍不住他的眼淚，不是拳頭。班恩跪了下來，山姆在他懷中哭泣，班恩說：「嘿，大兵，沒事的，一切都會沒事的。」他撫摸著那顆我還不大習慣的平頭——沒有亂七八糟的頭髮，山米就不像山米了——並一再叫著那個愚蠢的營地名字，**雞塊**，**雞塊**。我知道我不應該這樣，但我還是討厭每個人都有戰場上的名字，只有我沒有。我想要叫**叛逆**。

班恩把他抱起來放到床上，發現小熊掉在地板上，便撿起來放到枕頭旁。山姆揮手把它打掉，班恩再度把它撿起來。

「你真的想讓泰迪退役嗎？」他問。

「它不叫泰迪。」

「小熊下士。」班恩試著說。

「它就叫小熊，然後我再也不想看到它了！」山姆用被子蒙住頭。「走開！每個人都走開！走開！」

我朝山米走近一步，但班恩對我示意，把頭撇向門口，我只好跟著他走出房間。走廊盡頭的窗邊有一個龐大的身影，那個高胖沉默，叫作磅蛋糕的孩子。他的沉默並不是讓人頭皮發麻的那種，比較像是深邃沉靜的山間湖泊。班恩靠著牆，把小熊摟在胸前，微微張著嘴。雖然天氣很冷，他卻在流汗。光是應付兩個小孩就讓他精疲力盡，看來班恩有麻煩了，而這表示我們全都有麻煩了。

「他不知道你們父親死了。」他說。

我搖頭：「他知道，也不知道。就是那樣。」

「好吧，」班恩嘆一口氣。「就是那樣。」

一個像紐瓦克市那麼大的沉默鉛球落在我們之間。班恩心不在焉地撫摸小熊的頭，好像某個一面看報紙一面撫摸貓咪的老人。

「我應該回去陪他。」我說。

班恩橫跨一步擋在門口，阻住我的去路。「或許妳不該。」

「或許你才不該多管閒事——」

「這不是他第一次失去親人，他會熬過去的。」

「哇，這麼說真冷血。」**你說的親人也是我的爸爸耶，僵屍小子。**

「妳知道我的意思。」

「為什麼大家在說了非常殘酷的話之後都要這麼說？」我脫口而出，因為我不善於自我克制。

「而我剛好知道怎麼獨自一人『熬過』死亡。除了一片荒蕪的大地之外，只有我一個人。如果能有某個人陪著我就好了，真的太好了……」

「嘿，」班恩輕聲說：「嘿，凱西，我不是——」

「對，你不是，你確實不是。」**僵屍**，他們這麼叫他是因為他沒有任何情感，像僵屍一樣是個活死人嗎？骨灰營裡就有這樣的人，我叫他們**沙包人**。人類的空殼，裡面只有沙子，因為某種無法取代的東西碎成片片了。太多損失，太多痛苦，搖搖晃晃，眼神空洞，張著嘴喃喃自語。班恩也是這樣嗎？他是沙包人嗎？那他為什麼會冒著失去一切的風險去救山姆？

「不管妳經歷過什麼，」班恩緩緩地說：「我們也經歷過。」

這話很傷人。因為這話是真的，也因為某人對我說過幾乎一模一樣的話，**不是只有妳一個人失去一切**。那個人承受了最大的損失，一切都是因為我這個一定要別人一再提醒「痛苦的人不只有妳」的腦殘。生命充滿小小的反諷，而有些反諷卻大得像澳大利亞的巨岩。

該換話題了。「能者離開了嗎？」我問。

班恩點點頭。**摸摸，摸摸**。那隻熊讓我焦躁，我從他懷裡把它搶過來。

「我試著讓磅蛋糕跟她一起去，」他說，輕笑起來。「能者。」我懷疑他是否知道自己叫她名字的語氣很輕柔，像是祈禱。

「你知道，如果她不回來的話，我們就沒有備用計畫了。」

「她會回來的。」他堅決地說。

「你怎麼知道？」

「因為我們沒有備用計畫。」此刻他的微笑火力全開，毫無保留。我在這張新面孔上看見以前照亮教室、走廊和黃色校車的笑容，這有點令人錯亂，就像在陌生的城市轉過街角撞上老朋友一樣。

「這是個雞生蛋蛋生雞的回答。」我指出。

「妳知道嗎，如果周圍都是比自己聰明的人，有些人會覺得受到威脅，但我卻覺得更有自信。」

他握了一下我的手臂，一跛一拐地沿著走廊回去他的房間，留下小熊和走廊盡頭那個高胖的孩子，以及關上的房門和站在門前的我。我深吸一口氣，走回房間，坐在隆起的被子旁邊。我看不到他，但我知道他在。他看不到我，但他知道我在。

「他是怎麼死的？」他含糊不清的聲音說道。

「被槍打死的。」

「妳看見了嗎？」

「看見了。」

父親在地上爬，手抓著地面。

「誰打死他的？」

「沃希。」我閉上眼睛。爛主意，黑暗讓那一幕更加鮮明。

「他打死他的時候妳在哪裡？」

「我躲起來了。」

我伸手想拉下他身上的被子，但是我無法。**不管妳在哪裡**，在空曠公路旁的樹林裡，拉起拉鍊躲在睡袋裡，都只能望著父親一再死去。那時候躲起來，現在也躲起來，望著他一再死去。

「他有反抗嗎？」

「有，山姆，他非常激烈地反抗，他救了我的命。」

「但是妳躲起來了。」

「對。」我把小熊壓在肚子上。

「跟一個笨蛋膽小鬼一樣。」

「不是那樣，」我低聲說：「不是那樣的。」

他掀開被子直直坐起來。我彷彿不認得他了，我以前從沒見過他這模樣，他的面孔因憤怒和憎恨而扭曲。

「我要宰了他，我要打爆他的頭！」

我微笑起來，或者試著微笑起來。「抱歉，山山，我有優先權。」

我們望著彼此。時間折返。我們在鮮血中失去的時間，我們用鮮血買到的時間。我只是個霸道的姊姊，而他只是個煩人的弟弟之時；有人願意為我活下去，有人願意為他而死的時候。然後他倒在我懷裡，小熊被壓扁在我們中間，就像我們被困在之前的時間和之後的時間中間一樣。

我在他旁邊躺下，我們一起背誦他的禱詞：**若我在醒來前死去……**然後我告訴他爸爸是怎麼死的。他如何從壞人那裡偷了一把槍，單槍匹馬殺掉十二個消音器；他如何反抗沃希，跟他說：**你可以摧毀我們的軀體，但絕對無法摧毀我們的精神**；他如何犧牲自己，讓我逃出去把山姆從邪惡的銀河大軍手裡救出來。這樣有一天山姆就能拾起人性的碎片，拯救世界。這樣他對父親最後一刻的記憶就不會是一個在地上爬行，血流如注的垂死男人。

他睡著之後我溜下床，回到窗邊。一座停車場，一間破敗的餐廳（星期三任你吃到飽！），以及一條消逝在黑暗中的灰色公路。大地深暗而沉默，就像人類出現製造噪音和光線之前那樣。有結束，就有新的開始。現在是中場休息，暫停。

公路上一輛衝上分隔島的休旅車旁邊，一支步槍槍管反射出星光。我的心跳停止了一秒。一個拿著槍的陰影衝進樹林裡，我瞥見完美閃亮又惱人的漆黑長髮，我知道那是能者。

我和能者一開始就處不來，我們的關係每況愈下，不管我說什麼她都冷冷地嗤之以鼻，好像我在說謊，我是白癡，不然就是瘋子。特別是講到艾文．沃克的時候。**妳確定嗎？這根本沒道理，他**

怎麼可能又是人類又是外星人？我越激動，她就越冷靜，直到我倆像化學等式兩邊一樣互相抵消。像是$E = MC^2$那種讓大爆炸成為可能的化學等式。

我們最後的對話就是完美的例子。

「那個……我明白他為什麼叫作小飛象，」我告訴她：「因為他的耳朵很大。雞塊這名字我也懂，因為山姆個子小。茶杯我也明白。但我不大清楚為什麼要叫班恩僵屍，他不肯說。磅蛋糕的話，我猜是因為他肉肉的。那能者又是為什麼？」

她只是冷冷地瞪著我。

「這讓我覺得我好像被冷落了。妳知道的，唯一一個沒有綽號的成員。」

「那是我們戰場上的名字。」她說。

我望著她好一會兒。「讓我猜猜，妳是全國績優生、西洋棋俱樂部、數學資優生、全班第一名。而且妳還會樂器，可能是小提琴或大提琴，反正是弦樂器。妳爸在矽谷上班，妳媽是大學教授，我猜是物理或化學。」

她彷彿沉默了好幾千年，然後說：「還有嗎？」

我知道我該住嘴，但我正在興頭上，既然開了頭，就非要說完，這是蘇利文家的規矩。「妳是老大——不，妳是獨生女。妳爸是佛教徒，但妳媽是無神論者。妳十個月大的時候就會走路了。妳是奶奶帶大的，因為爸媽都忙著工作。她教妳打太極拳。妳從來不玩洋娃娃。妳會說三種語言，其中一種是法語。妳是奧運代表隊，體操。有一次妳得了一個B，妳爸媽就沒收妳的化學儀器組，把妳關在房間一個星期，而妳趁機把莎士比亞全集看完了。」她搖頭：「好吧，妳沒有看莎士比亞的喜劇，因為妳看不出哪裡好笑。」

「一點都沒錯，」她說：「太厲害了。」她的聲音平淡單薄，就像剛撕下來的鋁箔紙一樣。「我也可以試試看嗎？」

我僵了一下，做好心理準備。「可以。」

「妳一直很在意自己的外表，特別是頭髮，然後是雀斑。妳不善交際，所以看很多書，從國中就開始寫日記。妳只有一個好朋友，妳們互相依靠，這表示每次妳跟她吵完架都非常沮喪。妳是爹地的寶貝女兒，但跟妳媽一點也不親。她總是讓妳覺得不管妳多麼努力都不夠好，而且她還比妳漂亮。她死的時候妳很內疚，因為妳偷偷地恨她，她的死讓妳鬆了一口氣。妳很頑固、衝動，有點精力過剩，所以妳爸媽讓妳去上才藝課，幫妳集中精神，像是芭蕾或空手道，我猜是空手道。妳要我繼續嗎？」

好吧，我能怎麼辦？我只想得出兩個選項：大笑，或是揍她的臉。OK，三個選項：大笑，揍她的臉，或是給她一個她那種堅忍不拔的眼神。我選了第三個。

爛主意。

「好，」能者說：「妳不是男人婆，也不是嬌嬌女，妳介於兩者之間的灰色地帶。處於灰色地帶表示妳總是偷偷羨慕那些在兩端的人，但妳把大部分的憎惡都留給了正妹。妳暗戀過男生，但從來沒有男朋友。妳假裝討厭妳喜歡的男生，喜歡妳討厭的男生。妳身邊只要有比妳漂亮聰明，或有任何方面比妳強的人，妳就變得憤世嫉俗尖酸刻薄，因為他們提醒了妳妳有多平凡。還要我繼續嗎？」

我小聲地說：「好啊，隨便妳。」

「在艾文．沃克出現之前，妳甚至沒有跟男生牽過手，除了小學遠足的時候。艾文溫柔又體貼，而且帥得不像話。他把自己當成空白畫布，妳可以畫出妳渴望的完美關係，一個絕對不會傷害妳的完美男生。妳想像中那些正妹擁有而妳沒有的一切他都給妳了，所以妳決定跟他在一起——或者跟**妳以為的他**在一起——最主要是想要報復。」

我咬著下唇，雙眼發燙。我緊握拳頭，指甲都陷進掌心裡了。為什麼，喔，我為什麼不選第二個選項？

她說：「現在妳想讓我閉嘴。」這不是問句。

我抬起下巴。**我戰場上的名字要叫作叛逆！**「我最喜歡的顏色是什麼？」

「綠色。」

「錯了，是黃色。」我撒謊。

她聳聳肩，她知道我在撒謊。能者：人類仙境。

「說真的，為什麼妳叫能者？」就這樣，她的防護罩又升起來了。好吧，其實她從來沒有露出防衛的樣子，步步提防的人是我。

「我是人類。」她聲明道。

「是啦，」我從窗簾的縫隙間瞥向樓下的停車場。為什麼要這麼做？難道我真的以為會看見他躲在那裡，抬頭對我微笑。**看吧！我說我會找到妳的。**「有人也跟我說過同樣的話，我就傻傻地相信了。」

「在現在這種情況下，我覺得妳沒有那麼傻。」

喔，她開始扮好人了嗎？她決定放我一馬了嗎？我不知道哪個比較糟：冰山美人能者，還是慈悲女王能者。

「少裝了，能者，」我說：「我知道妳不相信艾文的事。」

「我相信妳，沒道理的是他說的話。」

接著她就走出房間。就這樣，話說到一半，什麼都沒有解決。這種行為除了這世上每個男人會做之外，還有誰會這麼做？

無形的存在不需要實體的星球……

艾文．沃克到底是什麼人？我把視線從公路轉向我弟弟，然後收回視線。你是什麼人，艾文．沃克？

我是個白癡才會相信他，但我遍體鱗傷又孤獨萬分（孤獨是因為我以為自己是天殺的宇宙裡最後一個人類），最主要是我腦子不清楚，因為我已經殺了一個無辜的人，而現在這個人，這個艾文．沃克發現我的時候沒有殺我，反而救了我。所以當我心裡的警鐘響起時，我不予理會，除此之外他的帥臉也很有幫助（幫了倒忙？），他還讓我覺得我比他自己更重要。他替我洗澡，為我做飯，教我如何殺人，還說我值得他送命，然後馬上就用為我送命來證明。

他一開始是艾文，但十三年後覺醒時發現自己不是。然後他跟我說當他透過我的眼睛看見自己的時候又再度覺醒。他在我身上找到自己，我也透過自己找到他，我在他裡面，我們之間沒有距離。他把我想知道的一切都告訴了我，最後還說了我必須知道的事：消滅倖存人類的主要武器就是人類本身。等到最後一個「被侵」死了，沃希和他那票人就會終止第五波。清理完畢可以搬進來了。

我告訴班恩和能者這一切的時候——除了艾文進入我的那部分，這對派瑞許來說有點太微妙——他們充滿懷疑的視線和意味深長的表情完全將我排除在外。

「它們之一愛上妳？」我說完後能者問道：「那不就像我們愛上蟑螂一樣？」

「或是蜉蝣，」我反唇相譏。「或許它們喜歡蟲子。」

我們在班恩的房裡。那是我們在沃克旅館的第一天晚上，我認為能者替旅館取這個名字是為了讓我不爽。

「他還跟妳說了什麼？」班恩問。他癱在床上，從避風營到旅館才六公里，他看起來卻像是跑了一場馬拉松一樣。那個替我和山姆療傷的孩子叫作小飛象，我問他班恩的傷勢如何，他不置可否，不肯說會不會好轉，也不肯說會不會惡化。當然啦，小飛象才十二歲。「它們有什麼能力？或者弱點？」

「它們已經沒有形體了，」我說：「艾文告訴我那是它們能夠跨越星際的唯一方法。有些被下傳——他、沃希、其他消音器——有些則留在母艦上，等著我們死光。」

班恩用手背擦嘴。「所以集中營是為了篩選出最適合被洗腦的候選人……」

「並且消滅不適合的。」我替他說完。「第五波一發動，它們只要坐等人類自相殘殺就好。」

能者坐在窗邊，跟陰影一樣沉默。

「但它們為什麼要利用我們呢？」班恩質疑道。「為什麼不下傳夠多的軍隊到人體裡，把我們幹掉就好了？」

「可能它們數量不夠吧，」我猜測。「或者發動第五波的風險最小。」

「什麼風險？」陰影能者打破沉默說。

我決定不理會她。原因很多，但最主要是跟能者單挑你得自己承擔後果。她用一個字就能羞辱你。

「你也在那裡，」我提醒班恩。「你聽見沃希說的了。它們觀察我們好幾個世紀，但是艾文證明了就算計畫了幾千年，還是有可能出錯。我覺得它們沒有料到假裝成我們會真的讓它們變成我們。」

「好吧，」班恩說：「我們要怎麼利用這一點？」

「我們不能。」能者回道：「蘇利文說的一切都沒有幫助，除非這個艾文設法躲過爆炸，回來解釋清楚。」

班恩搖頭：「沒有人能躲過那場爆炸。」

「那裡有逃生艙。」我說，繼續抓著自從他說再見之後我就不肯放的最後一點希望。

「真的假的？」能者聽起來不相信。「那他為什麼不讓妳搭逃生艙？」

我對她說：「聽著，我可能不該對一個拿著高性能半自動步槍的人這麼說，但妳真的惹到我了。」

她裝出很驚訝的樣子：「我怎麼了嗎？」

「我們得掌控情況，」班恩急急說道，打斷我的回答。這是件好事。能者拿著一把M16，而班恩跟我說過她是避風營第一的神槍手。「我們要怎麼辦？等待艾文出現還是繼續逃？如果要逃的話，逃去哪裡？」他的臉頰因高燒發紅，雙眼發亮。我隊已經第四次進攻，但毫無所獲，而且比賽只剩下四秒就要結束。「艾文還跟妳說了什麼有用的事嗎？它們打算怎樣處理城市？」

「它們不會炸掉城市。」能者說，沒有等我回答，也沒有等我問她為什麼會知道。「如果它們打算毀掉城市的話，一開始就可以這麼做了。全世界的人口有一半住在都會區。」

「所以它們打算利用城市。」班恩說：「因為它們要利用人類的軀體？」

「我們不能躲在城市裡，僵屍，」能者說：「任何城市都不行。」

「為什麼？」

「那裡不安全，火災、下水道、腐爛屍體的傳染病。其他倖存者現在一定也知道它們在利用人類軀體。如果我們想要活久一點，就必須繼續前進。繼續前進，盡量獨自一人。」

喔，老天，我在哪裡聽過這個說法？我覺得頭暈，我的膝蓋痛死了，被消音器打中的膝蓋，**我的**消音器。**我會找到妳的，凱西，我每次都找到妳了不是嗎？**這次沒有，艾文，我不覺得你找得到我。我坐在班恩的床緣。

「她說得沒錯，」我跟他說：「在任何地方多待幾天都不是好主意。」

「聚在一起也不是。」

能者的話在冰冷的空氣中迴盪，班恩在我旁邊僵住了。我閉上眼睛，這個說法我也聽過，**別相信任何人。**

「不行，能者。」班恩說。

「我帶茶杯和磅蛋糕，其他人你負責，這樣我們的機會就是兩倍。」

「幹嘛只分兩邊？」我問她：「為何不直接解散？這樣我們的機會就變成四倍。」

「七倍。」她糾正我。

「好吧，我不是數學天才，」班恩說：「但我覺得分散會正中它們的下懷。孤立，然後被消滅。」他嚴峻地望著能者：「我喜歡知道有人罩著我。」

他從床上撐起身子，晃動了一下。能者叫他躺回去，他不理她。

「我們不能停留，又無處可去。你不能去『無處可去』，所以我們要怎麼辦？」他問。

「往南，」能者說：「盡量往南。」她望向窗外。我明白她的判斷——只要下一場像樣的雪，我們就會被困到雪融為止。因此，要去某個不下雪的地方。

「德州？」班恩說。

「墨西哥，」能者回答：「或是中美洲。等洪水退了之後，你可以在雨林裡躲上好幾年。」

「我喜歡，」班恩說：「回歸自然。只是有一個小缺點，」他雙手一攤：「我們沒有護照。」

他望著她，維持同樣的姿勢，好像在等待她的反應。能者回望他，面無表情。班恩聳聳肩放下手。

「妳不是認真的吧？」我問，這簡直太荒謬了。「中美洲？冬天？走路過去？班恩受傷了，還有兩個小鬼，我們能到肯塔基州就算走運了。」

「總比蹲在這裡等待外星王子出現好。」

夠了。我不在乎她是不是拿著一把M16，我要抓住她如絲般的長髮，把她甩到窗外去。班恩看出我的怒氣，擋到我們中間。

「我們是同一國的，蘇利文，不要內訌，好嗎？」他轉向能者：「妳說得對，艾文八成沒有逃過一劫，但我們還是要給他一個機會，讓他實現承諾。反正我也沒辦法趕路。」

「我回去找你跟雞塊，不是要讓大家一起變成活靶子，僵屍。」能者說：「你可以照著你覺得正確的方式做，但如果事情變得棘手，我就要離開這裡。」

我對班恩說：「我們是同一國的喔！」

「或許妳忘了是誰救了妳的命。」能者說。

「喔，去死吧！」

「夠了！」班恩用「這裡我作主」的四分衛威武嗓音吼道。「我不知道我們要怎麼熬過這天殺的一團糟，但我知道不是**這樣**。妳們倆都夠了。這是命令。」

他喘著氣倒回床上，一手壓著身側。能者出去找小飛象。自從我和班恩在避風營深處重逢之後，這是我們第一次獨處。

「真奇怪，」班恩說：「我原本以為死了百分之九十九的人之後，剩下的百分之一會處得比較好。」

呃，是百分之一吧，派瑞許。我想糾正他，然後就看見他微笑，等著我糾正他的算數，他知道我幾乎無法抗拒這麼做。他裝笨蛋的樣子就像山米那樣大的孩子在人行道上用粉筆塗鴉一樣，大膽又笨拙。

「她瘋了，」我說：「真的，她不正常。你看看她的眼裡，裡面根本沒人。」

他搖頭：「我覺得裡面有很多東西，只是……藏得很深。」

他畏縮了一下，把手伸進那件極醜的連帽罩衫口袋裡，好像在模仿拿破崙。他手壓著能者打中他的地方。他要求她製造傷口，好讓他犧牲一切回去救我弟弟，而現在這可能會害他送命。

「不可能。」我低聲說。

「當然可能。」他說，把手放到我手上。

我搖搖頭。他不明白，我不是在說我們。

它們到來的陰影籠罩了我們，我們在陰影完全的黑暗中失去了某種非常基本的東西。但只因為我們看不見，並不表示它就不在那裡。我父親無聲地對我說：**快跑！**因為他自己不能；艾文把我從野獸的肚子裡拉出來，自己捨身餵虎；班恩衝進地獄的大嘴把山姆搶回來。有些事情——好吧，可能只有一件事情——沒有被陰影污染。難以掌控，從不倦怠，無法擊敗。

它們可以殺掉我們，殺掉最後存活的幾個人類，但它們無法——絕對無法——殺掉我們存活的精神。

凱西，妳想飛起來嗎？

想，爹地。我想飛。

12

銀色的公路消逝在黑暗中，被星光穿透的黑暗。沒有葉子的枯樹像是被逮個正著的小偷一樣舉起枝椏。山姆睡夢中的呼吸在冰冷的空氣裡凝結，我的呼吸在玻璃窗上結霧。起霧的玻璃窗外面，黑暗中被星光穿透的銀色公路旁邊，有一個小小的人影在高舉枝椏的枯樹下一晃而過。

喔，該死。

我衝出房間，奔進走廊，磅蛋糕舉著步槍倏地轉身，**放輕鬆，大個子**。接著我衝進班恩的房間，小飛象靠在窗邊，班恩癱在最靠近門的床上。小飛象站起身，班恩坐了起來。我問：「**茶杯在哪裡？**」

小飛象指向班恩旁邊的那張床：「在那裡。」他的表情像在說：那個小妞抓狂了。

我走到床邊掀開層層被子，班恩詛咒出聲，小飛象往後靠著牆壁，滿臉漲紅。

「我跟上帝發誓她剛剛還在！」

「我看見她了，」我對班恩說：「在外面——」

「外面？」他把腿甩下床，發出痛苦地呻吟。

「在公路上。」

他立刻明白了。「能者。她去找能者了。」他一掌拍在床墊上。「該死！」

「我去找她。」小飛象說。

班恩舉起手制止他。「磅蛋糕！」他大吼道。你可以聽到那個大個子正走過來，地板在他腳下發出抗議。他把頭探進房間，班恩說：「茶杯跑出去了，去找能者。你去把那個臭ㄚ頭給我抓回來，我要揍她的屁股。」

磅蛋糕大步走開，地板說：謝啦！

班恩繫上槍帶。「你在幹什麼？」我問。

「在磅蛋糕把那個臭丫頭逮回來之前，我替他放哨。妳陪著雞塊，我是說山姆，隨便啦，我們得選定一個名字。」

他的手在顫抖。高燒，恐懼，兩者皆有。

小飛象張開嘴又閉上，沒有發出聲音。班恩注意到了。「稍息，兄弟，這不是你的錯。」

「我去放哨，」小飛象說：「你留在這裡，士官。你不該起床。」

他在班恩阻止他之前衝出房間，班恩用高燒發亮的眼睛看著我。「我想我沒有告訴過妳，」他說：「我們在戴頓叛變之後，沃希派了兩個小隊來追殺我們，如果他們在基地爆炸的時候還在外面……」

他沒有把話說完。或許是他覺得不用說，也或許是他說不出口。他站起來，踉蹌了一下。我走到他旁邊，他毫不顧忌地搭上我的肩膀。沒有任何美化的說法：班恩．派瑞許散發著惡臭。感染和汗臭的酸味。我第一次發覺雖然他現在還不是屍體，但很快就會是了。

「你最好回去床上躺著。」我跟他說。他搖頭，接著他搭在我肩膀上的手失去力氣，他往後倒，一屁股坐上床墊，又滑到地板上。

「頭昏，」他喃喃道：「妳去把雞塊帶來跟我們一起。」

「山姆，我們叫他山姆好嗎？」我每次一聽到雞塊就會想起麥當勞的得來速，熱熱的薯條，香蕉草莓奶昔和 McCafé 的摩卡冰沙，上面堆著鮮奶油和巧克力碎片。

班恩微微一笑。在那張憔悴的臉上看見燦爛笑容令人心碎。「好，我們就這麼叫他。」他說。

我把山姆從床上抱起來，走回班恩的房間，他連哼也沒哼一聲。我把他放在茶杯空出來的床上，替他蓋好被子，撫摸他的臉。這是從瘟疫時期留下來的習慣。班恩仍舊坐在地上，仰頭瞪著天花板。我走向他，他揮手不讓我靠近。

「窗口，」他喘著氣說：「現在我們有一邊沒人看守了，多虧了茶杯。」

「她為什麼要偷溜出去？」

「自從我們離開戴頓之後，她就像跟屁蟲一樣黏著能者不放。」

「但我只看過她們吵架。」我想起她們因為西洋棋吵架，硬幣打中茶杯的前額，以及**我恨妳他媽的膽量！**

班恩輕笑起來：「喜歡跟討厭只有一線之隔。」

我往下瞥向停車場，柏油路像瑪瑙般閃爍。**像跟屁蟲一樣黏著她**。我想起躲在門後和轉角的艾文，我想起那個不受污染、恆久不變的東西，我想起那個唯一能拯救我們但也能摧毀我們的東西。

「你真的不該坐在地上，」我說：「床上比較溫暖。」

「暖個半度的一半又一半吧。這沒什麼，蘇利文，跟瘟疫比起來只是小感冒而已。」

「你得過瘟疫？」

「對，那時我在萊特派特森空軍基地外面的難民營。它們接管基地之後，把我拉進去打了各種抗病毒的藥物，然後在我手裡塞一把步槍，叫我去殺人。妳呢？」

一隻血淋淋的手握著一個十字架。**妳可以解決我，或者幫助我**。啤酒冷藏櫃後面的大兵是第一個。不，第一個是殺死骨灰坑裡的酥油的傢伙，這樣就兩個了。然後還有消音器。我找到山姆之前打死的那個，以及艾文找到我之前我打死的那個。這樣就是四個人。我有沒有漏算？當屍體越堆越高，你就算不清了。**喔，老天，你就算不清了。**

「我殺過人。」我輕聲說。

「我是說瘟疫。」

「我沒得過，但我媽……」

「妳爸爸呢？」

「另一種瘟疫。」我說，他轉頭瞥向我。「沃希，沃希殺了他。」

我跟他說了骨灰營的事。悍馬車的平台上載滿士兵，校車超現實般的出現，**只有小孩，只有載小孩的空間。**士兵把其他人集中到營房裡，爸爸讓我跟我第一個被害者去找酥油。然後爸爸倒在地上，沃希俯視他。我躲在樹林裡，爸爸無聲地說：**快跑！**

「真奇怪，它們沒讓妳上校車，」班恩說：「如果它們是要利用小孩來組織洗腦大軍的話。」

「我看到的大部分都是小小孩，山姆那個年紀，有些還更小。」

「在避風營裡，它們把五歲以下的小孩都集中在防空壕。」

我點點頭。「我有看到他們。」我在避難室尋找山姆的時候，他們全都抬頭望著我。

「這就讓人好奇，它們為什麼要留著小孩？」班恩說：「除非沃希預期要打非常久的仗。」他說話的語氣似乎是對這句話感到遲疑，他在床墊上敲著手指。「茶杯到底怎麼了？他們差不多該回來了。」

「我去看看。」我說。

「不行。妳知道嗎，這簡直就像天底下所有恐怖電影的情節：一個接著一個消失。不行。再等五分鐘。」

我們沉默下來，豎耳傾聽，但只有窗戶縫隙間的風聲和老鼠不斷在牆裡抓搔的聲音。茶杯非常在意老鼠。我聽著她和能者花好幾個小時計畫如何消滅牠們。能者用惱人的說教語氣解釋老鼠的數量早已失控，旅館裡的老鼠遠多於我們的子彈。

「老鼠，」班恩說，彷彿他會讀心術。「老鼠、老鼠、老鼠，數以百計的老鼠，數以千計的老鼠。現在老鼠比人還多了，簡直是老鼠星球。」他沙啞地笑起來。他可能神智不清。「妳知道我想破了腦袋也想不通的是什麼嗎？沃希告訴我們它們已經觀察我們好幾個世紀，這怎麼可能？喔，好吧，我知道有可能，但我不明白它們為什麼不當時就攻擊我們？在我們建造金字塔的時候，地球上只有一些人，幹嘛等到七十億人口擠滿每個大陸，而科技只比長矛和棍棒先進一點點的時候才來攻擊，這樣比較有挑戰性嗎？清除新家害蟲的時機不是等到害蟲的數目超過你吧！艾文呢？這方面他說過什麼嗎？」

我清清喉嚨說：「他說它們無法決定要不要消滅我們。」

「喔，所以它們爭論了六千年，因為沒有人下定決心，浪費了一堆時間，最後有人說：『喔，管他的，就把這些混蛋都幹掉吧！』」

「我不知道，我沒有答案。」我想為自己辯護，彷彿認識艾文就表示我什麼都知道似的。

「我猜沃希可能在說謊，」班恩沉吟道：「我不知道他為什麼這麼做，但大概是要耍我們，讓我們陷入混亂。他從一開始就耍了我。」他望向我，然後移開視線。「我不該承認的，但是我崇拜他。我以為他是，他就像是……」他揮揮手，找尋字眼。「人中之龍。」

他的肩膀開始顫動。起先我以為是他在發燒的緣故，後來我猜可能是別的原因，於是我離開窗邊走向他。

對男生來說，崩潰是非常私人的事。不能讓別人看見你哭，因為那表示你很軟弱，很沒種，很孬，沒有男子氣概之類的屁話。我無法想像它們到來之前的班恩．派瑞許——那個擁有一切的傢伙，那個是其他所有男孩偶像的傢伙，那個讓別人心碎自己卻無動於衷的傢伙——在任何人面前哭泣。

我在他旁邊坐下，我沒有碰他，也沒有說話。他在他所在之處，我在我所在之處。

「抱歉。」他說。

我搖搖頭：「不用。」

他用手背拭過一邊臉頰，然後另一邊。「妳知道他跟我說過什麼嗎？好吧，比較像是保證。他保證他會清空我，然後用憎恨填滿我。但他沒有實現他的承諾，他沒有用憎恨填滿我，他反而用希望填滿了我。」

我明白。避難室裡十億張抬起的小臉上充滿了無限希望，那些望著我的眼神，那些眼神中駭人到難以言喻的疑問：**我會活下去嗎？**一切都息息相關。它們很清楚這一點，比我們大多數人都清楚。沒有信心就沒有希望，沒有希望就沒有信心。沒有信任就沒有愛情，沒有愛情就沒有信任。只要抽掉一端，整座人類紙牌屋就會頹然崩塌。

這簡直就像是沃希想讓班恩發現事實一樣，想告訴他希望是無望的。但又是為了什麼？如果它們的目的是消滅我們，直接消滅我們就好了啊！一定有無數方法可以迅速達成目的，但它們卻用五波越來越嚇人的方式拖延。**為什麼？**

在此之前，我總認為它們對我們的感覺是輕蔑加上一點厭惡，就像我們對老鼠、蟑螂、臭蟲和其他討厭的低等生物的感覺一樣。**這不是私怨，人類，但你們得消失。**我從沒想過這可能完全就是私怨，光是殺掉我們還不夠。

「它們恨我們，」我對自己說，也對他說。班恩驚訝地看著我，我恐懼地回望他。「沒有別的解釋了。」

「它們不恨我們，凱西，」他輕柔地說，彷彿我是被嚇到的孩子。「我們只是佔據了它們想要的東西。」

「不。」現在我的臉頰上滿是淚水。第五波只有唯一一個解釋，其他理由都太荒謬。「這不是要把地球從我們手中撕裂，班恩，這是要撕裂我們。」

13

「夠了，」班恩說：「時間到。」

他試著站起來，但不怎麼成功，還沒完全起身就又跌坐下去。我把手放到他肩膀上。

「我去。」

他一掌拍在大腿上。「不能發生這種事。」他喃喃道。我開門探頭觀望走廊，不能發生什麼事？失去茶杯和磅蛋糕？一個接著一個失去我們？輸掉跟傷勢的戰爭？還是輸掉這整場戰爭？

走廊上沒人。

先是茶杯，然後是磅蛋糕，現在是小飛象。我們確實消失得比恐怖電影裡的露營者還快。

「小飛象！」我輕聲叫道，這個可笑的名字在冰冷停滯的空氣中迴盪。我腦中閃過各種可能，從最不可能的到最有可能的：有人已經默默地幹掉他，藏起他的屍體；他被抓走了；他看見或聽見什麼然後過去調查；他去尿尿。

我在門口停留了幾秒鐘，看會不會是最後一個選項。走廊上仍舊沒人。我退回房裡，班恩站起來檢查M16的彈匣。

「不要讓我猜。」他說：「算了，我也不需要猜。」

「你留在這裡陪山姆，我去。」

他拖著腳走到我面前停下。「抱歉，蘇利文，他是妳弟弟。」

我僵住了。房裡冷得要命，但我的血液更冷。他的聲音冷硬低平，沒有任何感情。**僵屍。班恩，你為什麼叫作僵屍？**

然後他微笑起來，一個非常真實、非常班恩．派瑞許的笑容。「而那些傢伙——他們全都是我弟弟。」

他繞過我搖搖晃晃地走向門口，情勢很快從危險得要命發展成要命地危險。我看不出有別的辦法，我衝到班恩床邊，抓住山姆的肩膀，用力搖晃他。他輕叫一聲醒來。我用手掩住他的嘴，不讓他發出聲音。

「山山，聽著，出事了！」我抽出手槍，塞進他的小手裡。他睜大眼睛，裡面有恐懼和某種很像是喜悅的表情。「我得和班恩出去看看。你來鎖上彈簧鎖——你知道彈簧鎖是什麼嗎？」大眼睛點點頭。「用椅子抵在門把下面，從門上的小洞監視外面，不要讓……」喔，我非得把**所有細節**都說出來嗎？「聽著，山山，這很重要，非常重要，非常、非常重要。你知道要怎麼分辨好人跟壞人嗎？壞人會對我們開槍。」這是父親教我最好的一課。我親吻山姆的頭頂，把他留在房裡。

門在我們身後關上，我聽見彈簧鎖扣好的聲音。**好孩子**。班恩沿著走廊往前走，他示意我跟上，他燒得發燙的嘴唇貼在我耳邊。

「我們先檢查房間，再下樓。」

我們一起行動。我打前鋒，班恩掩護我。沃克旅館完全不設防，之前每一波攻擊中的倖存者為了尋找避難處早已破壞了所有門鎖，而沃克旅館也很適合廉價的家族旅遊，房間大小跟芭比娃娃的夢幻屋差不多，三十秒就可以檢查完一間。四分鐘就全部查完了。

我們回到走廊上，班恩再度把嘴唇貼到我耳旁。

「**電梯井**。」

他在電梯門前單膝跪地，示意我守在樓梯口，然後掏出二十五公分的獵刀插進電梯門間的縫隙。**啊**，我心想，**躲在電梯裡的老招！**那我為什麼要守在樓梯口？班恩把電梯門撬開，示意我過去。

我看見生鏽的纜線和超多灰塵，以及聞起來像是死老鼠的味道，我希望是死老鼠。他指向下方黑暗的空間。我明白了，我們不是要檢查電梯井——而是要利用這裡。

「我走樓梯，」他在我耳邊輕聲說：「妳待在電梯裡，等我的信號。」

他一腳抵住一邊的門，身體靠向另一邊試圖保持電梯門敞開，然後指著門和身體之間的空隙無聲地說：**來吧！**我小心地跨過他的腿，在門邊坐下，把腿往下伸。電梯廂的頂部看起來離我有好幾公里遠，班恩鼓勵地對我一笑：**別擔心，蘇利文，我不會讓妳掉下去。**

我慢慢往前移動，屁股開始懸空。這樣不行。我退回邊緣，轉身跪在門邊。班恩抓住我的手腕，另一隻手比了個拇指朝上的手勢。我抓住邊緣，慢慢蹭著電梯井的牆壁往下，直到手臂伸直到極限。**ＯＫ，凱西，該放手了，班恩抓著妳。對啦，妳這個白癡，班恩受傷了，他的力氣大概跟三歲小孩一樣大。妳一鬆手就會把他一起拉下去，他會跌在妳身上，壓斷妳的脖子，然後他的血會流在妳麻痺的身體上，到死為止……**

喔，隨便了。

我鬆開手，聽見班恩輕聲呻吟，但他沒有讓我掉下去，也沒有跌在我身上。他彎下腰讓我慢慢往下，直到我看見他腦袋的剪影映在電梯門的開口處，臉被陰影籠罩。我的腳趾碰到電梯廂的頂端，我對他比了大拇指，雖然不確定他看不看得見。三秒，四秒，然後他鬆開手。

我跪下來，伸手摸維修口，機油，灰塵，非常多油膩的灰塵。

在發明電燈之前，光的亮度是用蠟燭來表示，現在這裡的亮度大概是四分之一燭光。

然後我上方的開口關上，燭光亮度歸零。

謝啦，派瑞許，你就不能等我找到維修口嗎？

我是找到維修口了，但它卡住了，可能是生鏽了。我伸手要掏手槍，打算用槍把當鍾子，接著馬上想起我把半自動手槍給了一個五歲的孩子。我從腳踝的皮帶上抽出獵刀，使勁用刀把敲維修口三次。金屬發出尖叫，非常大聲的尖叫。**隱密行動個屁！**維修口鬆動了。我拉開板子，這次生鏽的鉸鏈又發出非常大的聲響。**好啦，妳跪在這裡可能覺得它很大聲，但在電梯井外面聽起來可能只像老鼠叫而已，不要神經緊張！**我父親對神經緊張有個說法，我從來不覺得好笑，特別是在聽過兩千次之後。**你疑神疑鬼是因為大家都是你的敵人！**我以前覺得這只是個笑話，不是惡兆。

我跳進伸手不見五指的電梯廂裡。**等我的信號。**什麼信號？班恩忘了告訴我。我把耳朵貼在冰冷的金屬門縫上，屏住呼吸。數到十，呼吸，再數到十，呼吸。數了六次數字和呼吸四次之後，我什麼也沒聽見。我開始有點緊張，外面發生了什麼事？班恩在哪裡？小飛象在哪裡？我們的小隊成員一個個掉隊。分開是錯誤的，但每次我們都別無選擇。我們被打敗了，有人輕易地讓我們全變成傻瓜。

或是不只一個人。**我們在戴頓叛變之後，沃希派了兩個小隊來追殺我們。**這就是了，一定是這樣。可能有一個，也可能兩個小隊都發現我們藏在這裡。我們待太久了。**沒錯，妳為什麼要等，凱西歐佩亞．「叛逆」．蘇利文？喔，對了，因為有個死人保證他會找到妳，所以妳閉上眼睛跳下懸崖。現在妳很驚訝底下沒有又厚又軟的墊子嗎？這是妳的錯。不管現在發生什麼事，妳都要負責。**

電梯不大，但在漆黑中感覺就像有足球場那麼大。我站在巨大的地下洞穴中，沒有光線，沒有聲音，只有一片死氣沉沉的黑暗虛空。我僵在原地，恐懼和疑惑讓我無法動彈。我知道——雖然不知道為什麼我知道——班恩的信號不會來了；我知道——雖然也不知道為什麼我知道——艾文也不會來了。

你無法料到什麼時候你不得不面對現實。你無法選擇時機，是時機選擇你。我原本有好幾天的時間可以面對此刻在冰冷黑暗中瞪著我的事實，但我一直不肯正視它。我不肯接受，所以事實決定來找我。

我和艾文在一起的最後一天晚上，他觸碰我的時候，我們之間沒有距離，我們合為一體，而現在我和黑暗的深淵之間沒有距離。他保證他會找到我，**我每次都找到妳了不是嗎？**我相信他。在懷疑過我遇見他之後他說的每一句話之後，我第一次相信了他最後說的那句話。我相信他。

我把臉貼在冰冷的金屬門上。我感覺自己正往下墜入一公里又一公里的虛空，而且永遠無法停止。**妳是蜉蝣。今天在這裡，然後就不在了。**不，我還在這裡，艾文，是你不在了。

「我們離開農場的時候你就知道會這樣，」我對著虛空低語：「你知道我們會死，但你還是去了。」

我站不住了。我沒辦法。我頹然跪下。墜落，墜落，永無止盡地墜落。

放手，凱西。放手。

「放手？我在墜落。我在墜落，艾文。」

但我知道他的意思。

我永遠不會放開他，不會真的放手。我每天告訴自己一千遍他不可能逃過爆炸，並教訓自己我們躲在這棟骯髒的汽車旅館是徒勞、危險、瘋狂的自殺行為。但我仍死抓著他的承諾不放，因為放棄他的承諾就等於放棄了**他**。

「我恨你，艾文．沃克。」我對著虛空低語。

不能回頭，不能前進。不能抓住，不能放手。不能，不能，不能，不能。妳能怎麼辦？還能怎麼辦？

我抬起頭。**好吧，我能這麼辦。**

我站起來。**我也能這樣。**

我挺起胸膛，手指伸進門縫。

我要出去了，我對沉默的深淵說，**我要放手了。**

我硬把門拉開。光線湧進虛空，吞噬所有陰影，一掃而空。

14

我走進大廳，我們微型的美麗新世界。滿地玻璃碎片，堆在角落的垃圾像被風吹成一堆的秋天落葉，死掉的蟲子蜷著小腳翻肚仰天。非常寒冷，如此安靜，呼吸是唯一的聲音。在嗡嗡聲消失之後，大地一片沉寂。

沒有班恩的蹤影，他在二樓和樓梯間一定發生了什麼事，而且不是好事。我躡手躡腳地走向樓梯口，忍住回去找山姆的衝動，不想讓他像班恩、小飛象、磅蛋糕、茶杯和地球上百分之九十九點九的人一樣消失的衝動。

垃圾在我的靴子下發出小小的碎裂聲，冰冷的空氣灼燒著我的臉和雙手。我緊緊抓著步槍，在徹底黑暗的電梯外，雙眼大睜，微弱的星光像探照燈般明亮。

慢慢來。慢慢來。不要犯錯。

樓梯間的門。我握著金屬門把整整三十秒，把耳朵貼在木頭上，但只聽到自己的心跳聲。我慢慢壓下把手，把門打開一條剛好能偷窺的小縫。徹底的黑暗，徹底的沉寂。**該死，派瑞許，你他媽的在哪裡？**

除了上樓別無他法，我溜進樓梯間。**喀啦**，門在我身後關上，周圍再度陷入黑暗，但這次我決定將它排除在外，讓它待在它該在的地方。

死亡的氣味瀰漫在陳腐的空氣中，是老鼠，我告訴自己，不然就是浣熊或者某種林中小動物被困在這裡。我的靴子採到某種濕軟的東西，小小的骨頭碎裂了。我利用台階邊緣刮掉黏著的殘留物，我可不想失足跌落摔斷脖子，無助地躺在那裡等待不知是誰會發現我，然後給我的腦袋一槍。那樣滿糟的。

我走到轉角的小平台，**再爬一層，深呼吸，就快到了**。然後我聽到槍聲響起，又一聲，第三聲，接著是槍林彈雨，像是有人把整個彈匣都打空了。我三步併成兩步衝上去，撞開門，沿著走廊奔向那個現在沒了門板的房間，我弟弟所在的房間。我的腳趾勾到某個物體——我急著奔向山姆而沒有注意到的柔軟物體——我雙腳離地，砰地倒在薄薄的地毯上，牙齒都要被震掉了。我迅速跳起來，轉頭看見班恩．派瑞許動也不動地趴在地上，雙臂向前伸，那件愚蠢的黃色連帽罩衫上滲著深色的血痕。然後山姆尖叫起來，**我還沒有太遲，還來得及。我來了，你這個混蛋，我來了**。房裡一個高大的陰影籠罩著用小手指扣著扳機的小身影，槍已經沒有子彈了。

我開火。陰影轉身面對我，對我伸出手，倒在地上。

我踩住他的脖子，用槍口抵著陰影的後腦勺。

「不好意思，」我喘息道，上氣不接下氣。「你走錯房間了。」

第二章

艾文之章

The Last Star

最後的星星

15

他還是個孩子的時候，總是夢到貓頭鷹。

他已經很多年沒有想起這個夢了。現在，當他的生命漸漸流逝的時候，記憶再度浮現。

這不是個愉快的記憶。

貓頭鷹停在窗台上，大大的黃眼睛瞪著房裡，那雙眼睛規律地慢慢眨動，除此之外貓頭鷹沒有其他動作。

他看著貓頭鷹瞪著他，不知為何，恐懼讓他無法動彈，無法出聲叫他的母親。之後這種反胃、暈眩、發燒，以及被人監視坐立不安的難受感覺會持續好多天。

他滿十三歲之後，夢境停止了。他已經覺醒，不用再隱藏事實，當時機成熟時，覺醒的他會需要貓頭鷹給他的禮物。他明白那些夢的目的，因為他已經明白自己的目的。

做好準備，替計畫鋪路。

貓頭鷹是保護脆弱宿主軀體的謊言。當他覺醒後，又被另一個謊言取代：他的生活。他的人性是個謊言，是個面具，就像黑暗中的貓頭鷹夢境。

現在他快死了。這個謊言正跟著他一起死去。

沒有痛苦，他感覺不到嚴寒，他的身體似乎漂浮在溫暖無垠的汪洋上。他的神經送往腦子痛覺中樞的警訊被關掉了，他的人類軀體無痛輕柔地陷入虛無，這是他最後的禮物。

地球上最後一個人類死去後，就是重生。

一個不被人類記憶拖累的全新人類軀體。他不會記得過去的十八年，相關的記憶和情感將永遠消失——想到這裡他無法不覺得痛苦萬分。

消失，一切都會消失。

她的面孔，會**消失**。跟她共度的時光，會**消失**。他的實體跟他的虛像之間的戰爭，會**消失**。

被冬日覆蓋的樹林中，漂浮在無垠之海上，他對她伸出手，她卻溜開了。

他知道結果會如此，他一直都知道。從他發現她被困在雪中，將她帶回去照顧時，他就知道自己必須付出生命的代價。美德現在都成了缺陷，愛情的代價就是死亡。不是他軀體的死亡，他的軀體是個謊言，而是真正的死亡。他的人性之死，他的靈魂之死。

在嚴寒的樹林裡，在無垠之海的表面，他低語她的名字，將對她的記憶留在風中，留在沉默樹林的懷抱，留在她心中的廣袤宇宙裡，留在純潔永恆閃耀、跟她同名的忠實星辰間——

凱西歐佩亞。

16

他在疼痛中醒來。

令人目盲的痛楚，他的頭、他的胸膛、他的雙手、他的腳踝。他的皮膚彷彿著了火，他覺得自己像正被活活煮沸。

一隻烏棲息在枝枒上，漠然地打量著他。是烏鴉。現在世界是烏鴉的了，他心想。其他生物都是短暫的過客。

光禿禿的枝枒上方黑煙繚繞，營火，以及平底鍋煎肉的香味。

他靠在樹幹上，身上蓋著厚重的羊毛毯子，腦袋枕著一件捲起來的羽絨衣當枕頭。他試著慢慢把頭抬高一點，卻發現做任何動作都是糟透了的主意。

一個高䠷的女人抱著大批木柴走進他的視野，然後去替營火添柴，消失了一會兒。

「早安。」她的聲音低沉輕柔，有點熟悉。

她在他身邊坐下，用瘦長的手臂摟住雙腿。她的面孔他也很熟悉，白皙的肌膚，金髮，北歐人的五官，像是維京公主。

「我認識妳。」他低聲說，他的喉嚨灼痛。她把杯子靠在他皸裂的唇邊，他喝了許久水。

「很好。」她說：「昨天晚上你一直囈語，我擔心你不只是腦震盪。」

她站起來，再度離開，然後拿著平底鍋回來，坐在他身邊，把鍋子放在地上。她帶著跟烏鴉同樣高傲漠然的神情打量著他。

「我不餓。」他說。

「你得吃點東西。」這不是要求，是陳述事實。「新鮮的兔子，我做了燉肉。」

「有多糟？」

「不糟，我很會做菜。」

他對她搖搖頭，強迫自己微笑。她知道他的意思。

「滿糟的。」她說：「十六處骨折，頭骨破裂，全身大部分二度灼傷。但你的頭髮沒事。你還有頭髮，這是好消息。」

她用湯匙舀起燉肉，舉到唇邊輕輕吹氣，慢慢舔著湯匙邊緣。

「壞消息呢？」他問。

「你的腳踝斷了，很嚴重，那要花點時間。其他的……」她聳聳肩，吃一口燉肉，抿起嘴唇。「需要加鹽。」

他望著她在背包裡找鹽。「恩典，」他輕聲說：「妳叫恩典。」

「那是我的許多名字之一。」她說。然後她說出她的真名，她用了一萬年的名字。「老實說，我比較喜歡恩典，發音容易多了！」

她用湯匙攪動肉湯，要他嚐一口。但他緊閉著嘴，因為一想到食物他就反胃。她聳聳肩，又吃了一口。「我本來以為那是爆炸的殘骸，」她繼續說：「沒想到會找到逃生艙——也沒想到你在裡面。導航系統呢？你關掉了嗎？」

他仔細想過之後才回答：「故障了。」

「故障？」

「故障。」他稍微大聲一點。他感覺喉嚨燒了起來。她拿罐子給他喝水。

「不要喝太多，」她告誡道：「你會吐的。」

水沿著他的下巴滴下，她替他擦掉。

「基地被侵入了。」他說。

她似乎很驚訝：「怎麼侵入的？」

他搖頭：「我不確定。」

「你怎麼會在那裡？這才奇怪。」

「我跟著別人進去的。」這很不妙，以一個一輩子都是謊言的人來說，他並不善於說謊。他知道如果恩典懷疑侵入跟他有關，她會毫不遲疑地終止他的人類軀體。它們都瞭解套上人類外殼的風險，跟人類心智共用一個軀體，就得冒著染上人類惡習——與人類美德的風險。比貪婪、慾念、嫉妒或其他一切都危險的——就是愛情。

「你……跟著別人進去？人類嗎？」

「我別無選擇。」至少這是真的。

「基地被**一個人類**侵入，」她驚嘆地搖頭。「而你放棄了你的任務去阻止那個人。」

他閉上眼睛，想要讓她以為他昏過去了。燉肉的氣味讓他的胃翻攪。

「太奇怪了。」恩典說：「基地總是有被侵入的危險，但發生在指揮中心內部？你那個區域的人類怎麼會知道淨化的事？」

看來裝死沒用。他睜開眼睛。烏鴉沒有移動，繼續瞪著他。他記起窗台上的貓頭鷹和床上的小男孩，以及恐懼。「我不確定她知道。」

「她？」

「對，是個女性。」

「凱西歐佩亞。」

他倏地望向她。他忍不住。「妳怎麼……」

「過去三天我聽過很多遍了。」

「三天？」

他的心跳加速，他非問不可，但他怎麼能問？發問只會讓她更加起疑，絕對是愚蠢之舉，於是他說：「我想她可能逃走了。」

恩典微笑：「這個嘛，如果她真的逃走了，我相信我們會找到她的。」

他慢慢呼出一口氣。恩典沒有理由說謊。如果她已經找到凱西，一定會當場殺了她，也不會對他隱瞞。雖然恩典沒有找到她並不表示她還活著，但凱西仍有可能已經逃過爆炸。

恩典再度伸手到背包裡，掏出一瓶乳液。「治療燒傷。」她解釋道。她慢慢拉下他身上的毯子，他赤裸的身體暴露在冰點下的空氣中。烏鴉在他們上方歪著閃亮的黑色腦袋繼續觀望。

乳液很涼，她的手很溫暖。恩典把他從火中救出來。他把凱西從冰裡救出來。他抱著她穿越起伏的白色汪洋回到老農莊，替她脫下衣服，將她凍僵的身體浸在溫暖的水裡。恩典塗著乳液的雙手滑過他全身。他的手指梳過凱西結冰的豐厚髮絲，取出她身上的子彈，她浸在被血染成粉紅色的水裡。那顆本來應該擊中她心臟的子彈，他的子彈。他把她從水裡拉起來，替她包紮傷口，把她抱到妹妹的床上，轉開視線替她換上妹妹的睡衣。凱西要是知道他見過她的裸體，一定會非常沮喪。

恩典緊緊盯著他。他緊緊盯著枕頭上的泰迪熊。他把被子拉到凱西的下巴處，恩典把毯子拉到他的下巴。

妳不會死的，他對凱西說。這不是祈禱，而是保證。

「你不會死的。」恩典對他說。

妳得活下去，他對凱西說。「我得活下去。」他對恩典說。

她歪著頭望著他的樣子就像樹上的烏鴉，也像窗台上的貓頭鷹。

「我們都得活下去，」恩典說，緩慢地點頭。「所以我們才來到這裡。」

她傾身向前，輕吻他的臉頰。溫暖的氣息，冰涼的嘴唇，以及微微的煙味。她的嘴唇從他的臉頰滑向他的嘴，他別過頭。

「你怎麼知道她的名字？」她在他耳邊低語：「凱西歐佩亞。你怎麼知道她叫凱西歐佩亞？」

「我找到她的帳篷，她寫日記……」

「喔，所以你知道她打算侵入基地。」

「對。」

「這就說得通了。她日記裡有說她**為什麼**侵入基地嗎？」

「她弟弟……從難民營被帶到萊特派特森空軍基地……她逃走了……」

「真是了不起。然後她突破我們的防線，摧毀整個基地，這就更了不起了，簡直是不可能的任務。」

她拿起平底鍋，把裡面的東西甩到樹林裡，然後站起身。她很高，彷彿一座身長一百八的金髮雕像。她的雙頰漲紅，因為寒冷，或者因為那個吻。

「休息吧，」她說：「你已經可以移動了，我們今晚出發。」

「去哪裡？」艾文·沃克問。

她微笑：「我家。」

17

日落時，恩典滅了營火，揹起背包和步槍，抱著艾文徒步二十五公里到她位於厄巴納南郊的據點。她沿著公路走，節省時間。現在這個階段沒有什麼風險，她已經好幾個星期沒有見過人類。沒有被她殺掉的人類都被校車帶走，或是躲起來過冬了。現在是中場休息時間。再過一兩年，最多不超過五年，就不必再躲藏，因為那時就沒有獵物了。

氣溫跟太陽一起下降，北風在空中搔首弄姿，破碎的雲朵在靛藍的天空飛馳而過。最初的星星出現了，然後月亮升起，眼前的公路閃閃發光，像一條銀色緞帶般穿梭在死氣沉沉的黑暗荒野和廢棄許久的空屋間。

中途她停下來一次休息喝水，並在艾文的燒傷處抹了更多乳液。

「你有些不一樣，」她沉思道：「我說不出是什麼。」她的手指撫遍他全身。

「我的覺醒不是很順利，」他說：「妳也知道。」

她輕哼一聲。「你想太多了，艾文，而且非常不願意坦白。」她用毯子裹住他，修長的手指梳過他的頭髮，深深望入他眼中。「你有事情瞞著我。」

他不發一語。

「我感覺得到。」她說：「第一天晚上，我把你從爆炸的殘骸裡拉出來的時候，你心裡有個……」

她搜索著正確的字眼。「以前沒有的祕密空間。」

他的聲音在自己耳中聽起來很空洞，像是風聲。「我沒有祕密。」

恩典笑了起來。「你根本不應該和人類融合，艾文．沃克。你對他們太有感情了，你不能成為他們之一。」

她輕鬆地像母親抱起新生兒一樣把他抱起來，接著抬頭望向夜空，驚呼出聲：「我看見它了！凱西歐佩亞，夜晚的女王。」她把臉頰貼在他頭頂上。「我們的狩獵結束了，艾文。」

18

恩典的據點是一棟在六十八號公路旁的老舊木頭平房，位於她十五平方公尺巡邏範圍的正中央。除了釘起破窗戶、修理大門之外，房子仍是她找到這裡時的原樣。牆上有全家福照，笨重難以攜帶的傳家物和紀念品散落四處，每個房間裡都是被砸爛的家具、拉開的抽屜，以及掠奪者不屑一顧的無數碎片，原本住在這裡的人生活中的斷簡殘篇。恩典都沒有整理。等春天到來，第五波擴散後，她就不在這裡了。

她把艾文抱到屋子後方的第二間臥房，小孩的房間。亮藍色的壁紙，地上散落著玩具，一個歪斜的太陽系模型吊在天花板上。她把他放在兩張單人床的其中之一，床頭板上刻著某個孩子的名字縮寫：K．M。凱文？還是凱爾？小房間裡充滿瘟疫的氣味，光線很暗——恩典也釘死了這扇窗戶——但他的視覺比一般人類敏銳。艾文看見藍色的牆上染著某人臨死掙扎時留下的深色血跡。

她走出房間，幾分鐘後帶回更多乳液和一捲繃帶。她快速包紮好他的燒傷，好像在趕時間。他們都沒有說話。她再度替他蓋上被子。

「你需要什麼嗎？」恩典問：「吃東西？洗手間？」

「衣服。」

她搖頭：「這不是個好主意。燒傷要靜養一星期，腳踝可能要兩到三星期。」

我沒有三星期，三天都太久了。

他第一次覺得自己可能得消滅恩典。

她撫摸他的臉頰：「你有需要就叫我，不要碰受傷的腳踝。我去弄點補給品，我本來沒想到會有客人。」

「妳要去多久？」

「幾個小時而已。你試著睡一下。」

「我需要武器。」

「艾文，這裡方圓百里之內沒有任何人。」她微笑。「喔，你擔心那個入侵者。」

他點點頭：「對。」

她把自己的手槍塞進他手裡：「別打到我。」

他握住槍把：「不會的。」

「我會先敲門。」

他再度點頭：「好主意。」

她在門邊停下：「基地爆炸後無人偵察機都毀了。」

「我知道。」

「這表示我們倆都不在監視網絡上，如果我們——或其他人發生了什麼事……」

「有關係嗎？反正快結束了。」

恩典點點頭：「你覺得我們會想念他們嗎？」

「人類嗎？」他想知道她是不是在開玩笑。他以前從沒聽過她說笑話，她不是這種人。

「我不是說外面那些。」她朝外面的世界示意。「而是這裡的。」她把手貼在胸口。

「妳無法想念記不得的事情吧？」他說。

「喔，我想要保留她的記憶，」恩典說：「她是個快樂的小女孩。」

「那就沒什麼需要想念的了，不是嗎？」

她將雙臂交抱在胸前。她本來要離開了，現在卻不走，為什麼？

「我不會保留全部，」她指的是記憶。「只保留好的。」

「我一直都擔心這一點，恩典，我們假扮人類越久，就越像人類。」

她疑惑地望著他，許久沒有開口，久得讓人不安。

「誰在假扮人類？」她問。

19

他一直等到聽不見她的腳步聲為止。風在三夾板和窗框間的縫隙呼嘯，除此之外他聽不到別的聲音。他的聽覺跟視覺一樣非常敏銳，如果恩典坐在門廊上梳頭，他也能聽見。

首先是槍。他卸下彈匣，不出意料地沒有子彈。他拿到的時候就覺得它太輕了。艾文允許自己輕聲一笑。這實在太過諷刺，他們最主要的任務不是殺戮，而是在倖存者之間散播懷疑的種子，讓他們像恐慌的羊群一樣，奔向萊特派特森空軍基地那樣的屠宰場。然而當散播懷疑種子的人成為收割者時會發生什麼事？**收割者**，他竟然還能想到這種稱呼，他忍住想大笑的衝動。

他深吸一口氣。這很痛。他坐起來，房間彷彿在旋轉。他閉上眼睛，不，這樣更糟。他睜開眼睛，勒令自己坐直。他的身體在準備覺醒的時候強化了，那是被貓頭鷹夢境掩飾的真相。被虛假的記憶掩飾，讓他想不起來的祕密。他、恩典和成千上萬跟他們一樣的孩子，在夜晚得到了禮物，他們未來會需要的禮物，將他們的身體轉變成精密武器的禮物。入侵的設計者明瞭這個違背常理卻簡單的事實：無論身體到哪裡，心靈都會跟隨。

給某人神的能力，他就會變得跟神一樣無動於衷。

痛苦消退，暈眩消退。他把雙腿滑下床緣，他得測試一下腳踝，腳踝是關鍵。其他地方的傷勢雖然也很嚴重，但無關緊要，他可以應付。他輕輕地讓腳跟承受壓力，一道閃電般的痛楚立刻竄過他的腿，他倒在床上喘氣。他頭頂上方滿是灰塵的行星環繞著一個凹陷的太陽，靜止在軌道上。

他坐起來，等待腦袋清醒。他無法避免疼痛，他得設法忍受。

他慢慢坐到地上，用床緣支撐體重，強迫自己休息，不用趕。如果恩典回來了，就說是自己不慎跌到床下。他用臀部在地毯上一寸一寸地蹭著前進，直到平躺在地上，望著眼前白熱流星群後方的太陽系為止。房裡冷得像冰庫，但他卻滿身大汗，上氣不接下氣，心臟狂跳，皮膚灼燒。他專注在懸吊的模型上，專注在褪色的藍色地球和灰撲撲的紅色火星上。痛楚一波波襲來，現在他漂浮在一種不同的海洋上。

床下的板子是一條條釘起來的，被沉重的床架和床墊壓得往下凹。沒關係。他蹭到床底下，腐敗的昆蟲屍體被他的重量壓碎。床底下還有一輛翻倒的玩具車，以及孩子們崇拜的塑膠英雄玩偶扭曲的四肢。他用手掌末端用力敲床板三次，板子斷裂，然後他再度蹭出去，敲斷板子另一端。灰塵落進他嘴裡，他咳起來，痛苦的海嘯襲向他的胸口，沿著身側往下，像蟒蛇一樣纏住他的腹部。

十分鐘後他再度望著太陽系，擔心恩典會發現他摟著一塊四乘六的板子昏倒在地，那就有點難以解釋了。

世界旋轉，行星靜止。

一個祕密空間……他越過門檻進入了那個空間，裡面一個簡單的保證拴上了一千道門栓。**我會找到妳**，那個保證就跟所有保證一樣，創造了自己的道德觀。為了遵守承諾，他必須橫越血海。

世界崩解，行星聚合。

20

恩典回來的時候夜幕已落，走廊上的燈光預告了她的到來。她把燈放在床邊的桌上，光線投射出的陰影籠罩她的臉。她拉開他身上的被子，解開他傷處的繃帶，讓他的身體暴露在嚴寒的空氣中，他沒有抗議。

「你想念我嗎，艾文？」她喃喃道，沾著乳液的指尖滑過他的肌膚。「我不是說今天。我們那時幾歲？十五？」

「十六。」他回答。

「嗯，你問我害不害怕未來，你記得嗎？」

「記得。」

「那真是一個非常……人類的問題。」

她一隻手的手指按摩著他，另一手的手指慢慢解開她的襯衫。

「那還比不上我問的另一個問題。」

她疑惑地歪頭，頭髮落在肩膀上。她的面孔藏在陰影裡，身上的襯衫像拉起的簾子一樣敞開。

「什麼問題？」她低語。

「妳是不是長久以來心裡都有股說不出的寂寞？」

她手指的涼意，他灼燒肌膚的熱意。

「你的心跳得非常快。」她用氣音說。

她站了起來。他閉上眼睛。**為了承諾**。恩典在光暈外踏出落到腳踝邊的長褲。他沒有看。

「沒有那麼寂寞，」恩典說，她的吐息愛撫著他的耳朵。「被關在這軀體裡也有好處。」

為了承諾。他游向那座叫作凱西的島嶼，橫越鮮血汪洋。

「沒有那麼寂寞，艾文。」恩典說。她用手指撫摸他的嘴唇，她的嘴唇碰觸他的脖子。

他別無選擇，他的承諾讓他別無選擇。恩典絕對不會放他走，如果他嘗試逃走，她會毫不遲疑地殺了他。他跑不過她也躲不過她，**他別無選擇**。

他睜開眼睛，舉起右手用手指梳過她的頭髮，左手滑到枕頭下。他看見他們上方失去同伴的太陽，孤伶伶地在燈光下閃爍。他以為恩典會注意到星球不見了，他以為她會問他幹嘛把它們拿下來，雖然他需要的並不是星球。

而是金屬線。

但恩典沒有注意到。她的心思在別的事情上。「撫摸我，艾文。」她低聲說。

他突然用力翻身向右，用左前臂直擊她的下巴，她踉蹌後退。他滾下床，用肩膀撞她的腹部。她的指甲深深陷入他灼傷的背上，用力撕扯。他感覺房間頓時一片漆黑，但他不需要看見──他只要接近就好。

她可能發現了他用碎木和吊線做的臨時鎖喉，不然就是她運氣好。她用拳頭握住金屬線，抵抗他逐漸收緊的力道。他用沒有受傷的那隻腳踝拐住她的腿，隨著她倒下，再用膝蓋撞擊她的後腰。

別無選擇。

他鼓起每一絲強化的力量收緊金屬線，線割穿她的手掌，陷入骨頭。

她在他的體重下痙攣。他抬起左膝壓住她的腦袋，用力，**更用力**。他聞到血腥味，他的，她的。房間旋轉。

深深陷入血海，他的，她的，艾文．沃克一動也不動。

21

事情結束後，他爬到床邊抽出斷掉的板子，雖然拿來當枴杖長了一點——必須用困難的角度撐著——但也只能將就了。他一跛一拐地走進另一間臥房，在那裡找到了男人的衣物，一件牛仔褲、一件格子襯衫、一件手織毛衣和一件皮夾克，背後印著衣服主人保齡球隊的名字：**厄巴納蠢貨**。衣料摩擦著他燒傷的皮膚，每個動作都令他痛苦萬分。他拖著腳走到客廳，找到恩典的背包和步槍，把兩樣都甩到肩上。

幾個小時後，他縮在六十八號公路上八輛汽車撞在一起的扭曲金屬中，打開背包查看，裡面有幾十個用黑色馬克筆標示的塑膠袋，每個袋子裡都有一撮人類頭髮。剛開始他很困惑，這是誰的頭髮？為什麼裝在塑膠袋裡，上面還標著日期？然後他明白了，這是恩典從她的犧牲者身上蒐集的戰利品。

無論身體到哪裡，心靈都會跟隨。

他用兩塊金屬片和剩下的繃帶替腳踝做了夾板，喝了幾口水。他的身體渴望睡眠，但他在實現承諾之前都不能睡。他抬頭望著無盡黑暗中針尖般的星光。**我每次都有找到妳不是嗎？**

忽然他旁邊的車頭燈爆炸成玻璃和塑膠的陣雨。他縮到最近的車子底下，把步槍拉進來。

恩典。一定是她，她還活著。

他太快離開了。他假設太多，期望太多。現在他被困住了，無處可逃。在這一刻，艾文發覺承諾可以用最料想不到的方式實現，他成為凱西，就能找到她。

受了傷，困在車底，無法奔跑，無法起身，面對一個隱形的無情獵人，一個被設計來消滅人類的消音器。

22

他遇見——比較正確的字眼是找到——恩典，是在他們倆都滿十六歲的那年夏天，在漢彌頓郡的園遊會上。艾文站在珍奇動物區的帳篷外面。當天一大早他的小妹薇兒就吵著要看白老虎。那是八月，隊伍排得很長，薇兒又累又不爽，渾身黏膩汗濕。他一直勸阻她，因為他不喜歡看被關起來的動物，他望進牠們的眼中時，總感覺牠們眼中有某種東西回望他。

他先找到恩典。她在賣蛋糕的拖車旁邊，手上拿著一片滴水的西瓜，金色長髮垂到背上，極地般冷豔的五官，特別是那對冰藍的眸子，以及沾著果汁的嘲諷嘴角。她轉向他，他很快地別開視線，望向妹妹的臉。還有不到兩年她就要死了。他背負著這個事實，藏在另一個祕密空間裡。有時候他很難釋懷——他看見的每一張臉都即將成為屍體，他的世界充滿了活著的鬼魂。

「怎麼了？」薇兒問。

他搖搖頭。**沒事**。他深吸一口氣，再度望向拖車。那個高䠷的金髮女孩不見了。

帳篷裡的白老虎在鐵絲網裡面熱得喘氣。小朋友擠在前面，相機和智慧型手機在他們後方發出喀喳聲。老虎對一切騷動高傲地無動於衷。

「真美。」一個沙啞的聲音在艾文耳邊呢喃。他沒有轉身，他不用看就知道是那個金色長髮、唇上染著西瓜汁的女孩。展場人擠人，她的手臂拂過他的。

「而且悲哀。」艾文說。

「不，」恩典說：「牠只要兩秒鐘就可以衝破鐵絲網，三秒鐘就可以把小孩的臉撕爛。但是牠**自願**待在那裡。這才美。」

他望向她，她的眼睛近看更為驚人。她直視他，在令人腿軟的一瞬間，他認出了恩典體內隱藏的心智。

「我們需要談談。」恩典低聲說。

23

黃昏時摩天輪上的燈光亮起，尖細的音樂聲響起，穿著短褲和夾腳拖的人群摩肩接踵，椰子味的防曬油，滿手是爇又腆著大肚子的男人戴著強鹿公司的帽子，把皮夾掛在腰帶上，塞在後褲袋裡。他把薇兒交給母親，然後走到摩天輪那裡，緊張地等待恩典。她從人群中出現，手裡抓著一隻大型填充玩具，一隻白色的孟加拉虎，它藍色的塑膠眼睛只比她的顏色深一點。

「我是艾文。」他說。

「我是恩典。」

他們望著巨大的摩天輪映著紫色的天空旋轉。

「妳覺得這一切消失之後我們會想念他們嗎？」他問。

「我不會，」她皺皺鼻子：「他們的氣味太可怕了，我無法習慣。」

「妳是我遇見的第一個。自從……」

她點點頭：「我也是。你覺得這是偶然嗎？」

「不。」

「我今天本來不要來的，但早上醒來的時候，有一個小聲音說：**去吧**！你也聽見了嗎？」

他點頭：「聽見了。」

「很好。」她聽起來鬆了一口氣。「三年來我一直懷疑自己是不是瘋了。」

「妳沒瘋。」

「你不懷疑嗎？」

「現在不會了。」

她傲然一笑：「你想散步嗎？」

他們走向空曠無人的表演場地，坐在看台上。星星出現了。夜晚溫暖，空氣潮濕。恩典穿著短褲和蕾絲領的無袖上衣，艾文坐在她旁邊，聞到甘草的味道。

「就是這個。」他說，朝滿地全是木屑和糞便的空畜欄點點頭。

「這是什麼？」

「未來。」

彷彿他說了一個笑話一般，她笑了起來。「世界結束了。世界結束，然後世界又重生。一直都是這樣。」

「妳沒有害怕過即將發生的事嗎？從來沒有？」

「沒有。」她摟著老虎填充玩具。她的眼睛好像反射出她所見之物的顏色。然後她抬頭望向黑暗的天空，眼裡出現無底的黑暗。

他們用母語交談了幾分鐘，那甚為困難，他們很快就放棄了。太多字彙無法發音。在那之後他注意到她平靜多了，她害怕的不是未來，而是過去，她害怕自己體內的心智是一個年輕女孩支離破碎的心靈。遇見艾文證實了她的存在。

「妳不是一個人。」他告訴她。他低頭看見她握著他的手，另一隻手抓著老虎。

「那是最糟的部分，」她同意道：「覺得自己是宇宙裡唯一的那個人。一切都在**這裡**，」她指著自己的胸口。「除此之外什麼都沒有。」

幾年後，他會在另一個十六歲女孩的日記裡看見很相似的句子，那個他找到又失去，找到，然後又失去的女孩。

有時候我覺得我可能是地球上最後一個人類。

24

他的背抵著車子底盤，臉頰貼著冰冷的柏油地，手上握著沒用的步槍。他被困住了。

恩典有好幾種選擇。他只有兩種。

不，如果他想要實現承諾，就只有一個選擇。

凱西的選擇。

她也做了承諾，對她在這個地球上唯一在乎的人——比她自己的性命還更在乎的人做的承諾。那天她勇敢面對隱形的獵人，是因為她的死跟承諾的死相比起來微不足道。如果還有一絲希望，那肯定存在於愛的無望承諾裡。

他匍匐向前，越過車前擋泥板探出頭，然後，正如凱西．蘇利文一般，艾文．沃克站了起來。他全身緊繃，等待處決他的那一槍。凱西在那個無雲的秋日下午站起來的時候，她的消音器逃跑了。但他不覺得恩典會逃跑，恩典會了結自己開始的事。

然而結局沒有到來。沒有無聲的子彈像銀線般把他跟恩典聯繫在一起。他知道她在那裡，知道她看見他歪歪斜斜地站在車前。他知道自己無法逃避過去，無法躲開無可避免的結果。凱西的恐懼，她的懷疑和痛苦，現在都屬於他。

頭頂上是繁星，眼前是在星光下發亮的公路，冰冷的空氣和恩典塗在他傷口上的乳液藥味纏繞著他。**你的心跳得非常快。**

她不會殺你，他告訴自己。**這不是她的目的。如果她的目的是殺了你，你早就死了。**

答案只有一個：恩典打算跟著他。對她而言他是個謎，而跟著他是唯一能解謎的方法。他逃離了陷阱，卻更深陷泥沼。遵守承諾現在已經不是在實現諾言，而是背叛之舉。

他跑不過她，他的腳踝受傷了，也無法說服她——他自己都說不清理由。他可以跟她比耐力，待在這裡什麼也不做……冒著讓凱西被第五波的士兵發現，或是在他跟恩典的僵局打破之前就離開旅館的風險；他可以跟她正面對決，但他已經失敗過一次，這次很可能也會失敗。他的傷勢太重，太虛弱。他需要時間復原，然而沒有時間了。

他靠在車子的引擎蓋上，抬頭望著滿天繁星，沒有人為的光害，沒有污染。同樣的星星在人類出現之前也在地球的夜空中閃爍，數十億年來都是同樣的星星。時間對它們而言算什麼？

「蜉蝣，」艾文低語。「蜉蝣。」

他揹起步槍，在廢車堆中迂迴前進，撿起背包揹在另一邊肩膀上。他把克難枴杖夾在腋下。他走得很慢，痛苦而緩慢，但他會強迫恩典選擇放他走或是繼續跟著他，放棄她負責的區域，因為現在擅離職守會嚴重破壞它們仔細策劃的時間表。他將繞到旅館的北方——朝向最接近的基地。數量銳減的敵人逃往那裡等待春天到來，發動最後的攻擊。

希望就在那裡——所有的希望一開始就在那裡——在被洗腦的第五波兒童士兵的肩上。

25

艾文和恩典見面的那天晚上，路邊的燈光驅逐了黑暗，他們沿著步道前進，穿越人群，走過套圈圈、射氣球和籃球投籃機。震耳欲聾的音樂從架在燈柱上的喇叭流洩而出，雜亂的談話聲在樂聲中浮動，像是暗流，人群就像洶湧迴旋的河水，時快時慢。艾文和恩典這對身材高䠷的俊男美女吸引了大家的注意，這讓他很不自在。他從來就不喜歡人群，寧可待在沒人的樹林裡或自家農場上。淨化剛開始的時候，這一點幫了他不少忙。

時間。他們上方的星星像遊樂園的摩天輪燈光一樣轉動，雖然緩慢得教人眼無法分辨。宇宙的時針和分針慢慢鬆弛，從一開始就漸漸鬆弛。逝去的面孔是時間的標記，猶如星辰是時間的囚犯。但艾文和恩典不是。他們征服了無法征服的東西，否定了無法否定的東西。最後星辰會死，宇宙本身會逝去，但他們會永生不滅。

「你在想什麼？」她問。

「人既屬乎血氣，我的靈就不永遠住在他裡面。」

「什麼？」她在微笑。

「這是聖經裡的話。」

她把填充老虎換到另一隻手，好握著他的手。「別這麼鬱悶。今晚很愉快，而我們要等到一切結束之後才能再見面。你的問題就是不會享受當下。」

她把他從廣場拉到兩座帳篷之間的陰影裡，吻了他，身體緊緊抵著他，他心中某處敞開了。她進入他，覺醒後那可怕的孤寂隨之消退。

恩典抽身退開。她雙頰泛紅，眼中燃著蒼白的火焰。「有時候我會想，第一次殺人是什麼感覺？」

他點點頭：「我也會想，但我大部分時間想的都是最後一次。」

26

他離開公路，橫越空曠的田野，穿過孤寂的鄉間小路，停下來在冰冷的小溪旁裝水，跟古人一樣以北極星為指標前進。他的傷勢迫使他不斷休息，每次他都看到恩典就在遠處，她沒有藏匿，她要他知道她在那裡，剛好在步槍的射程之外。天亮時他抵達六十八號公路，連接胡伯高地和厄巴納的主要動脈。他在路邊的樹林裡撿木柴生火。他的雙手發抖，覺得自己在發燒，他擔心燒傷開始感染了。雖然他的身體機能都強化了沒錯，但強化過的身體也有極限。他的腳踝腫成正常的兩倍大，皮膚發燙，傷口隨著每一次心跳悸痛。他決定在這裡待一天，或許兩天，而且要一直生著火。

燃燒的火苗形成一座能將他人引入陷阱的燈塔。如果有人在附近的話，如果他們會被引來的話。

公路在他前方，樹林在他後面。他要待在空曠處，恩典會留在樹林裡。她會跟他一起等，她已經離開了自己負責的區域，無法回頭。

他在火邊取暖。恩典不生火。他的所在充滿光線和溫暖。她的則是黑暗和冰冷。他脫下外套，脫掉毛衣、襯衫。燒傷已經開始結痂，癢得要命。為了轉移注意力，他用樹林裡撿來的樹枝做了一根新枴杖。

他心想恩典會不會冒險睡覺。她知道他的力氣每小時都在恢復，而她拖延的每一個小時都削減了她成功的機會。

第二天下午，他在撿木柴生火的時候看見她，陰影中的一個陰影。她在距離樹林邊緣五十公尺的地方，握著一把高性能狙擊步槍，手上和脖子上都纏著染血的繃帶。她的聲音在零下的氣溫中似乎可以傳到無限遠。

「你為什麼不解決我，艾文？」

一開始他沒有回答。他繼續撿木柴，然後說：「我以為我解決了。」

「不，你不會那麼以為。」

「或許我已經厭倦了殺戮。」

「那是什麼意思？」

他搖搖頭：「妳不會明白。」

「凱西歐佩亞是誰？」

他站直身子。天空被鐵灰色的雲層覆蓋，樹林裡光線很暗。即便如此，他仍然看得出她嘲諷的唇型和雙眼的淺藍火光。

「在所有人都倒下的時候站起來的人。」艾文說：「我還不認識時就在我腦中徘徊不去的人。」

最後一個人，恩典。地球上最後一個人類。」

她沉默許久。他站在原處，她也是。

「你愛上人類了，」她的聲音充滿驚奇，然後是意料中的：「那不可能。」

「我們以前也覺得永生是不可能的。」

「那就像他們愛上海蛞蝓一樣，」她微笑道：「你瘋了。你發瘋了。」

「對。」

他轉身背對她，等著她的子彈。反正他瘋了，瘋狂自備甲冑。

「不可能是那樣！」她在他身後大叫：「你為什麼不告訴我真相？」

他停下腳步，手上的柴火掉到冰凍的地面上，身側的枴杖也倒了下來。他轉過頭，但是沒有轉身。

「找掩護，恩典。」他輕聲說。

她的手指在扳機上抽搐。普通人類的眼睛看不出來，但艾文看見了。「不然——會怎樣？」她問：「你會再攻擊我嗎？」

他搖頭：「我不會攻擊妳，恩典，但**他們**會。」

她歪著頭看他，就像他在她的營地裡醒來時停在樹上的那隻鳥。

「他們在這裡。」艾文說。

第一顆子彈擊中她的大腿。她往後仰，但沒有倒下。第二槍擊中她的左肩，步槍從她手中掉下。第三槍，很可能來自另一個槍手，打中他旁邊的樹幹，距離他的腦袋只有幾公分。

恩典倒到地上。

艾文拔腿就跑。

27

說艾文拔腿就跑有點誇張，比較像是慌忙中急著蹦跳。他把受傷的那條腿盡量往外甩，讓沒傷的那條腿支撐大部分的體重，每次他的腳跟接觸地面的時候，眼前就爆出明亮的光圈。他經過冒煙的火堆——已經燃燒兩天的燈塔。他在樹林中張貼標誌——**我們在這裡！**他抄起地上的步槍，完全沒有打算堅守陣地。恩典會吸引他們的火力。至少有兩個大兵一起巡邏，可能還不只。他希望不只，多幾個人可以多拖住恩典一會兒。

距離多遠了？十公里？二十公里？他沒辦法維持現在的速度，但只要他持續前進，明天應該就會到旅館了。

他聽見身後的槍戰，零星而非持續的槍聲，這表示恩典的行動有條不紊。士兵一定戴著眼罩，這讓他們的機會稍微增加了一點。並不多，但至少有一點。

他不再偷偷摸摸，他直奔公路，沿著路中央一拐一跳地前進。他成了陰暗天空下的一個孤寂身影，一群烏鴉越過他頭頂飛向北方，起碼有上千隻。他繼續前進，發出痛苦的呻吟，每邁出一步都是教訓，每次和地面接觸都是觸電般的提醒。他的體溫升高，肺部像著了火，心臟在胸中狂跳，衣物摩擦他的皮膚，磨破了剛結的痂，很快就開始流血。血讓襯衫貼在他的背上，血滲透了牛仔褲。

他知道自己是硬撐，幫助他突破所有人類極限的系統可能會崩潰。

太陽西沉時他頹然倒下，如慢動作般的緩慢傾頹，肩膀先著地，然後滾到路邊，仰天躺平，雙臂張開，腰部以下失去知覺，他無法抑制地渾身顫抖，身體在嚴寒的空氣中火熱地灼燒。黑暗覆蓋了地球表面，艾文．沃克墜入無光的深淵，墜入一個在光芒中躍動的祕密空間，她的面孔是光芒的來源，而他無法解釋她的臉為何能照亮無光的黑暗。**你瘋了。你發瘋了。**他也這麼覺得。他奮力保住她的命，然後每晚出去殺害倖存的人類。既然世界要毀滅，為什麼某個人非活著不可？但她照亮了黑暗——她的生命就是明燈，她是瀕死宇宙中最後的星星。

我是人類。她寫道。自以為是，冥頑不靈，感情用事，幼稚，虛榮。**我是人類。**憤世嫉俗，天真無邪，親切，殘酷，羽絨般溫柔，鎢鋼般冷硬。

他一定要站起來。如果他不能，光芒就會消失，世界會被黑暗吞噬。但整個大氣層壓在他身上，五萬億噸的重量讓他無法動彈。

系統崩潰了，他超越了極限。他十三歲時安裝在人類軀體裡的外星科技停止運作，現在沒有什麼能支撐或保護他了，他的人類軀體滿目瘡痍，跟他之前的獵物沒有兩樣，脆弱，纖細，孤獨。

他不是它們的一員。他完全是它們的一員。完全的異類。完全的人類。

他翻身側躺，背部痙攣。血湧進他的嘴裡，他把血吐出來。

他趴在地上，先用膝蓋撐著身體，再用雙手。他的手肘顫抖，手腕似乎要在自己的體重下斷裂。自以為是，冥頑不靈，感情用事，幼稚，虛榮。**我是人類。**憤世嫉俗，天真無邪，親切，殘酷，羽絨般溫柔，鎢鋼般冷硬。

我是人類。
他匍匐前進。
我是人類。
他倒下。
我是人類。
他爬起來。

28

彷彿過了一輩子那麼久，艾文從交流道下方的藏身處看見那個黑髮女孩奔過旅館的停車場，跨越公路交流道的坡道，沿著六十八號公路往北跑了好幾百公尺，然後在一輛休旅車旁停下，回頭看向旅館。他順著她的視線望向二樓窗戶，那裡瞬間閃過一個影子，然後就不見了。

蜉蝣。

黑髮女孩消失在公路旁的樹林裡。她為什麼離開，要去哪裡，全是未知數。或許他們要分散——以稍微增加存活的機率——不然就是要去尋找比較安全的藏身之處過冬。無論是什麼原因，他都覺得自己及時找到了他們。

黑髮女孩自己一人，旅館裡面至少還有四個他看見守在窗邊的人。他不知道他們有沒有逃過那場爆炸，他甚至無法確定窗口的那個影子是不是凱西。

但這並不重要。他做了承諾，他得進去。

他不能貿然接近，太多未知數讓情況非常複雜。那可能不是凱西，而是一個在基地爆炸後失聯的第五波小隊——像是他留給恩典去應付的那個小隊。就算真的是凱西或其他生還者，風險也一樣大，他們可能還不知道他是誰就先打死他。

現在進去還有其他風險。他不知道裡面有多少人，不知道自己是否能應付兩個人，更別提四個隨時準備打爛任何會動的東西、全副武裝腎上腺素破表的好戰小孩。強化他軀體的系統已經崩潰。**我完全是人類**，他曾跟凱西這麼說。現在他一語成讖。

當他還在衡量不同選項的利弊時，一個小身影出現在停車場，一個穿著第五波制服的小孩。不是山姆——山姆穿著幼齡新人的白色連身裝——但仍是個小孩，他猜大概六七歲。她的路線跟那個黑髮女孩一模一樣，甚至也在休旅車旁停下回望旅館。這次窗口沒有影子，不管之前是誰，現在都不在了。

這樣就走掉兩個人了。他們是不是決定一個接著一個離開旅館？以戰略而言說得通。那他該不該直接等凱西出來，而不要冒險進去？

星星在他頭上旋轉，時間一分一秒過去。

他準備起身，然後又蹲下去。又一個人離開了旅館，比之前兩個人大得多，一個體型高壯的大頭孩子，揹著一把步槍。現在是三個人了，沒有一個是凱西、山姆或凱西的高中同學——他叫什麼名字？肯恩？出來的人越多，凱西不在這裡的機會就越大。他是不是根本不該進去？

他的本能說：**去吧！**沒有答案，沒有武器，也幾乎沒有體力。他只剩下本能。

他去了。

29

五年多來，他一直仰賴著讓他在每個方面都超越人類的禮物。聽力，視力，反應，敏捷，力量。這些禮物寵壞了他，他已經忘記當個平凡人是什麼感覺。

而現在他正在快速想起來。

他從破窗溜進一樓的房間，跛著走到門口，把耳朵貼在門上，只聽見自己如雷的心跳聲。他輕輕打開門，溜進走廊，側耳傾聽，徒勞地等待眼睛適應黑暗，再沿著走廊摸進大廳。他的氣息在冰冷的空氣中凝結，沒有其它聲息，四下一片沉寂，顯然一樓沒人。他知道有人站在樓上走廊盡頭的小窗前，他進來的時候瞥到了一眼。

他進入樓梯間，有兩段階梯。等他走到第二個轉角的時候，已經痛得頭暈目眩，上氣不接下氣。他在嘴裡嚐到血味。沒有一絲光線，他陷入徹底黑暗。

如果這扇門的對面只有一個人，那他還有幾秒鐘的時間。如果不只一個人，那時間就不重要，他死定了，所有本能都叫他等待。

他推開門。

門對面的走廊上有個耳朵大得出奇的孩子，艾文勒住他的脖子，用前臂壓住他的頸動脈，截斷腦子的血液供應，孩子看著他驚訝地合不攏嘴。艾文把掙扎的孩子拉回黑暗的樓梯間，門還沒關上孩子就癱軟在他手下。

艾文在門後面等了幾秒鐘。走廊上沒人，他剛才關門的聲音很小，其他人可能要一會兒——如果有其他人的話——才會發現他們的哨兵不見了。他把失去知覺的孩子拖到階梯底部，塞進樓梯和牆壁之間的小空間裡。他再度上樓，打開一條門縫。這時走廊中段的一扇門打開，兩個陰影出現。他望著他們沿著走廊進入另一個房間，一會兒後他們再度出現，走向另一扇門。

他們在檢查每個房間。接下來就是樓梯間，或者電梯井。他們會從電梯井下去然後從一樓走樓梯上來嗎？

不，如果他們只有兩個人的話，就會分開。一人走樓梯，一人從電梯井下去，然後在大廳會合。

他望著他們從最後一個房間出來，走到電梯前，一人撐住門，另一人進入電梯井。留下來的那個人連站都站不穩，他壓著肚子，低聲呻吟，一跛一拐地朝艾文走來。

他等待著。五公尺，三公尺，一公尺。那人右手握著步槍，左手壓著肚子，站在門的另一邊。艾文微笑起來。**班恩，不是肯恩，是班恩。**

我找到你了。

如果寄望班恩會記得他而不是當場開槍打他，未免太過危險。他推門衝出去，用盡全力擊向班恩受傷的腹部。這一拳讓班恩痛得喘不過氣來，但他不肯倒下。他搖搖晃晃地後退，舉起步槍。艾文把步槍推到一邊，再度打向他，同樣的地方。這次班恩倒下了，他跪在艾文腳邊，頭朝後仰。他們四目相接。

「我知道你不是認真的。」班恩喘著氣說。

「凱西在哪裡？」

他蹲下來，兩手抓住班恩穿的黃色連帽罩衫，把他拉近。

「凱西在哪裡？」

如果他還是以前的他，如果系統沒有崩潰，他就會看見刀鋒接近的模糊影子，聽見極其細微的氣流聲，然而他直到班恩把刀子插進他大腿時才察覺。

他往後倒，拉著班恩一起倒下。班恩把刀子抽出來，艾文將他甩到一邊，用膝蓋壓住班恩的手腕，然後雙手用力壓在班恩的口鼻上。時間慢慢過去，班恩在他手下拚命掙扎踢腿，左右擺動頭部，自由的那隻手摸索著距離他指尖只有短短幾公分的步槍。時間凍結了。

班恩靜止不動，艾文頹然坐下，大口吸氣，渾身血汗，他覺得全身好像要燃燒起來。然而他沒有時間休息，走廊另一端有一張心型的小臉從門縫中望著他。

山姆。

他掙扎起身，失去平衡撞到牆上，再度倒地。他站起來，現在他確信從電梯井下去的一定是凱西，但他得先確保山姆的安全。只不過那個孩子不僅把門關上，還在房裡尖叫各種污言穢語。艾文把手放在門把上的時候，他開槍了。

艾文靠著門邊的牆，讓山姆把彈匣打空。槍聲停止時他毫不遲疑，他得在山姆重新裝填子彈之前制服他。

艾文面臨選擇：用受傷的腳把門踢開，或是用受傷的腳支撐體重，另一隻腳踢門。兩者都不是上策。最後他決定用受傷的腳踢門，他不能冒險失去平衡。

他用力踢了三次，三次都讓他痛不欲生。門鎖壞了，門板砰地撞到房內的牆上。他跌進房裡，凱西的弟弟爬向窗口，艾文設法保持平衡，伸手走向那個孩子。**我在這裡，記得我嗎？我以前救過你，這次我也會救你……**

接著在他身後，那最後一人、最後的星星，他願意為之而死、為之穿越無垠之海的她，開了槍。

陷入骨頭的子彈像一條銀色的絲線，將他們聯繫在一起。

第四章

磅蛋糕之章

Millions

百萬分之一

30

男孩從瘟疫的那個夏天起就不再說話。

父親失蹤了。他們囤積的蠟燭越來越少，有一天早上父親出去找蠟燭就再也沒有回來。母親生病了。她說頭痛，渾身都痛，連牙齒也痛。晚上最嚴重。她發高燒，吃什麼都吐。隔天早上她會覺得好些，「或許我會好起來。」她說。她不肯去醫院。他們聽過很多傳聞，關於醫院和診所和避難所的可怕傳聞。

附近的人家接連離開，搶劫的情況非常嚴重，晚上幫派在街上遊蕩。住在兩戶人家之外的那個男人被槍打爆了頭，因為他拒絕分享他家的飲用水。有時候會有陌生人晃到社區裡，講述地震和一百多公尺高的水牆如何一路往東淹到拉斯維加斯。成千上萬的人死了，數以百萬計。

當母親虛弱得不能下床時，照顧寶寶成了他的責任。他們叫他寶寶，但其實他快滿三歲了。「不要讓他靠近我，」母親對他說：「他會生病的。」照顧寶寶不用花什麼功夫，他常在睡覺，偶爾玩耍。他只是個小小孩，什麼也不知道。有時候他會問爹地在哪裡，媽咪怎麼了。大部分的時間他都要吃東西。

他們快沒東西吃了，但母親不讓他離開家裡。「太危險了，你會迷路，你會被綁架，你會被槍打中。」他可以跟她爭辯，他已經八歲了，以這個年紀來說他的身材非常高壯。他六歲開始就在學校裡被欺負。他很堅強，可以保護自己。但她不讓他出去。「我什麼也吃不下，反正你也要減肥。」她不是壞心嘲諷，她是想說笑話，但他不覺得好笑。

直到他們剩下最後一罐罐頭湯和一包過期的蘇打餅乾。他用家具的碎片和父親的舊狩獵雜誌在壁爐裡生火，在火上熱罐頭湯。寶寶吃光了所有蘇打餅乾，但他不要喝湯，他要吃起司通心粉。

「我們沒有起司通心粉，我們只有湯和蘇打餅乾，只有這個。」寶寶在壁爐前的地上滾來滾去，哭叫著要吃起司通心粉。

他拿了一杯湯給母親。她燒得很厲害。前一天晚上她開始吐出一團團黑色物體，那是她的胃壁和血，他當時並不知道。她用毫無生氣的眼神望著他走進房間，那是紅死病的呆滯眼神。

「你以為你在做什麼？我不能吃那個，快點拿走。」

他拿著湯離開，站在廚房水槽前喝完。弟弟在地上翻滾哭叫，母親漸漸神智不清。病毒入侵她的腦子，最後母親會消失，她的人格、記憶、她之所以是她這個人的一切，都會在她的肉體屈服之前就消失。他喝光微溫的湯，把杯子舔乾淨。明天他得一早就出發，沒有食物了，他要叫弟弟待在家裡，無論如何都不要出去，而他得找到吃的東西才會回來。

第二天早上他溜出家門。他在空蕩的雜貨店和便利商店裡尋找，在慘遭劫掠的餐廳和速食店裡搜尋，他翻著堆滿腐敗物的垃圾桶和被撕裂的垃圾袋，在他之前早就有許多人翻過了。到傍晚時他只找到一塊可以吃的東西，跟他手掌一樣大的小蛋糕，他在加油站空蕩蕩的架子下面發現的，蛋糕還包在塑膠套裡。時間不早了，太陽開始西沉。他決定先回家，明天早上再來，這裡可能還有蛋糕或者其他食物掉在別處，他得仔細找找。

回到家他發現大門開著一條縫。他記得自己出門的時候有把門關好，出事了。他呼喚寶寶。他到每個房間裡找，查看床底、衣櫃，甚至車庫裡不能開的車子。母親叫他進房：「你去哪裡了？寶寶一直在叫你。」他問母親寶寶在哪裡，她對他大吼：「你沒聽到他在哭嗎？」

但他什麼也沒聽到。

他到外面大叫寶寶的名字，又到後院找，去隔壁鄰居家敲門。他敲了街上每一戶人家的門，沒有人回應。他走了好幾個街口，然後朝另一個方向又走了好幾個街口，大喊著弟弟的名字，喊到嗓子都啞了。一個老女人蹣跚走到門廊上，尖叫著要他離開。她有槍，他只好回家。

寶寶不見了。他決定不要告訴母親，她能怎麼辦？他不想讓她覺得是他離家造成的。他應該帶著寶寶，但他以為讓他待在家裡比較安全。家是地球上最安全的地方。

那天晚上母親叫他：「我的寶寶在哪裡？」他告訴她寶寶在睡覺。那晚她的情況前所未有地糟糕。床上積著血塊，床邊桌上積著血塊，地板上也積著血塊。

「把我的寶寶帶來。」

「他在睡覺。」

「我想看我的寶寶。」

「妳可能會傳染給他。」

她詛咒他，叫他下地獄去。她對他啐出血痰。他站在門口，雙手緊張地在口袋裡摸蹭，蛋糕的包裝套窸窣作響，塑膠受熱變質了。

「你上哪裡去了？」

「我去找食物。」

她哽住了。「不要說那個詞！」

她用發亮的血紅眼睛望著他。

「你為什麼要去找食物？你不需要食物。我從沒見過像你這麼噁心的肥豬油。你光靠肚子上的肥肉就可以活到冬天。」

他什麼也沒說，他知道說話的是瘟疫，不是他母親，母親愛他。他在學校被霸凌的時候，她去找校長，威脅如果不停止霸凌她就要告他們。

「那是什麼聲音？那個恐怖的聲音是什麼？」

他告訴她他什麼也沒聽見。她非常生氣，再度開始咒罵，鮮血唾沫噴到床頭板上。

「是你發出的聲音，你口袋裡有什麼？」

他沒有辦法，只好給她看。他拿出蛋糕，她尖叫著要他收起來，永遠不要拿出來，怪不得他這麼肥，弟弟餓著肚子他卻在吃蛋糕糖果和起司通心粉。他真是太惡毒了，怎麼可以把自己弟弟的起司通心粉全部吃掉？

他試著解釋，但每次他開口她就尖叫著要他閉嘴、閉嘴、閉嘴。他的聲音讓她噁心，他讓她噁心。是他幹的，他害了她的丈夫，害了弟弟，還害了她，讓她生病，給她下毒。他在**毒害**她。

每次他開口她就尖叫著要他閉嘴、閉嘴、**閉嘴**。

兩天後她死了。

他用乾淨的床單把她包起來，把她的屍體搬到後院，用父親的打火機燃料澆在屍體上點了火。

他燒掉母親的屍體和所有被褥，又待了一個星期等弟弟回來，但他沒有回來。他到處找他——也找食物。他找到了食物，但沒有找到弟弟。他不再叫他了，他完全不說話了，他閉嘴了。

六個星期後，他沿著一條滿是廢棄車輛和撞成一堆的汽車、卡車、摩托車的公路前進時，看見遠方黑煙裊裊。幾分鐘後，黑煙的來源，一輛載滿兒童的黃色校車出現了。校車上有士兵，士兵問他的名字、他從哪裡來、他幾歲。他記得自己雙手緊張地在口袋裡摸索，摸到了那塊仍包在塑膠套裡的蛋糕。

豬油。靠你肚子上的肥肉活到冬天。

「怎麼了，孩子？你不會講話嗎？」

他的訓練士官聽說了他只帶著口袋裡的一塊蛋糕到營地來的故事。訓練士官還沒聽說這個故事之前叫他胖子，聽了這個故事之後就改叫他磅蛋糕。

「我喜歡你，磅蛋糕。我喜歡你是個天生的槍手，我打賭你從你媽那裡迸出來的時候一手抓著槍，另一手抓著甜甜圈。我喜歡你外表像豬小弟，膽子卻像獅王。我特別喜歡你不說話，沒有人知道你從哪裡來、去過哪裡、在想什麼、有什麼感覺。媽的，我不知道而且我不在乎，你也不必在乎。你是個混蛋啞巴，你是個從黑暗之心來的冷血殺手，是不是，磅蛋糕下士？」

他不是。

還不是。

第五章

凱西之章

The Price

代價

31

等他醒來之後我打算做的第一件事就是宰了他。

如果他醒過來的話。

小飛象不確定他會不會醒來。「他的情況很糟。」我們脫掉他的衣服，小飛象檢查了他的傷勢之後跟我說。

一條腿上有刀傷，另一條腿上有槍傷，全身灼傷，骨折，高燒——雖然我們把所有被子都蓋在他身上，艾文還是渾身發抖，抖到彷彿連床都跟著震動。

「敗血症，」小飛象喃喃道。他注意到我呆呆地望著他，便加上一句：「就是感染跑到血液裡了。」

「那要怎麼辦？」我問。

「抗生素。」

「我們沒有那東西。」

我坐在另一張床上。山姆溜到床腳，抓著沒有子彈的手槍不肯放手。班恩摟著步槍靠著牆，警覺地打量艾文，彷彿艾文隨時會從床上跳起來把我們都幹掉。

「他沒有選擇。」我告訴班恩：「如果他就這樣從黑暗中出現，任誰都會開槍打他。」

「我只想知道磅蛋糕和茶杯在哪裡。」班恩咬牙切齒地說。

小飛象叫他不要站著。他剛替班恩重新包紮過，但他失了不少血。班恩揮手拒絕。他撐起身子，跛行到艾文床邊，用手背甩了他一巴掌。

「醒來！」**啪！**「醒來，你這個王八蛋！」

我從床上跳起來，抓住班恩的手，不讓他繼續打艾文。

「班恩，這不能——」

「好吧，」他甩開我，走向門口。「我自己去找他們。」

「僵屍！」山姆叫道，跳起來跑到他身邊。「我也要去！」

「你們兩個都夠了，」我怒道：「我們哪裡都不能去，直到我們——」

「怎樣，凱西？」班恩吼道：「直到我們怎樣？」

我張開嘴，但說不出話來。山姆拉著他的手臂：**僵屍，快點！**我五歲大的弟弟正揮舞著一把空槍，這個暗喻也太明顯了。

「班恩，聽我說。你有沒有在聽我說？你如果現在出去——」

「我就要現在出去——」

「我們就可能也失去你！」我對他大吼：「你不知道外面發生了什麼事。艾文可能只是把他們打昏了，就像他對你跟小飛象做的一樣。但他也可能沒有打昏他們，或許他們正在回來的路上。你現在出去真的很蠢——」

「不要教訓我出去很蠢，我清楚得很！」

班恩搖搖晃晃。他臉上血色盡失，忽然單膝跪地，山姆抓住他的袖子，我和小飛象把他拉起來，扶他到空著的床上。他倒下去，咒罵我們，咒罵艾文．沃克，咒罵天殺的一切。小飛象看著我的表情像是瞪著車頭燈的鹿，彷彿在說：**妳有答案，對吧？妳知道該怎麼辦，對吧？**

不對。

32

我撿起小飛象的步槍，往他胸前一塞。

「我們現在完全沒有防備，」我告訴他：「樓梯，走廊兩端的窗口，朝東的房間，朝西的房間。你去巡邏，眼睛睜大一點。我留下來陪這兩個大男人，以免他們殺伐起來。」

小飛象點點頭，好像明白我的意思，但沒有動作。我把雙手放在他肩膀上，直視他驚惶的眼睛。「動作快，小飛象。知道嗎？動作快。」

他拚命點頭，像是一壓就會吐出糖果的人形小盒，然後溜出房間。他很不情願離開，但我們困於這種處境夠久了，我們一直不得不做我們最不願意做的事。

班恩在我身後呻吟：「妳何不給他腦袋一槍？為什麼要打膝蓋？」

「因果報應吧！」我喃喃道。我在艾文旁邊坐下。我看到他的眼球在眼皮底下顫動。他應該已經死了，我已經跟他說再見了，而現在他還活著，我卻可能無法跟他說哈囉。**我們距離避風營只有六公里，艾文，你為什麼這麼晚到？**

「我們不能一直待在這裡，」班恩說：「讓能者出去踩點是個錯誤的決定。我們應該要分散，我們天亮就出發。」

「怎麼出發？」我問。「你受傷了。而艾文——」

「跟他無關，」班恩說：「好吧，我想妳覺得有關——」

「我們現在能活著在這裡抱怨都是他的功勞，派瑞許。」

「我沒有抱怨。」

「你有，你就像中學選美皇后一樣抱怨個不停。」

山米笑了出來。自從母親死後我就沒有再聽過他笑了。我像是在沙漠中發現湖泊一樣吃驚。

「凱西說你是選美皇后。」山姆對班恩說，以免他沒聽懂。

班恩不理他。「我們原本在這裡是為了等他，現在被困在這裡也是因為他。算了，妳想怎樣就怎樣，蘇利文，總之天亮我就要離開這裡。」

「我也要走！」山山說。

班恩站起來，在床邊靠了一會兒緩和呼吸，然後跛著走到門口。山姆跟在他後面，我沒有阻止他們，幹嘛白費力氣？班恩把門打開一條縫，輕聲叫小飛象不要開槍——他去幫忙。房裡只剩下我和艾文。

我坐在剛才班恩躺的床上，床墊仍有他的餘溫。我拿起山米的小熊放在大腿上。

「你聽得到嗎？」我問艾文，不是小熊。「我想我們現在扯平了，嗯？你打中我的膝蓋，我打中你的膝蓋。你看見我沒穿衣服，我也看見你沒穿衣服。你為我祈禱，我——」

房間失去了焦點，我用小熊打向艾文的胸口。

「你為什麼要穿那件莫名其妙的外套？蠢貨，一點都沒錯，寫得太對了。」我再度打他。「蠢貨。」再打。「蠢貨。」再打。「現在你要拋下我了嗎？現在？」

他的嘴唇動了一下，兩個字慢慢吐出，像是輪胎洩出的氣。

「蜉蝣。」

33

他睜開眼睛。我記起自己曾描述過他的眼睛就像溫暖的巧克力，心中暗自咋舌。他為什麼能讓我雙膝發軟？這根本不像我。我為什麼會讓他吻我、擁抱我、像一隻流浪的外星小狗一樣跟著我團團轉？這傢伙到底是什麼人？他究竟是從哪個扭曲的現實穿越到我扭曲的現實裡來的？一切都說不通，一切都沒有道理。他愛上我就像我愛上蟑螂，但我對他的反應又要怎麼說呢？那又叫作什麼？

「要是你死了的話，我會叫你下地獄去。」

「我不會死的，凱西。」他的眼皮顫動，滿臉是汗，聲音發抖。

「ＯＫ，但還是下地獄去吧！艾文，你在黑暗中拋下我，就那樣走了。然後再炸掉我們腳下的地面，你可能會把我們全部害死，你拋棄了我——」

「我回來了。」

他對我伸出手。「不要碰我。」**少來那一套噁心的外星人讀心術。**

「我實現了承諾。」他輕聲說。

好吧，這下我該怎麼尖刻地回應他？我之所以遇見他，就是因為我遵守自己的承諾。真是太奇怪了，現在他陷入我當時的處境，我則是當時的他。他對我的承諾，我打中他的子彈。我們別無選擇，只能坦誠相見，在異類的時代中謹守本分，就像獻祭山羊祈雨一樣。

「你差點就要被槍打爆頭了，白癡。」我告訴他：「你沒有想過要在樓梯間叫道：『喂，是我！不要開槍！』嗎？」

他搖頭：「太冒險了。」

「喔，是啦，比起被爆頭還冒險。茶杯在哪裡？磅蛋糕在哪裡？」

他再度搖頭，**誰？**

「一個沿著公路跑掉的小女孩，還有一個去追她的大孩子。你一定看到他們了。」

現在他點頭了。「他們往北去了。」

「我知道他們往北去了……」

「不要去追他們。」

他的話讓我一驚。「這是什麼意思？」

「很危險。」

「每個地方都很危險，艾文。」

他的眼睛開始往上翻，他要昏過去了。「有恩典。」

「你說什麼？恩典？聖歌〈奇異恩典〉的恩典還是什麼？『有恩典』是什麼意思？」

「恩典……」他喃喃道，然後失去了意識。

34

我一直陪著他到凌晨，跟他在老農莊裡陪著我一樣。他不顧我的意願把我帶去那裡，如今他的意願把他帶來這裡，這或許表示我們擁有對方，也或許是虧欠對方。不管怎樣，我們的債務都不曾真正還清，真正重要的都還不清。**妳拯救了我**，他說，那時我不明白我拯救了他什麼。那是在他告訴我他到底是什麼人之前，在那之後我以為他是指我從集體謀殺和人類滅絕中拯救了他。現在我想他並不是指我拯救他免於什麼，而是我拯救了他讓他得以做什麼。最棘手的部分，無法回答的部分，把我嚇得要命的部分，就是他得以做的事。

他在昏迷中呻吟，手抓著被子，神智不清。**我也曾經這樣，艾文**。我握住他的手。燒傷，淤血，骨折，而我竟然還懷疑他為何花了這麼久時間才找到我。他一定是爬到這裡來的。他的手好燙，臉上全是汗。我第一次想到艾文．沃克可能會死——在他生還之後不久。

「你得活下去，」我告訴他：「你得活下去，跟我保證，艾文。跟我保證你會活下去。跟我保證。」

我動搖了，我試著不動搖，但我忍不住。

「這樣圓圈就完成了，我們就扯平了，我們倆扯平了，你跟我。你開槍打我，我活了下來。我開槍打你，你也活了下來。明白了嗎？事情就該是這樣。你可以隨便去問任何人，大家都會這麼說。再加上你是活了十個世紀來拯救我們可憐人類免於星際大戰的超級生物，這是你的任務，你的天職，不然就是某個你接受的訓練。隨便啦！你知道以征服世界的計畫來說，你們的計畫爛死了嗎？都已經過了一年，我們還在這裡，而現在像廢物一樣躺平流著口水的是誰？」

事實上他確實在流口水。我用毯子一角替他擦掉。

門打開了，高大的磅蛋糕走進房間，然後是咧嘴而笑的小飛象，接著是班恩，最後是山姆——這表示沒有茶杯。

「他怎樣了？」班恩問。

「高燒。」我回答：「胡言亂語，一直在說什麼恩典。」

班恩皺起眉頭：「奇異恩典？」

「可能只是餐前祈禱那樣，」小飛象說：「他大概很餓。」

磅蛋糕走到窗前，往下望著結冰的停車場。我看著他蹣跚走過房間，然後轉過去問班恩：「出了什麼事？」

「他不肯說。」

「叫他說啊，你不是士官嗎？」

「我覺得他不能說話。」

「所以茶杯不見了，我們不知道她去了哪裡，也不知道她為什麼離開。」

「她應該找到能者了。」小飛象猜測：「能者決定帶她一起去洞窟，不浪費時間帶她回來。」

我把頭轉向磅蛋糕的方向示意。「那你們在哪裡找到他的？」

「外面。」班恩說。

「他在外面幹嘛？」

「就……待在外面。」

「待在外面？真的假的？你們沒有懷疑過磅蛋糕可能是敵人嗎？」

班恩疲累地搖頭：「蘇利文，不要這樣——」

「我說真的，他裝啞巴可能是故意的，這樣就不用回答任何尷尬的問題。更別提在每個被洗腦的小隊裡安插它們的人這個做法很有道理，以防有人突然變聰明——」

「是啦，先是能者，現在是磅蛋糕，」班恩爆發了。「接下來就是小飛象，或是我。但那個承認自己是敵人的傢伙就躺在那裡握著妳的手好嗎？」

「事實上是我握著他的手，而且他不是敵人，派瑞許。我以為我們已經講過了。」

「我們怎麼知道他沒有把茶杯或是能者殺了？我們怎麼知道？」

「喔，老天，你看看他，他連一個……一個……」我試圖想出一個他有力氣殺死的東西，但我缺乏睡眠又飢餓的腦袋只想得到**蜉蝣**。那絕對是個很糟的選擇，像是沒有意義的預兆，如果預兆可以沒有意義的話。

班恩猛地轉向小飛象，他不由得畏縮了一下，我覺得他希望班恩的怒火不要朝向他。「他能活下來嗎？」

小飛象搖搖頭，耳朵尖端變成紅色。「他的情況很糟。」

「那就是我的疑問，有多糟？他什麼時候可以移動？」

「暫時不能。」

「該死，小飛象，什麼時候可以？」

「幾個星期或者一個月。他的腳踝碎了，但那不是最糟的。他的傷口感染，還有壞疽的風險……」

「一個月？一個月！」班恩毫無笑意地笑起來。「他衝進來，把你打昏，差點打死我，然後才過幾個小時他就要躺一個月了！」

「你們走吧！」我從房間另一端對他大吼：「你們走，我留下來陪他，等到他能走的時候我們就去找你們。」

班恩張開的嘴猛地閉上。山姆在班恩腳邊，一隻小手指勾著他老大的皮帶扣環，這幅景象讓我心痛了一下。班恩告訴我他們在基地裡都說我弟弟是「僵屍的狗」，意思是他一直忠實地守在他身邊。

小飛象點頭：「我覺得很有道理，士官。」

「我們已經計畫好了，」班恩說，他的嘴唇幾乎沒有動作。「我們要照計畫進行，如果能者明天這個時候還沒有回來，我們就走。」他怒視我：「我們所有人。」然後指向磅蛋糕和小飛象。「他們可以抬妳男朋友，如果他需要人抬的話。」

班恩轉過身，撞到牆壁反彈回來，蹣跚地走到走廊上。

小飛象跟上他。「士官，你要去哪裡……」

「我要回去床上，小飛象，床上！我得躺一會兒，不然就要倒下了。第一班守衛是雞塊——山姆——不管你叫什麼名字——你在幹什麼？」

「我要跟你一起去。」

「你跟你姊姊留在這裡。等一下……你說得沒錯，她空不出手來——真的是這樣。磅蛋糕！蘇利文放哨，你睡一下吧，大啞巴。」

他的話聲漸漸低落。小飛象回到艾文床腳。

「士官太累了，」他解釋道，好像我需要他解釋似的。「通常他都很冷靜。」

「我也是，」我說：「我是樂天派，無憂無慮。」

他不肯走開。他望著我，臉頰跟耳朵一樣紅。「他真的是妳男朋友？」

「誰？喔，不是，小飛象，他只是一個以前想殺了我的男生。」

「喔，很好。」他似乎鬆了一口氣。「妳知道嗎？他很像沃希。」

「他一點都不像沃希。」

「我是說他像它們的人。」他放低聲音，好像在分享一個大祕密：「僵屍說它們不是我們腦子裡的小蟲，而是把自己下傳到我們身體裡，像電腦病毒之類的。」

「嗯，有點像是那樣。」

「真是太詭異了。」

「我猜它們可以把自己下傳到阿貓阿狗身上，但那樣要消滅我們就太花時間了。」

「只差一兩個月啦！」小飛象說。我笑起來，我的笑聲聽起來跟山米的一模一樣，這讓我頗驚訝。如果你想把人類軀體跟人性分開，我心想，讓他們笑不出來就是很好的第一步。我對歷史一向不熟，但我很確定希特勒那種混蛋一定不常笑。

「我還是不懂，」他繼續說：「它們的人為什麼要站在我們這邊？」

「我不確定他真的知道這個問題的答案。」

小飛象點點頭，挺起胸膛，深吸一口氣。他已經快累垮了。我們都是。他離開房間前我輕聲叫他。

「小飛象，」他剛才並沒有回答班恩的問題。「他能活下來嗎？」

他沉默了許久。「如果我是外星人，可以任意挑選自己的身體的話，」他慢慢地說：「那我會選一個非常強壯的。然後我會……我不知道啦，讓自己免於地球上各種病毒細菌的侵襲，或者至少抵抗力很強，就像給狗打狂犬病疫苗那樣。這樣我才能熬過戰爭。」

我微笑：「小飛象，你很聰明，你知道嗎？」

他臉紅了。「我是因為耳朵大才叫小飛象的。」

他離開後我有種詭異的感覺，好像有人盯著我看。而的確有人在看我，站在窗邊的磅蛋糕瞪著我。

「你呢？」我說：「你有什麼故事？你為什麼不說話？」

他轉過身，呼吸在窗戶上結成薄霧。

35

「凱西！凱西，起來！」

我蹦起來。我之前蜷在艾文身邊，腦袋抵著他的頭，手握著他的手——這是怎麼發生的？山姆站在床邊，拉扯我的手臂。

「快起來，蘇利文！」

「不要那樣叫我，山山。」我咕噥道。光線洩入房中，已經快傍晚了，我睡了一整天。「怎麼了？」

他一隻手指豎在嘴唇前，另一隻手指向天花板。**妳聽。**

我聽到了，那是直升機螺旋槳的聲音，絕對不會錯——聲音很微弱，但漸漸變大。我從床上跳起來，拿起步槍，跟山姆一起走到走廊上。磅蛋糕和小飛象聚集在班恩身邊，前四分衛蹲在地上，指揮大局。

「可能只是偵察機，」他低聲說：「甚至不是來找我們的。基地爆炸的時候有兩個小隊在外面，可能是救援行動。」

「他們會發現我們的，」小飛象驚惶地說：「我們完蛋了，士官。」

「不，」班恩樂觀地說。他稍微振作了一些。「你聽見了嗎？聲音變小了……」

不是他胡思亂想，聲音確實變小了，要屏住氣息才聽得到。我們在走廊上待了十分鐘，直到聲音消失。又等了十分鐘，確定聲音沒有回來。班恩呼出一口氣。

「我想應該沒事了……」

「能撐多久？」小飛象想知道。「我們今晚不能待在這裡，士官。我們現在就該去洞窟。」

「讓能者回來的時候找不到我們嗎？」班恩搖頭。「還是讓直升機回來的時候剛好看到我們在外面？不行，小飛象，我們按照原計畫進行。」

他站起來，望著我：「巴斯光年怎麼樣了？有沒有好轉？」

「他叫艾文。沒有。」

班恩微笑起來。我不知道，或許迫在眉睫的危機讓他充滿鬥志，就像僵屍的菜單上只有一個品項而已。你從沒聽過吃素的僵屍吧！畢竟攻擊一盤蘆筍有什麼意思？

山山嗤笑起來：「僵屍說妳男朋友是太空騎警。」

「他不是太空騎警——為什麼每個人都說他是我男朋友？」

班恩咧嘴一笑：「他不是妳男朋友？可是他親了妳……」

「親在嘴上？」小飛象問。

「對，還兩次。我親眼看到的。」

「有用舌頭嗎？」

「嗯。」山米像吃到檸檬一樣噘起嘴來。

「我有槍喔！」我說，不是完全在開玩笑。

「我沒看到舌頭。」班恩說。

「想看嗎？」我對他吐舌頭。小飛象笑了起來，連磅蛋糕都微笑了。

就在此時，那個女孩出現了，從樓梯間進入走廊。一切迅速地變得非常詭異。

36

一件沾了泥巴（不然就是血）的破爛粉紅色Hello Kitty T恤，一件可能從褐色褪成灰白的短褲，一雙骯髒的白色夾腳拖，鞋帶上還有幾顆頑強的假鑽。一頭糾結的黑髮，削瘦的精靈小臉只剩兩個大眼睛。她年紀很小，跟山米差不多，雖然她瘦得簡直像個老太太。

沒有人說話，我們都驚呆了。看見她在走廊另一端冷得雙膝顫抖牙齒打顫，簡直就像重回黃色校車在學校都關閉的時候卻突然出現在骨灰甕裡的那一刻。這是根本不可能發生的事。

然後山米低聲說：「梅根？」

班恩說：「他媽的誰是梅根？」基本上我們其他人也是這麼想。

大家還來不及抓住山姆，他就往前衝去。那個小女孩沒有移動，連眼睛都沒眨。她的眼睛彷彿在陰暗的光線中發亮，像鳥一樣，像乾瘦的貓頭鷹一樣。

山姆轉向我們說：「梅根！」好像大家都該知道似的。「是梅根耶，僵屍。她跟我一起在校車上！」他轉回去對她說：「嗨，梅根。」非常自然，好像他們約好了一起玩單槓。

「磅蛋糕，」班恩輕聲說：「去檢查樓梯間。小飛象，到窗口去。然後你們兩個再一起到樓下巡一遍。她不可能自己一個人。」

她開口了。她的聲音尖細刺耳，讓我想起指甲劃過黑板的聲音。

「我喉嚨痛。」

接著她的大眼睛往上翻，膝蓋彎曲。山姆跑向她，但太遲了，她在山姆跑到她身邊之前就砰然倒地，前額撞上薄薄的地毯。我和班恩衝過去，他彎腰要抱她，我把他推開。

「你不能用力。」我責怪他。

「她一點也不重。」他抗議道。

我把她抱起來。他說得沒錯，梅根跟一包麵粉差不多重，皮包骨，還有頭髮跟牙齒，大概就這樣。我把她抱進艾文躺的房間，放在床上，在她發抖的小身體上堆了六條被子。我叫山姆去走廊拿我的步槍。

「蘇利文，」班恩在門口說：「這不對勁。」

我點點頭。比起她自己溜進這棟旅館更不可能的就是她穿著夏天的衣服活到現在。我和班恩想著同一件事，我們聽見直升機的聲音二十分鐘後，小梅根就出現在我們面前。

她不是自己來這裡的，她是被送來的。

「它們知道我們在這裡。」我說。

「但它們沒有轟炸旅館，而是把她送來。為什麼？」

山姆拿著我的步槍回來，說：「那是梅根。我們搭同一輛校車去避風營的，凱西。」

「世界真小啊，嗯？」我把他推離床邊，推向班恩：「你覺得呢？」

他摸摸下巴，我揉揉脖子，我們的腦子裡千頭萬緒。我瞪著他摸下巴，他瞪著我揉脖子，然後他說：「追蹤器。它們在她身上裝了晶片。」

當然！怪不得班恩是領袖，他是智多星。我撫摸梅根纖細的脖子，找尋皮下的突起，但什麼也沒有。我望著班恩，搖搖頭。

「它們知道我們會找那裡，」他不耐地說：「搜她的身，全身每一寸，蘇利文。山姆，你跟我來。」

「為什麼我不能留下來？」山姆抱怨道。畢竟他才剛跟好久不見的朋友重逢。

「你想看女生光身體嗎？」班恩做個鬼臉：「噁心死了。」

班恩把山姆推出門，自己也離開房間。我用指節揉眼睛。該死，天殺的。我把她身上的被子拉到床腳，將她瘦弱的身體暴露在冬日傍晚逐漸消失的天光下。她全身都是結痂、瘀傷、開放性潰瘍，以及層層灰塵和污垢。冷漠的駭人殘酷和殘酷的野蠻冷漠侵蝕她的骨髓。她是我們之一，她是我們所有人；她也是異類的傑作，它們的代表作，人類的過去和未來，它們所做的一切和它們承諾要做的事。我哭了。我為梅根而哭，為自己而哭，為弟弟而哭，為所有太笨或不幸而死的人哭。

堅強點，蘇利文。我們在這裡，然後我們就不在了。這在它們到來之前就是如此，一直都是如此。異類並沒有發明死亡，它們只是讓它趨於完美。它們給了死亡一張臉，讓我們戴上，因為它們知道那是唯一能擊潰我們的方式。那不會止於任何大陸或海洋、山脈或平原、叢林或沙漠，它會止於它開始的地方，在最後一顆躍動的人類心臟戰場裡。

我脫掉她身上骯髒破爛的夏服，讓她像達文西畫的那個圓圈裡的裸體傢伙一樣成大字型躺著。我強迫自己緩慢並有條不紊地進行，從她的頭部開始，沿著身體往下。我對她低語：「對不起，真的很對不起。」按壓，撫觸，探索。

我不再悲傷了。我想著沃希的手指按下會將我五歲弟弟的腦子燒焦的按鈕。我非常想嚐他的血，想到嘴裡都開始分泌唾液。

你不是說你知道我們在想什麼嗎？那你就該知道我打算怎麼做。我會用鑷子把你的臉撕掉，我會用七十億個小傷口讓你的血流光，每一個傷口都代表了一個人。

那就是代價，那就是報償。做好心理準備吧，因為當你泯滅人類的人性，剩下的人類就沒有人性了。

換句話說，你自作自受，狗娘養的。

37

我把班恩叫進房間。

「什麼也沒有。」我告訴他：「我檢查了……所有地方。」

「喉嚨呢？」班恩靜靜地說。他聽得出我聲音中殘留的憤怒，他知道自己在跟一個瘋子說話，所以最好小心點。「她昏倒之前說喉嚨痛。」

我點點頭：「我看了。她身上沒有晶片，班恩。」

「妳確定嗎？一個凍得半死營養不良的小孩，看見別人的第一句話是『我喉嚨痛』，這太奇怪了。」

他側身走到床邊。我不知道，可能他擔心我會因為遷怒而攻擊他，那也不是沒發生過就是了。他小心翼翼地把手放在她前額上，另一手撬開她的嘴，湊近觀察。「看不清楚。」他喃喃道。

「所以我用了這個。」我說，把山姆配備的筆型手電筒給他。

他用手電筒照她的喉嚨。「看起來很紅。」他說。

「對，所以她說喉嚨痛。」

班恩抓抓鬍渣，思索這個問題。「不是說『幫我』或者『我好冷』，甚至不是『不要抵抗』，只說『我喉嚨痛』。」

我把雙臂交抱在胸前：「『不要抵抗』？你是說真的嗎？」

山姆在門口徘徊，棕色大眼圓睜。「她沒事嗎？凱西。」他問。

「她還活著。」我說。

「她吞下去了！」智多星班恩說：「妳找不到是因為晶片在她肚子裡！」

「那些追蹤器只有米粒大小。」我提醒他：「而且為什麼要吞一個會讓自己喉嚨痛的玩意兒？」

「我不是說追蹤器讓她喉嚨痛，她的喉嚨跟這沒關係吧？」

「那你幹嘛擔心她喉嚨痛？」

「我告訴妳我擔心什麼，蘇利文。」他極力保持鎮定，因為顯然得有人這麼做才行。「她這樣憑空出現可能有很多原因，但沒有一件是好事。事實上一定是壞事，非常壞，而我們不知道她被送來這裡的原因，只讓非常壞更壞。」

「非常壞更壞？」

「哈，連話都說不好的笨蛋。我跟老天發誓，下一個更正我文法的人臉上一定會吃我一拳。」

我嘆了口氣，怒火慢慢消退，這讓我變成一個空虛且毫無生氣的人形。

班恩望著梅根好久。「我們得叫醒她。」他決定道。

小飛象和磅蛋糕擠進房間。「你先別說，」班恩對磅蛋糕說，後者當然不會說。「我猜你沒有找到啥。」

「啥也沒有找到。」小飛象糾正他。

班恩並沒有一拳打在他臉上，但他的確伸出了手：「給我你的水壺。」他打開蓋子，把水壺舉到梅根的前額上方。一滴水在瓶口徘徊了如永恆那麼久。

永恆結束前，我們身後傳來一個沙啞的聲音：「如果我是你的話，就不會那麼做。」

艾文・沃克醒了。

38

每個人都僵住了，連瓶口的水滴也靜止不動。艾文躺在床上用燒得發亮的雙眼望著我們，等待有人問那個明顯的問題。班恩終於說：「為什麼？」

「那樣叫醒她會讓她倒抽一口氣，那就不妙了。」

班恩轉身面對他，水滴到地毯上。「你他媽的在說什麼？」

艾文嚥了一下口水，難受地皺起臉。他的臉色跟腦袋下的枕頭一樣白。「她被植入了——但不是追蹤晶片。」

班恩的嘴緊抿成一條冷硬的白線，他比我們其他人都先明白。他對小飛象和磅蛋糕說：「出去。蘇利文，妳和山姆也是。」

「我哪裡也不去。」我對他說。

「妳得出去，」艾文說：「我不知道那個裝置有多靈敏。」

「什麼裝置有多靈敏？」我問。

「利用二氧化碳引爆的燃燒彈裝置。」他別開視線，接下來的話他很難說出口。「我們的呼吸，凱西。」

現在大家都明白了。但明白跟接受是兩回事，這件事讓人難以接受。在我們經歷了一切之後，我們心中仍有拒絕接受的東西。

「你們全部給我現在就下樓去。」班恩怒吼。

艾文搖頭：「不夠遠。你們得離開這裡。」

班恩一手抓住小飛象的手臂，另一手抓住磅蛋糕，把他們倆甩到門口。山姆退到浴室入口，用小小的拳頭堵住自己的嘴。

「還得有人去把窗戶打開。」艾文喘著氣說。

我把山姆推到走廊上，然後大步走到窗邊，用力推窗框，但是窗子打不開，可能凍住了。班恩把我推開，用步槍槍托打破窗戶，冰冷的空氣湧進屋裡。班恩走回艾文床邊，打量了他一會兒，然後扯住他的頭髮把他拉起來。

「你這個王八蛋……」

「班恩！」我把手放到他手臂上。「放開他，他沒有——」

「喔，對，我忘了，他是個好的壞外星人。」班恩鬆開手。艾文頹然倒下，他沒有力氣坐起來，然後班恩**建議**他對自己做某種生理上不可能的事。

艾文望向我：「在她喉嚨裡，吊在會厭上。」

「她是個人肉炸彈，」班恩難以置信地說。他的聲音因憤怒而發抖。「它們抓小孩去改裝成炸彈。」

「炸彈能解除嗎？」我問。

艾文搖頭：「要怎麼解除？」

「這就是她的疑問好嗎？混蛋！」班恩吼道。

「炸彈跟她喉嚨裡的二氧化碳偵測器連結在一起，連結一斷就會爆炸。」

「你沒有回答我的問題，」我指出。「我們能在不炸飛自己的情況下解除炸彈嗎？」

「理論上可以……」

「理論上可以，**理論上可以**。」班恩像打嗝一樣詭異地笑起來。我擔心他可能要抓狂了。

「艾文，」我盡量冷靜輕柔地說：「我們可不可以不要……」我說不出口，艾文也沒讓我說。

「如果你們動手的話，炸彈不爆炸的機率就高多了。」

「可不可以不要……怎樣？」班恩還沒會意過來。不是他的錯，他還像個不會游泳的人一樣在那個難以置信的浪潮中掙扎。

「殺了她。」艾文解釋道。

39

我和班恩在走廊上召集了最新的「我們完蛋了」大會。班恩命令所有人躲到停車場對面的餐廳，等他示意安全了——或者旅館爆炸了之後，才能回來。山姆不肯去，班恩兇起來。山姆哭著噘起嘴。班恩提醒他是大兵，好的大兵會服從命令，而且如果他留下來的話，誰去保護磅蛋糕跟小飛象呢？

小飛象離開之前說：「我是醫護兵，」他猜到班恩要做什麼。「應該讓我來，士官。」

班恩搖頭：「給我滾出去。」他明快地說。

只剩下我們倆。班恩的眼神游移不定。受困的蟑螂，走投無路的老鼠，掉下懸崖沒有樹叢可抓住的人。

「好吧，我猜謎題已經解開了，對嗎？」他說：「但是我不懂，它們為什麼不用幾顆地獄火飛彈解決我們就好？它們知道我們在這裡。」

「那不是它們的作風。」我說。

「作風？」

「你有沒有想過這一切都是私人恩怨——從一開始就是，它們喜歡折磨我們。」

班恩不屑又訝異地望著我：「對，沒錯，現在我明白妳為什麼想跟它們的人交往了。」這話一出口他就知道錯了。他發現自己說得太過分，設法彌補：「我們到底在騙誰，凱西？其實沒什麼需要討論，就是誰來下手而已，或許我們該丟銅板。」

「或許該讓小飛象來。你不是說他在基地受過野戰手術的訓練嗎？」

他皺起眉頭：「手術？妳在開玩笑吧？」

「不然我們怎麼能……」然後我明白了。不能接受，但能明白。我錯看班恩了。他在那難以置信的汪洋中陷得遠比我深，他在五千噚下的深處。

他看出我臉上的表情，低下了頭。他滿臉通紅，不是困窘而是憤怒，深沉的憤怒，無以言喻的憤怒。

「不行，班恩，我們不能那麼做。」

他抬起頭，眼睛閃閃發光，雙手顫抖。「我能。」

「不，你不能。」班恩．派瑞許在墜落。他陷得如此之深，我不確定我能抓住他，也不確定我有力量把他拉回來。

「我並不想那樣，」他說：「我一點都不想那樣！」

「她也不想，班恩。」

他傾身靠近我，我看見他眼中另外一種熱度。「我不在意她。一個小時前她根本不存在。妳明白嗎？她完全不重要，她什麼也不是。我有妳，我有妳弟弟，我有磅蛋糕和小飛象。而她是它們的，她屬於它們。我並沒有把她騙上校車，跟她說她很安全，然後把炸彈塞進她喉嚨裡。那不是我的錯，不是我的責任。我的任務是盡全力保護自己和你們的小命，如果這表示其他對我無關緊要的人得死，那也只能這樣了。」

我受不了了。他陷得太深，壓力太大，我無法呼吸。

「就是這樣。」他苦澀地說：「哭吧，凱西。為她哭，為所有孩子哭。反正他們聽不到，看不到，也感覺不到妳有多難過，但妳還是盡量哭吧！為他們每個人掉一滴眼淚，把整個海洋填滿，哭吧！」

「妳知道我是對的，妳知道我別無選擇。妳知道能者說得對，一切都是風險。如果一個小女孩能換六個人的命，那就是代價。」

他推開我，一拐一跛地沿著走廊朝壞掉的門前進，而我無法動彈，無法說話。我沒有阻止他，連一根手指都沒有動，也沒有跟他爭辯。我已經無話可說，任何動作都是徒勞。

阻止他，艾文。拜託，阻止他，因為我無法。

地下避難室裡，他們仰著小臉望著我，我無聲地祈禱，無望地保證：**爬到我肩膀上，爬到我肩膀上，爬到我肩膀上。**

他不會開槍打她，因為有風險。他會悶死她，用枕頭壓在她臉上，直到不必再壓為止。他不會把她的屍體留在這裡，因為有風險。他會拖她出去，但不會把她埋起來或燒掉，因為有風險。他會把她帶進樹林，像丟垃圾一樣把她扔在冰凍的地面上，讓兀鷹、烏鴉和昆蟲解決她。

我靠著牆壁跌坐下去，把膝蓋靠在胸前，頭埋在臂彎裡。我停止傾聽，閉上眼睛。沃希的手指按下按鈕，班恩的手拿著枕頭，我的手指扣住扳機。山姆，梅根，十字架大兵。能者的聲音在寂靜的黑暗中響起：**有時候妳只是不巧地出現在不對的地方，那不是任何人的錯。**

班恩走出房間，疲累空虛。我應該起身過去安慰他，我要握著那雙謀殺了一個孩子的手，我們要為自己和我們被迫的抉擇哀悼。

十扇門外，班恩靠著牆坐下。我起身走過去。他沒有抬頭，手臂搭在膝蓋上，低著頭。我在他旁邊坐下。

「你錯了。」我說。他擺擺手，**隨便啦！**「她的確是我們這邊的。他們全都是我們這邊的。」

他仰頭靠在牆上：「妳聽見牠們了嗎？那些該死的老鼠。」

「班恩，我覺得你得離開。現在就走，不要等到天亮，帶著小飛象跟磅蛋糕去洞窟那裡。」或許能者可以幫他。他聽她的話，而且一直都有點怕她的樣子，甚至敬畏她。

他發出低沉的笑聲：「我現在很糟。我毀了，蘇利文。」他望向我。「沃克也沒辦法做。」

「沒辦法做什麼？」

「把那玩意兒拿出來。只剩下妳有機會了。」

「你沒有……」

「我不能。」

他又笑起來。他的頭探出水面，深吸一口氣。

「我下不了手。」

40

她所在的房間比冷凍庫還冷。艾文坐在床上，望著我走進來。被班恩扔在地上的枕頭還在原處，我把它撿起來放在艾文床上。我們吐的氣息都是白霧，我們的心臟砰然跳動，我們之間沉默凝重。

最後我問：「為什麼？」

他說：「消滅殘黨。打破最後牢不可破的羈絆。」

我把枕頭摟在胸前，慢慢地前後搖晃。**好冷，好冷**。

「不能相信任何人。」我說：「連小孩都不行。」寒冷滲入我的骨頭，在骨髓中翻騰。「你是什麼，艾文．沃克？**你是什麼？**」

他不肯望向我。「我跟妳說過了。」

我點點頭：「你是說過了，大白鯊先生。但我可不是，我還不是，我們不會殺掉她，艾文。我要把炸彈拿出來，你要幫我。」

他沒有爭辯。他沒那麼笨。

班恩先幫我拿來一些用具，然後才去停車場對面的餐廳跟其他人會合。方巾，毛巾，一罐空氣清香劑，小飛象的野戰醫療裝備。我們在樓梯口道別，我要他小心下樓，樓梯上有濕滑的老鼠內臟。

「我剛剛失控了。」他說，垂下視線在地毯上磨擦鞋底，好像被逮到說謊而心虛的小男孩。

「那太遜了。」

「我會替你保密的。」

他微笑起來：「蘇利文……凱西……如果妳沒……我想跟妳說……」

我等待。我沒有催他。

「它們犯了一個大錯。」他衝口而出：「那些蠢貨，它們沒有先把妳幹掉。」

「班恩．湯瑪斯．派瑞許，這是我聽過最可愛又最詭異的稱讚。」

我親吻他的臉頰，他吻上我的嘴。

「你知道嗎？」我低聲說：「一年前我會出賣靈魂交換這個吻。」

他搖頭：「不值得。」有一萬分之一秒的時間，絕望、悲傷、憤怒、痛苦和飢餓，一切都消失了，以前的班恩．派瑞許死而復生。洞穿一切的視線，迷倒眾生的微笑。一瞬之後他就會消失，再次變回這個新的班恩，這個叫作僵屍的傢伙，我明白了一件以前不知道的事：他**確實**死了。我學生時代迷戀的對象，就跟迷戀他的那個女學生一樣，已經死了。

「離開這裡，」我跟他說：「如果你讓我的寶貝弟弟出事，我會把你像狗一樣幹掉。」

「我可能很笨，但還沒有那麼笨。」

我看著他消失在黑暗的樓梯間。

我回到房間。我沒辦法下手，但又非做不可。艾文在床上往後蹭，直到屁股抵到床頭板。我慢慢把梅根抱起來，轉過身，再慢慢把她放到艾文床上，讓她的頭枕著艾文的大腿。我拿起空氣清香劑（**美妙的精油組合！**）噴在方巾上。我的手在發抖。我下不了手，卻又不能不這麼做。

「一個五爪鉤，」艾文靜靜地說：「嵌在右扁桃體下面。不要試著拉出來。抓住鋼絲，盡量貼近鉤子再剪斷，然後把鉤子拿出來——要很慢。如果鋼絲跟炸彈分離……」

我不耐地點頭：「**砰！**我知道。你已經跟我說過了。」

我打開醫藥箱，拿出一支鑷子和手術剪刀。工具很小，但又似乎很大。我打開筆型手電筒，用牙齒咬住。

我把散發出松樹氣味的方巾遞給艾文，他把布壓在梅根的口鼻上。她的身體痙攣了一下，眼皮倏地睜開，眼球往後翻，放在大腿上的手抽搐了一下，然後靜止不動。艾文移開方巾，放到她胸口上。

「如果我伸手進去的時候她醒來……」我咬著手電筒說，聽起來像個差勁的腹語師：**盧狗偶參**……

艾文點點頭：「可能出錯的情況太多了，凱西。」

他扶住她的頭往後仰，強迫她張開嘴。我望進一條跟剃刀一樣寬、彷彿深達一公里的紅色甬道。我左手拿著鑷子，右手拿著剪刀，兩隻手都跟足球一樣大。

「你能讓她的嘴再張開一點嗎？」我問。

「如果再張開，她的下巴會脫臼。」

為了大局著想，脫臼的下巴總好過用鑷子撿我們的屍體碎片吧，但是**隨便啦**！

「這裡嗎？」我用鑷子前端輕觸扁桃體。

「我看不到。」

「你說右邊的扁桃體，是指她的右邊，不是我的右邊，對吧？」

「她的右邊，妳的左邊。」

「好，」我吐一口氣。「我只是確定一下。」

我看不見自己在做什麼。我把鑷子伸進她的喉嚨，剪刀還沒，我不知道要怎麼把這兩者同時伸進這個小女孩的小嘴裡。

「用鑷子的尖端勾住鋼絲，」艾文建議道：「然後非常慢地拉起來，直到能看清楚為止。不要用扯的，如果鋼絲跟炸彈分開——」

「老天！沃克，你不用每兩分鐘就提醒我天殺的鋼絲跟天殺的炸彈分開會怎樣好嗎？」我感覺鑷子尖端勾到了什麼東西。「ＯＫ，我想我勾住了。」

「鋼絲是黑色的，非常細，會反光。妳的手電筒應該照得——」

「不要吵。」咬著手電筒句子變成：**無藥草**。

我全身都在發抖，但雙手卻沒有，而且還非常穩定，真是奇蹟。我硬把手塞進她嘴裡，把她的臉頰從內側撐開，將剪刀的尖端對準目標。就這樣嗎？我沒弄錯嗎？如果在手電筒的光線下反光的是鋼絲的話，那真是細得跟頭髮一樣。

「慢慢來，凱西。」

「閉嘴。」

「如果她吞下去——」

「我會宰了你，艾文，真的。」我用鑷子夾住鋼絲。我輕輕拉扯的時候，看見微小的鉤子陷在她發炎的組織裡。**慢慢來，慢慢來，慢慢來。一定要從鋼絲底部剪斷，靠近鉤子的那端。**

「妳靠得太近了。」他警告我：「不要說話，不要對著她的嘴巴呼吸……」

是啦，那我直接揍你的嘴就好了。

有太多情況可能出錯，他說。有不對的方式，真的不對的方式，和真的**真的**不對的方式。當梅根睜開眼睛，身體在我手下動彈的時候，就是真的**真的**不對了。

「她醒了！」我毫無必要地大聲叫道。

「不要鬆開鋼絲！」他吼回來，這有必要。

她的牙齒狠狠咬住我的手，頭左右擺動。我的手指困在她嘴裡，我試著握緊鑷子，但只要扯一下炸彈就……

「艾文，快想辦法！」

他伸手去拿噴了空氣清香劑的方巾。

我大叫：「不，固定她的頭，白癡！不要讓她——」

「鬆開鋼絲。」他喘著氣說。

「**什麼？**你剛才說**不要**鬆開……」

他捏住她的鼻子。鬆開？不要鬆開？如果我鬆手，鑷子可能會纏住並扯斷鋼絲；如果我不鬆手，她不斷掙扎也可能會拉斷鋼絲。梅根的眼睛骨碌碌地亂轉，痛楚、恐懼、困惑，異類一直讓我們充滿這種感覺。她張開嘴，我把剪刀伸進她喉嚨裡。

「我現在恨死你了，」我用氣音對他說：「全世界我最恨的就是你。」我覺得他得在我動剪刀之前知道這點，以免我們待會兒被炸飛。

「妳抓住了嗎？」他問。

「我根本不知道我有沒有抓住！」

「動手。」然後他微笑，**微笑！**「剪斷鋼絲，蜉蝣。」他說。

我剪了。

41

「這是測試。」艾文說。

像液體膠囊一樣的綠色玩意兒放在桌上，安全地——至少我們希望如此——密封在一個透明塑膠袋裡，以前媽媽裝你的午餐三明治用的那種。

「什麼？像是人體炸彈還在研發階段的意思嗎？」班恩問。他靠在破窗邊發抖，但得有人監視停車場，而他不肯讓其他人冒險。至少他已經換掉了那件血跡斑斑可怕的黃色連帽罩衫（那在血跡斑斑之前就很可怕了），換上一件黑色運動衫，看起來就像以前的他。

坐在床上的山姆遲疑地笑了起來，不確定他崇拜的領袖僵屍是不是在開玩笑。我不是心理醫生，但我猜山山因為嚴重的戀父情結而有所改變。

「不是測炸彈，」艾文回答：「是測我們。」

「很好。」班恩怒道：「這是我三年來通過的第一個測試。」

「少來了，派瑞許。」我說。到底是誰規定帥哥都要裝傻才酷？「我知道你去年進了全國績優生決選。」

「真的嗎？」小飛象豎起耳朵。好吧，我不該老提他的耳朵，但他是真的驚呆了。

「對啦，真的。」班恩帶著標準的派瑞許笑容說：「但那年的對手很弱。畢竟外星人入侵了。」

他望向艾文，笑容消失了。他看著艾文的時候從來不笑。「它們**為什麼**要測試我們？」

「知識。」

「喔，那是它們真正的目的。你知道現在怎樣才算幫忙嗎？就是你不耍這種神祕外星人的架子，他媽的把話說清楚。那玩意兒沒有爆炸的每一秒鐘，」——他朝塑膠袋點點頭——「我們的風險就不斷加倍。它們早晚，而且我覺得是**早**，會回來把我們炸飛到迪比克。」

「迪比克？」小飛象尖聲說。他沒聽出班恩是開玩笑，這嚇到他了。迪比克怎麼了？

「就是一個城市而已，小飛象，」班恩說：「我只是隨便舉例。」

艾文點頭。我望向堵在門口的磅蛋糕，他微微張著嘴，扭頭交替望著他們兩人。

「它們會回來。」艾文說：「除非我們沒有通過測試，那樣它們就不用回來了。」

「沒通過？我們不是通過了嗎？」班恩轉向我：「我覺得我們通過了，妳呢？」

「沒通過的意思是指我們又蠢又呆地讓她留下來，」我解釋道：「然後讓自己被炸飛到迪比克。」

「迪比克。」小飛象又摸不著頭緒地重複道。

「沒有爆炸的原因有三種可能。」艾文說：「第一，炸彈故障。第二，炸彈沒裝好。或是第三……」

班恩伸出手：「第三，旅館裡有人知道兒童炸彈這件事，並且能夠拆下裝置封在塑膠袋裡，然後開班講授如何讓容易受騙的人類陷入驚慌恐懼。測試是為了知道我們之中有沒有消音器。」

「我們有！」山姆大叫，用手指著艾文：「**你**就是消音器！」

「除非用幾枚地獄火飛彈把這裡炸光，否則它們不能確定。」班恩把話說完。

「所以問題在於，」艾文靜靜地說：「它們為什麼懷疑？」

房裡陷入沉默。班恩在前臂上敲著手指，磅蛋糕緊緊閉上嘴，小飛象拉著自己的耳垂，我坐在椅子上前後搖晃，扯著小熊的小手。我不知道小熊怎麼會在我手裡，可能是磅蛋糕把梅根抱到另一間房裡的時候，我隨手撿起來的。我記得它掉在地上，但不記得把它撿起來。

「理由很明顯，」班恩說：「它們一定有辦法知道你在這裡，不是嗎？不然就有可能損失你方的人員。」

「如果它們知道我在這裡就根本不需要測試，它們是**懷疑**我在這裡。」

然後我明白了，但明白並沒有讓我比較好過。

「能者。」

班恩猛地轉向我，一絲微風都可能把他吹倒。

「她被抓了。」我說：「不然就是茶杯，或是兩個人都被抓了。」我轉向艾文，因為我無法承受班恩臉上的表情。

「這最說得通。」艾文同意。

「放屁！能者絕對不會背叛我們。」班恩對他咆哮。

「她不是自願的。」艾文說。

「仙境。」我用氣音說：「它們下載了她的記憶……」

班恩離開窗邊，失去平衡讓他撞到山米的床。他在發抖，不是因為冷。「喔，不，不，不，不，能者**沒有**被捕。她沒事，茶杯也沒事，我們不必講這個……」

「不，」艾文說：「我們已經在講了。」

我滑下椅子，走向班恩。我知道我該做點什麼，卻不知道該怎麼做。「班恩，他說得對。我們現在之所以還活著的原因，就是它們送梅根過來的原因。」

「妳到底是怎樣？」班恩問。「不管他說什麼妳都照單全收，好像他是從山頂下來的摩西一樣。不管什麼理由，如果它們覺得他在這裡，那它們就已經知道他是**叛徒**，它們一定會送我們去迪比克的。」

所有人都望向小飛象，等待他的反應。

「它們不是要殺我。」最後艾文說，臉上帶著厭惡又哀傷的神情。

「對喔，我都忘了，」班恩說：「它們要殺的人是我。」他離開我身邊，蹣跚走回窗口，手放在窗櫺上，打量著夜空。「留在這裡，我們會完蛋；離開這裡，我們也會完蛋。我們就像跟棋王鮑比·費雪下棋的五歲小孩。」他轉回來面對艾文：「可能是你被巡邏的人看見，然後他們就跟著你到這裡。」他指著背包。「那並不表示它們抓到了能者或杯杯，只表示我們沒有時間了。不能躲，也不能逃。所以問題又回到原點，不是我們**會不會死**，而是我們要**怎麼死**。小飛象，你要怎麼死？」

小飛象先是僵住，然後抬頭挺胸：「頂天立地，長官！」

班恩望向磅蛋糕：「蛋糕，你要頂天立地地死嗎？」

磅蛋糕也立正敬禮，堅決地點頭。

班恩用不著問山姆。我弟弟已經站得直挺挺，非常緩慢地對他的長官敬禮。

42

喔，老天，男生真是……

我把小熊扔在桌上。「我以前也面對過這樣的困境，」我告訴猛男軍團：「逃走是死，留下也是死。所以在我們決定當神風特攻隊之前，請考慮一下第三個選擇：引爆炸彈。」

這個提議讓房中所有人都倒抽一口氣。艾文最先明白過來，他慢慢地點頭，但顯然並不喜歡這個主意。變數太多了，有一千種可能出錯的方式，只有一種是對的。

班恩直指問題核心：「怎麼引爆？誰要對著它呼氣然後被炸成碎片？」

「士官，讓我來。」小飛象說。他的耳朵漲紅，好像自己的勇氣讓他很尷尬。他羞赧地微笑，他終於明白了：「我一直都很想去迪比克。」

「人的呼吸不是唯一的二氧化碳來源。」我對全國績優生候補說。

「可樂！」小飛象大叫。

「最好找得到可樂。」班恩說。沒錯，軟性飲料跟酒精一樣，是它們到來後的第一波犧牲者。

「沒錯，沒有罐裝或瓶裝的了。」艾文說：「但是凱西，妳不是說旁邊有家餐廳？」

「飲料機用的充氣罐——」我說。

「可能還在那裡。」他替我說完。

「把罐子跟炸彈接在一起……」

「讓罐子釋放二氧化碳……」

「慢慢地漏氣……」

「放在密閉空間裡……」

「電梯！」我們齊聲說。

「哇，」班恩呼出一口氣。「太讚了。但我不知道這樣要怎麼解決問題。」

「這樣它們就會以為我們死了，僵屍。」山姆說。連五歲大的孩子都懂，但他缺乏班恩智取沃希一行人的經驗。

「然後它們就會過來察看，找不到屍體它們就知道我們沒死。」班恩說。

「但這可以為我們爭取一點時間，」艾文指出。「我猜等到它們發覺是怎麼回事時，就已經太遲了。」

「因為我們顯然比它們聰明太多？」班恩問。

艾文陰沉地一笑：「因為我們要去它們絕對料想不到的地方。」

43

沒有時間爭論了，我們得在第五波發現我們之前提早退房。班恩和磅蛋糕去餐廳拿二氧化碳充氣罐，小飛象在走廊上放哨，我跟山姆說他得守著梅根，因為他們是一起搭校車的同伴。他要我把槍還給他，我提醒他上次他有槍的時候也沒有派上用場，他把子彈打光，目標卻毫髮無傷。我試著把小熊給他，他猛翻白眼，表示小熊早就過期六個月了。

剩下我和艾文，只有我、他，和一個小小的綠色炸彈。

「說吧！」我命令他。

「說什麼？」他的大眼睛像小熊一樣天真無邪。

「說實話，沃克，你一直有所隱瞞。」

「妳為什麼——」

「因為那是你的風格，你的作法。就像冰山一樣，只有三分之一在表面，但我絕對不會讓你把這棟旅館變成鐵達尼號。」

他嘆一口氣，避開我的視線。「有紙筆嗎？」

「什麼？你要寫溫柔的情詩給我嗎？」那也是他的作風。每次我太逼近真相的時候，他就會告訴我他有多愛我，或者我如何拯救了他，或者用其他好像很深刻的話歌功頌德來轉移我的注意力。但我還是從桌上拿起紙筆遞給他，畢竟誰不想收到溫柔的情詩呢？

然而他畫了一張地圖。

「平房，白色——或者曾是白色——木頭建築。我不記得地址，但就在六十八號公路旁邊，靠近休息站。屋子前面掛著一個老舊的金屬牌子，寫著金富力機油之類的。」

他撕下那張紙塞進我手裡。「它們為什麼不會去那裡？」我又中了他的聲東擊西戰術，我並不是指金富力機油有什麼浪漫詩意。「你既然要跟我們一起走，為什麼要畫地圖給我？」

「以防出了什麼事。」

「以防**你**出了什麼事。但如果我們都出事了呢？」

「妳說得對，我再畫五張。」

他開始畫下一張。我愣了兩秒，然後把紙抽走，打他的頭。

「你這個混蛋，我知道你在做什麼。」

「我在畫地圖，凱西。」

「用飲料機做雷管，就像不可能的任務那樣？我們一起奔向金富力機油的招牌，而身為領隊的你腳踝碎裂，大腿上有刀傷，還發著四十一度的高燒……」

「如果我燒到四十一度，早就已經死了。」他指出。

「不，你知道為什麼嗎？**因為死人沒有溫度！**」

他沉思地點頭：「老天，我真的好想妳。」

「來了！就是這樣！就像在沃克農莊、骨灰營、沃希的死亡集中營裡時一樣，只要我逼問你——」

「我第一眼看到妳的時候就……」

「**閉嘴！**」

他閉嘴了。我在他旁邊坐下。或許我的方式不對，以前我媽常說，用蜂蜜可以吸引更多蒼蠅，但我的問題在於我沒什麼女性魅力。我握住他的手，深深望入他眼中。我考慮要解開襯衫，但又想到他應該會看穿我的小把戲。是說我的把戲也沒有**那麼**小啦！

「我不會讓你再搞一次爆破避風營。」我說，希望聲音裡有某種誘人的韻味。「不會發生那種事。你要跟我們一起走，磅蛋糕和小飛象可以抬你。」

他舉起另一手撫摸我的臉頰。我熟悉這種撫觸，我很想念他。「我知道。」他說。他巧克力般的眼神（**喔！**）充滿無垠的哀傷。我也熟悉這種表情，我以前見過，他在樹林裡坦承自己真實身份的時候就是這種表情。「但妳不知道全部的事，妳不知道恩典。」

「恩典。」我重複道，把他貼在我臉上的手推開，完全忘了蜂蜜的招數。我太喜歡他的撫觸了，我得設法不要這麼喜歡，同時也得設法不要喜歡他看著我時彷彿我是地球上最後一個人類那種表情。在他找到我之前我真的這麼以為，那很可怕，是非常恐怖的重擔。你把自己存在的意義寄託在另外一個人類身上，這絕對是自找麻煩，看看所有悲劇愛情故事就知道了。如果可能，我不想扮演什麼羅密歐的茱麗葉。就算唯一的候選人願意為我而死，而他就坐在我旁邊握著我的手，用融化的巧克力般（**但現在沒有那麼「喔！」了**）的眼神望著我也一樣。此外他在被子底下完全赤裸，身材還跟模特兒一樣……但我現在不能想這些。

「又是恩典。我開槍打中你之後你就一直提起恩典。」我對他說。

「妳不瞭解恩典。」

呃，這讓我很不爽。我從不知道他這麼虔誠——或是這麼愛批判別人。這兩者通常相輔相成，但是……

「凱西，我有話要跟妳說。」

「你是浸信會教徒？」

「那天在公路上，我讓妳——讓妳離開之後，我非常害怕，我不知道發生了什麼事，不知道我為什麼不能……做我該做的事，執行我天賦的職責。我無法解釋。從許多方面來說，我現在仍然不能解釋。我以為我瞭解自己，我以為我認識鏡子裡的那個人。我找到了妳，但我找到妳之後卻迷失了自己。一切都曖昧不明，一切都複雜了起來。」

我點點頭：「我記得，我記得不複雜的時候。」

「一開始我把妳帶回去的時候，我真的不知道妳會不會死。我坐在妳旁邊心想，**或許她不該活。**」

「老天，艾文，你這麼說真是太浪漫了。」

「我知道會發生什麼事。」他說。他握住我的雙手，把我拉近，我深深陷入那對該死的眼眸裡。看來蜂蜜陷阱不適合我，因為在他身邊的時候，我才是蒼蠅。「我知道會發生什麼事，凱西。在這之前我一直都覺得死掉的人才幸運，但現在我知道了，我明白了。」

「什麼？你明白了什麼，艾文？」我的聲音顫抖。他嚇到我了。或許他是因為高燒而胡言亂語，但艾文現在非常不像艾文。

「解決之道，結束一切的方法。問題在恩典，妳無法對付恩典——你們沒有人能對付她。恩典是門檻，只有我能跨過，我可以給妳這個，還有時間。這兩者，恩典和時間。然後妳就可以**結束**這一切。」

44

然後小飛象在這絕佳的時機探頭進來：「他們回來了，蘇利文。僵屍說——」他停了下來，顯然發現自己當了電燈泡。感謝上帝，我沒把襯衫解開。我把手從艾文手裡抽回，站起來。

「他們找到充氣罐了嗎？」

小飛象點點頭：「他們在把罐子放到電梯裡。」他望向艾文：「僵屍說你準備好就開始。」

艾文慢慢點頭：「好。」但他沒有移動，我也沒有移動。小飛象呆站了幾秒鐘。

「好。」他說。艾文不再說話，我也沒有，然後小飛象說：「待會兒——迪比克見！嘿嘿。」

他退出房間。

我猛地轉向艾文：「那個，你還記得班恩抱怨你那套神祕外星人的招數嗎？」

艾文．沃克做了一件我從沒見過他做的事——正確來說，是從沒聽他說過的話。

「媽的。」他說。

小飛象又出現在門口，呆張著嘴，耳朵通紅，被一個金黃長髮的女孩抓著。她北歐模特兒似的五官非常漂亮，銳利的藍眼睛，豐潤的紅唇，高䠷窈窕的身材根本就是時尚公主。

「哈囉，艾文。」柯夢波丹女孩說。她的聲音當然跟好萊塢每個性感女魔頭一樣低沉又沙啞。

「哈囉，恩典。」艾文說。

45

原來恩典是人名，不是祈禱文或者任何跟宗教有關的東西。她全副武裝，手上拿著小飛象的M16，還揹著一把沉重的狙擊步槍。她把小飛象推進房間，然後露出燦爛的微笑閃瞎了我的眼。

「妳一定就是凱西歐佩亞，夜空的女王。我很驚訝，艾文，她跟我想像中完全不一樣，膚色有點像生薑，我不知道你喜歡這一型。」

我望向艾文：「這他媽的是誰啊？」

「恩典跟我一樣。」艾文說。

「我們是老交情了，大概有一千年吧！說到這個……」恩典朝我的步槍示意。我把槍扔到她腳邊。「還有手槍，以及妳褲管底下腳踝上綁著的獵刀。」

「讓他們走，恩典，」艾文說：「我們不需要他們。」

恩典不理會他。她踢了一下我的步槍，叫我把步槍、手槍和刀子都扔出窗外。艾文對我點點頭，好像在說：**妳最好照辦**。於是我照辦了。我腦中一團混亂，完全無法思考。恩典跟艾文一樣是消音器——這我很清楚。但她怎麼知道我的名字？她為什麼會在這裡？艾文怎麼知道她會來？他說**恩典是門檻**又是什麼意思？通往**什麼**的門檻？

「我知道她是人類。」恩典回到艾文最喜歡的話題上。「但我從沒想過她**完全**是人類。」

艾文知道我會如何反應，但他還是試著阻止：「凱西……」

「幹妳媽的外星婊子！」

「妳真是伶牙俐齒啊！」恩典用小飛象的步槍示意我坐下。

艾文再度對我使眼色：**照她說的做，凱西**。於是我在他旁邊的床上坐下，小飛象坐在我旁邊，張著嘴像氣喘病人一樣喘氣。恩典站在門口，觀察走廊的動靜。或許她知道山姆和梅根在隔壁房間，或者班恩和磅蛋糕在樓下的電梯裡等艾文。我明白了艾文的策略：**拖延時間**。等到班恩和磅蛋糕上來察看的時候，我們的機會就來了。接著我記起艾文可以在伸手不見五指的黑暗中單槍匹馬幹掉整個第五波小隊，我心想，**不對，他們出現的時候，她的機會就來了。**

我打量她，她靠著門，一邊腳踝自在地跨在另一邊上，金色的捲髮披在一邊肩膀上，臉稍微偏向一邊，讓我們欣賞她美得驚人的北歐輪廓。我心想，**當然啊，這說得通。如果你可以隨意把自己下傳到任何人類軀體裡，為何不挑個完美無缺的？艾文也是。**從這個意義上看來，他完全是個假象。想起來真奇怪，讓我雙膝發軟的傢伙只是一個面具，底下可能是一隻活了一萬年的烏賊之類的玩意兒。

「它們**的確**跟我們說過，假扮成人類跟人類一起生活會有風險。」恩典說：「告訴我，凱西歐佩亞，他在床上是不是完美到不行？」

「妳怎麼不告訴我呢？」我反駁道：「外星賤貨。」

「火氣真大，」恩典微笑著對艾文說：「跟她的名字一樣。」

「他們跟這個沒有關係，」艾文說：「讓他們走，恩典。」

「艾文，我甚至不確定我知道你說的**這個**是指什麼。」她直起身子飄到——沒有別的詞彙可以形容——他的床邊。「在我搞清楚之前，你們哪裡都別想去。」她彎下腰，捧住他的臉，纏綿地吻他。他想反抗——我看得出來——但她用異世界的超能力讓他無法動彈，看來她的本事還真不小。

「你告訴她了嗎，艾文？」她貼著他的臉頰喃喃道，但她確定我聽得見。「她知道這一切會怎麼結束嗎？」

「就像這樣。」我說著撲向她，用我冥頑不靈的腦袋撞她柔軟的太陽穴。衝擊讓她撞上衣櫃的門，我則趴在完美到不行的艾文腿上。**完美到不行**，我顛三倒四地想著。

我撐起身子，艾文摟住我的腰，把我拉回去。「**不要，凱西**。」

但他虛弱無力，而我很強壯。我輕易地掙脫他，從床上跳起來撲到她背上。這是個嚴重的錯誤。她抓住我的手臂，把我甩到房間另一端，我撞到窗邊的牆壁，跌到地板上，炙熱的痛楚從尾椎竄上我的背。我聽到走廊上傳來開門的聲音，我大叫：「山姆！快走，去找僵屍！去找——」

我還沒說完她就不見了。我上一次看見有人動作這麼快是在骨灰營，從萊特派特森空軍基地來的假士兵看見我躲在樹林裡，他們的動作快得跟卡通人物一樣。要不是她的目標是我弟弟的話，這看起來實在太有趣。

喔，不行，賤人，妳不能碰我弟弟。

我衝過小飛象旁邊，衝過艾文旁邊，他掀開被子，設法撐起重傷的身體下床。我衝進沒人的走廊，大勢不妙，非常不妙，我三步併作兩步跑到山姆所在的房間，當我的手指碰到門把時，有個玩意兒擊中我的後腦，我的鼻子撞上門板。我聽見斷裂的聲音，不是木頭。我踉蹌退後，血流滿面，我嚐到自己的血味，不知怎地這個味道支撐著我沒有倒下——在那之前我不知道憤怒也有味道，而且嚐起來像自己的血。

冰冷的手指勒住我的脖子，我透過血雨看見自己雙腳離地，然後凌空飛過走廊，肩膀重重著地，滾到走廊盡頭的窗邊才停下。

恩典說：「**給我待在那裡**。」

她站在山米的房門口，昏暗的通道末端一個輕盈的影子，隔著淚幕閃閃發光。我的眼淚無法抑制地順著臉頰流下，和血液混在一起。

「不，要，碰，我，弟，弟。」

「那個可愛的小男孩嗎？原來他是妳弟弟，對不起了，凱西歐佩亞，我不知道。」她搖著頭，嘲弄地裝出哀傷的樣子，就像它們嘲弄所有人類一樣。

「他已經死啦！」

46

三件事同時發生。如果加上我的心碎成片片的話，就是四件。

我拔腿就跑——不是跑開，而是**跑向**她。我要把她那張封面女郎的臉撕爛，我要把她那顆虛假的人類心臟從她兩個完美的奶子中間扯出來，我要用指甲把她撕裂。

那是第一件事。

第二件事是樓梯間的門砰地打開，磅蛋糕以迅雷不及掩耳之姿衝進走廊，用一隻手把我推開，另一隻手拿著步槍對準恩典。這可不容易，但班恩說磅蛋糕是小隊裡僅次於能者的神槍手。

第三件事是光著上身、只穿著四角褲的艾文．沃克爬出房間來到恩典身後。不管是不是神槍手，如果磅蛋糕沒有打中她……或者恩典在最後一秒閃開……

於是我撲向前，抓住磅蛋糕的腳踝，他往前傾倒，步槍走火。然後我聽見樓梯間的門再度打開，班恩大吼：「**不要動！**」就像電影裡面那樣。但沒有人理會，我沒有，磅蛋糕沒有，艾文沒有

——恩典當然更不用說。她不見了，一秒前她還在，下一秒就消失無蹤。班恩一跛一拐地經過我和磅蛋糕身邊，跑向山姆對面的房間。

山姆。

我跳起來奔過走廊。班恩對磅蛋糕示意，說：「她在裡面。」

我轉動山姆的房門把。門是鎖住的。**感謝老天！**我用力敲門：「山姆！山姆，開門！是我！」

門裡面一個比老鼠叫大不了多少的聲音說：「妳騙我！妳騙我！」

我失控了。我把血淋淋的臉頰貼在門上，當場崩潰。我鬆懈了戒心，忘了異類有多殘酷。光是用子彈貫穿我的心臟並不夠，首先得用力踐踏，然後攢在手裡讓殘渣像黏土一樣從指縫裡擠出來。

「ＯＫ，ＯＫ，ＯＫ，」我哽咽道：「你待在裡面，ＯＫ？山姆，不管發生什麼事都不要出來，等我回來。」

磅蛋糕站在走廊對面的門旁邊。班恩扶艾文起來——或者試著扶他起來。他每次鬆手艾文的膝蓋就打顫，最後班恩決定讓他靠著牆。艾文搖搖晃晃地喘著氣，臉色跟我父親喪命的那個營地名稱一樣灰白。

艾文瞥向我，語不成聲地說：「離開走廊，**現在**。」

磅蛋糕面前的牆壁猛地爆裂成白色的粉塵和發霉的壁紙屑。他踉蹌後退，步槍從無力的手中落下，撞上班恩。班恩抓住他的肩膀，把他跟小飛象推進房間，然後對我伸出手，但我把他的手打掉，叫他去扶艾文。然後我撿起磅蛋糕的步槍，對著恩典所在的房門開火。槍聲在狹窄的走廊上震耳欲聾。班恩把我拉進房裡的時候，我已經把彈匣打空了。

「妳是有多蠢！」他大叫道。他把新的彈匣塞進我手裡，叫我盯著門口，但是**不要動**。

眼前的景象就像隔壁房裡播放的電視節目一樣，只有聲音。我趴在地上，用手肘撐起上身，步槍對準對面的房門。**來啊，冰山美人，我有個小禮物要送妳。**我用舌頭舔過流血的嘴唇，我恨這個味道，也愛這個味道。**來啊，噁心的瑞典人。**

班恩：「小飛象，他怎麼樣了？小飛象！」

小飛象：「很糟糕，士官。」

班恩：「有多糟？」

小飛象：「很糟……」

班恩：「喔，老天，我看得出來很糟，小飛象！」

艾文：「班恩——聽我說——你得聽我說——我們現在就得離開這裡。」

班恩：「為什麼？我們制住她了——」

艾文：「撐不了多久的。」

班恩：「蘇利文可以對付她。她到底是什麼人？」

艾文：（模糊不清）

班恩：「喔，當然，越多越好。我猜我們已經進入B計畫了。我扶你，沃克。小飛象，磅蛋糕交給你。蘇利文負責小朋友。」

班恩溜到我旁邊，手放在我背上，朝房門點點頭。

「危險解決之前我們不能移動。」他低聲說：「喂，妳的鼻子怎麼了？」

我聳聳肩，用舌頭再三舔過。「怎麼解決？」我的聲音聽起來好像得了重感冒。

「很簡單。守著門口，一個上，一個下，一個左，一個右。最糟的是一開始的兩秒半。」

「那最好的是什麼？」

「最後的兩秒半。妳準備好了嗎？」

「凱西，等一下。」艾文跪在我們身後，像是聖壇前的朝聖者。「班恩不知道自己面對的是什麼人——但妳知道。告訴他，告訴他她有多——」

「閉嘴，大情聖。」班恩怒道。他拉著我的襯衫：「開始了。」

「她已經不在裡面了——我跟你保證。」艾文抬高聲音說。

「什麼？她從二樓跳下去了嗎？」班恩笑起來：「真厲害，那我只要下去把她的斷腿打得更斷就行了。」

「她可能跳下去了——但什麼也沒斷。恩典跟我一樣。」艾文對著我們倆說，但他急切地望著我：「跟我一樣，凱西。」

「但你是人類——我是說，你的身體是。」班恩說：「人類的身體不可能——」

「**她**的身體可以。我的已經不行了，我的已經……崩潰了。」

「妳知道他在說什麼嗎？」班恩問我。「我覺得ＥＴ先生又在胡說了。」

「那你建議我們該怎麼辦，艾文？」我問。雖然我滿嘴都是美味的血，但憤怒已經漸漸消失，被非常難受又熟悉的不知所措取代。

「現在就走。她要找的不是你們。」

「犧牲的羔羊，」班恩殘忍地一笑：「我喜歡。」

「她會就這樣放我們走嗎？」我搖頭，滅頂的感覺越來越強烈。會不會被班恩說中了？我到底在想什麼，竟然要把自己和弟弟的性命交給艾文．沃克？事情不對勁，一切都說不通。「就這樣？」

「我不知道。」艾文答道。這算加分，因為他可以說：**當然，只要習慣她的虐待狂，她其實是個好人。**「但我知道如果你們留下來會發生什麼事。」

「這樣就夠了。」班恩說，他退回房裡。「各位，計畫變更。我負責磅蛋糕。小飛象，你帶著梅根，蘇利文負責她弟弟。我們要去開趴啦！」

「凱西，」艾文蹭到我身邊，把我的臉扳向他，用拇指撫摸我染血的臉頰。「這是唯一的方法。」

「我不會離開你，艾文，我不會再讓你離開我了。」

「那山姆呢？妳答應過他的，妳不能兩全其美。恩典是我的問題，她……她屬於我，跟山姆屬於妳不一樣。我不是說我……」

「真的嗎？我很驚訝，艾文，你看事情總是這麼清楚嗎？」

我坐起來，深吸一口氣，給了他的俊臉一巴掌。我可以開槍打死他，但我決定不要讓他這麼輕鬆解脫。

就在此時，我們聽到了那個聲音，彷彿我的一巴掌就是它在等待的訊號，戰鬥直升機快速接近的聲音。

47

繼之而來的是探照燈，明亮的光線照亮走廊，湧入房中，在牆壁和地板上投下鋒利的陰影。班恩衝過來拉我起身，我抓住艾文的手，他搖頭甩開我。

「留一把槍給我就好。」

「沒問題，老兄，」班恩說，把手槍給他。「蘇利文，去帶妳弟弟。」

「你們到底是怎樣？」我難以置信地說：「我們不能現在跑掉。」

「那妳有什麼好主意？」班恩吼道。他非得用吼的不可，因為直升機的噪音壓過了一切——從聲音和光線的角度看來，直升機已經在旅館上方了。

艾文抓住裂開的門框，讓自己站起來——單腳站立，他另一隻腳完全無法承受重量。我在他耳邊大叫：「告訴我一件事就好。你活了一萬年，就說這一次實話。你根本不打算裝好炸彈跟我們一起逃走，你知道恩典會來，你打算把你們倆——」

就在此時，山米從隔壁房間抓著梅根的手跑出來。那個小女孩不知何時得到了小熊，可能是山給她的——他總是把小熊塞給需要安慰的人。「凱西！」他衝進我懷裡，一頭撞上我的肚子。我把他抱起來，搖晃了一下，**老天，他變重了**，然後握住梅根的手。

冰冷的旋風吹進破窗，我聽見小飛象尖叫：「它們降落在屋頂上了！」

他幾乎要爬過我的背逃到走廊上。班恩在他身後，把磅蛋糕的手臂搭在肩上撐著他。

「蘇利文！」班恩大叫：「快走！」

艾文握住我的手肘：「等一下。」他抬頭望著天花板，嘴唇無聲地動作，不然就是有聲音但我聽不見。

「等一下？」我咆哮道，原本不知所措的驚慌有了明確的目標。「等**什麼**？」

他仍舊望著天花板：「恩典。」

一聲高亢的哀嚎壓過螺旋槳的噪音，越來越尖銳，越來越大聲，變成刺耳的詭異尖叫。整棟建築都在搖晃，天花板裂開，醜惡的廉價裝飾畫框從牆上掉下來。探照燈消失了。一秒之後的爆炸形成的滾燙氣流湧進房間。

「她幹掉了駕駛。」艾文點頭說。他把我、山山和梅根拉到走廊上，轉過頭對班恩說：「現在可以走了。」然後對著我說：「地圖上的房子，那是恩典的，但今晚之後就不是了。不要離開，那裡有食物和水，還有足夠的補給，可以讓你們撐過冬天。」他非常急促地說，好像已經沒有時間了——第五波可能不會來，但恩典要來了。「你們在那裡很安全，凱西。春分的時候……」

班恩、小飛象和磅蛋糕已經走到樓梯口，班恩瘋狂地對我們招手：**快來！**

「凱西！妳聽到了嗎？春分的時候母艦會派無人機去那裡接恩典……」

「蘇利文，立刻給我過來！」班恩大吼。

「如果妳能想辦法動手腳……」他塞了什麼東西給我，但我兩隻手都沒空，我瞪大眼睛看著我弟弟從艾文手中接過裝著炸彈的塑膠袋。

然後艾文．沃克捧住我的臉，用力吻上我的嘴。

「妳可以結束這一切，凱西，妳可以的。事情就該這樣結束，就該是妳，是**妳**。」

他再度吻我。我的血染上他的臉，他的淚水沾上我的。

「這次我不能向妳保證了。」他急急說道：「但妳可以。跟我保證，凱西，跟我保證妳會結束這一切。」

我點頭：「我會的。」這個承諾是判決，是砰然關上的牢門，是我頸間的重擔，讓我沉到無垠之海的底端。

48

我在樓梯口停了半秒鐘，知道這可能是我最後一次，更精確地說，可能是最後一**秒**見到他。然後我陷入徹底的黑暗，跟上一次很像，我叫梅根小心地上的老鼠屍體。我們下樓到大廳，帶我參加這場趴踢的男生們聚集在大門口，他們的身影映在直升機燃燒的橘色火光中。我覺得從大門離開是聰明的反向操作。恩典可能會以為我們守在樓上的房裡，然後她會像駭客任務裡的傢伙一樣飛簷走壁，從另一端的破窗跳進去。

「凱西，」山姆在我耳邊說：「妳的鼻子好大喔！」

「那是因為我的鼻樑斷了。」**跟我的心一樣，小鬼，這是成套的。**

磅蛋糕已經不再搭著班恩的肩膀，而是全身無力地被班恩扛在肩上。而且班恩看起來並不好受。

「你知道這樣行不通的，」我告訴他：「你跑不了一百公尺。」

班恩不理會我。「小飛象，你負責梅根。山姆，你得下來，你姊姊要打頭陣，我殿後。」

「我要槍！」山米說。

班恩也不理會他。「我們分階段行動。第一階段，交流道。第二階段，交流道對面的樹林。第三階段——」

「往東。」我說。我放下山米，從口袋裡掏出地圖。班恩看著我的樣子好像我發瘋了。「我們要去這裡。」我指著標示恩典藏身處的小方塊。

「絕對不行，蘇利文。我們要去洞窟跟能者和茶杯會合。」

「我不在乎去哪裡，只要不是迪比克就好！」小飛象叫道。

班恩搖頭：「你做過頭了，小飛象，太過頭了。好吧，我們走。」

我們離開了。外面下著小雪，微小的雪花在橘色的光芒中旋轉，你可以聞到機油燃燒的氣味，感覺熱氣壓在你頭上。我按照班恩的建議——好吧，是命令——打頭陣，山米抓著我的皮帶扣環，小飛象拉著梅根緊跟在後。小女孩一個字也沒說，誰能怪她呢？她八成還在震驚中。當我們橫越半個停車場，接近轉上公路的坡道旁草地時，我回頭看見班恩被重負壓垮。我把山米推給小飛象，回頭跑到班恩身邊。我看見旅館屋頂上黑鷹直升機歪七扭八的金屬殘骸。

「我跟你說了這樣不行的！」我咬牙低聲說。

「我不會拋下他……」班恩趴在地上喘氣乾嘔。他的嘴唇在火光中是深紅色的，他吐血了。

接著小飛象出現在我身邊：「士官，喂，士官？」

小飛象的聲音吸引了他的注意力，他抬頭望著小飛象，後者慢慢地搖頭：**他不行了。**

班恩・派瑞許一掌拍在結冰的地上，弓著背語不成聲地嘶嚎。我心想，**喔老天，喔老天，現在可不是質疑自己存在價值的時候，我們已經死到臨頭了。**

我在班恩身邊跪下。他的臉因痛苦、恐懼和憤怒而扭曲，根植於無法改變、永遠存在的過去的怒火。他的妹妹叫他，但他卻拋下她讓她遭害。他拋棄了她，但她不會拋棄他，她會永遠跟他同在，直到他嚥下最後一口氣。她現在就在他旁邊，在三十公分外失血而死，他卻束手無策，無法救她。

「班恩，」我撫摸他的後腦勺。他頭髮上的雪花閃閃發亮。「他走了。」

一個影子竄過我們旁邊，奔向旅館。我跳起來追上去，我弟弟正朝門口跑去。我一把抓住他，他像瘋了一樣又踢又叫，我確信接下來要抓狂的就是小飛象了，而任何人都無法同時應付三個瘋子。

幸好我是白擔心。小飛象扶起班恩，牽著梅根的手，拉著他們倆朝公路走去。我把山米夾在臂彎下，他不斷掙扎大叫：「我們得回去，凱西！我們得回去！」

我們穿越坡道，沿著陡峭的邊緣上了公路。第一階段完成。我放下山米，用力打他的屁股，叫他不要鬧了，不然他會把我們全都害死。

「你到底是怎麼了？」我問。

「我試著要告訴妳！」他啜泣道：「但是妳不肯聽，妳從來就不聽！我弄掉了！」

「你弄掉了什麼？」

「那個塑膠袋，凱西。我們跑出來的時候我……我弄掉了！」

我望向班恩，他彎著腰，低著頭，手撐在膝蓋上。我望向小飛象，他垂頭喪氣，眼神慌亂，握著梅根的手。

「我有種不好的預感。」他低聲說。

世界屏住氣息，連雪花似乎都在空中靜止。

旅館瞬間炸成一團螢光綠的炫目火球。地面震動，空氣蒸發成真空，將我們五人擊倒在地。接著無數殘骸朝我們襲來，我用身體掩護山米。比砂礫還小的水泥、玻璃、木頭和金屬碎片（還有──對──班恩那些該死的老鼠）沿著山坡滾滾而下，炙熱的灰色煙塵籠罩了我們。

歡迎來到迪比克。

第六章
磅蛋糕之章

The Trigger

成爲扳機

49

他不喜歡跟基地裡年紀比他小的孩子在一起。他們會讓他想起他弟弟，失蹤的弟弟，那天早上他出去找食物時人還在、他回家時卻不見了的弟弟。在基地時，沒有訓練或不是吃飯、睡覺、打掃、擦皮靴、清步槍、負責伙食或執行處廢任務的時候，他都自願到兒童營房工作，或者幫忙處理回到營地的校車。雖然他不喜歡跟年紀比他小的孩子在一起，但他還是做這些事。他從沒放棄有一天他或許會找到弟弟的希望。有一天他會走進停機棚，發現弟弟就坐在地板上的大紅圈裡面，或者看見他在操場旁邊的克難遊樂場上盪著樹上的輪胎鞦韆。

但他始終沒有找到他。

他在旅館得知敵人在小孩身上裝炸彈的時候，他懷疑弟弟是不是也慘遭毒手。它們是不是找到了他，讓他吞下綠色膠囊，然後把他送出去讓別人收留。八成不是。大部分的孩子都死了，只有極少數人獲救被送到基地。他弟弟失蹤之後可能活不了多久。

但他也有可能被帶走，被迫吞下綠色膠囊，被送出去流浪，直到碰到願意收留他、給他東西吃、還會呼吸讓房裡充滿二氧化碳的倖存者。事情也可能是這樣。

「你在心煩什麼？」僵屍想知道。他們越過停車場到破舊的餐廳去找二氧化碳充氣罐，除了發號施令之外，僵屍已經放棄跟他說話，也放棄誘他開口。僵屍問他問題的時候，並不真的期待他回答。

「你心煩的時候我都看得出來，你臉上有那種便秘似的表情，好像你會拉出磚頭一樣。」

充氣罐不是很重，但僵屍受傷了，回去的路上換他心神不寧。僵屍很緊張，草木皆兵。他一直說事情不大對勁，那個艾文．沃克不對勁，一切都不對勁。僵屍覺得我們被騙了。

回到旅館之後，僵屍派小飛象上樓去扶艾文。然後他們在電梯裡等艾文下樓。

「你瞧，蛋糕，這一直都是我的重點。電磁波啦、海嘯啦、瘟疫啦，假裝成人類的外星人和被洗腦的孩子，現在還有裝了炸彈的小孩。它們幹嘛把一切搞得這麼複雜？簡直就像是它們**希望**我們反抗一樣，或者它們希望這場戰爭更有趣一點。嘿，或許就是這樣，或許當你演化到某個境界的時候，無聊就成了你生存最大的威脅。或許它們根本不是要佔領星球，這只是一個遊戲，就像小孩扯掉蒼蠅翅膀一樣。」

時間一分一秒過去，僵屍越來越緊張。

「現在該怎麼辦？天殺的他在哪裡？喔，老天，你想他會不會……磅蛋糕，你最好上去看看。如果有必要的話，扛也要把他扛下來。」

上樓的半途中，他聽到上方傳來沉重的鈍響，然後是比較輕的落地聲。接著有人尖叫。他抵達門口時剛好看見凱西飛過走廊跌在地上。他朝反方向望去，看見那個高䠷的女孩站在被撞開的房門旁邊。他沒有遲疑地衝進走廊，他知道那個高䠷女孩逃不過的，他是神槍手，在能者加入之前他是第一名，他知道自己不會失手。

可是凱西絆倒了他，那個高䠷女孩從他的視野中消失。如果凱西不撲過來的話，他可以幹掉她的，他確定。

接著高䠷女孩隔著牆打中了他。

小飛象撕開他的襯衫，把疊起來的床單壓在他的傷口上，跟他說傷勢不嚴重，他沒事的，但他知道並非如此。他見過太多死亡了，他知道死亡的氣息、死亡的味道、死亡的感覺。他帶著死亡的記憶，他的母親和公路旁三公尺高的火葬堆，以及將數以百計的屍體運送到基地發電廠的輸送帶。燃燒的屍體照亮了他們的營房，讓他們有熱水用，讓房間溫暖。他並不介意死亡，他介意不知道弟弟的下落就死了。

瀕死的他被扶到樓下，瀕死的他被殭屍扛在肩上。然後殭屍在停車場倒下，其他人跑過來，殭屍拍打冰凍的地面，直到手掌裂開。

他們把他留下。他並不生氣，他明白，他快死了。

然後他站起來。

不是一開始，一開始他是用爬的。

他爬回旅館門口的時候，那個高䠷女孩站在大廳裡。她在通往樓梯間的門邊，雙手握著手槍，低著頭好像在傾聽。

就在此時他站了起來。

高䠷女孩僵住了。她轉過身舉起槍，看見他已經只剩下一口氣，便又放下手，微笑著跟他說哈囉。她專心盯著在前門的他，所以沒看到電梯，或是從逃生口跳進電梯的艾文。艾文看見他的時候愣住了，好像不知道該怎麼辦。

「我知道你。」高䠷女孩走向他，如果她現在轉身，就會看見艾文。於是他抽出手槍吸引她的注意，但槍從他手中滑落到地板上。他流了很多血，血壓不斷下降，心臟無力跳動，手腳漸漸失去知覺。

他跪在地上摸索手槍。她開槍打中他的手。他坐到地上，把受傷的手插進口袋，彷彿這樣能護著傷處。

「老天，你真是個強壯的孩子，對不對？你幾歲了？」

她等著他回答。

「怎麼？貓吃了你的舌頭嗎？」

她開槍打他的腿，等著他尖叫或哭泣或說話。他沒有，她開槍再打他另一條腿。

在她身後，艾文趴在地上，朝他們爬來。他對艾文搖頭，大口喘氣。他覺得全身發麻。他不覺得痛，只覺得眼前好像蒙上了一層灰色的簾幕。

高䠷女孩走近了些。她現在剛好位於他和艾文中間。她用槍對著他的額頭中央。

「說話，不然我就打爆你的腦袋。艾文在哪裡？」

她打算轉身，可能是聽到艾文爬向她的聲音。於是他倒數第二次站起來，吸引她的注意。他無法很快站起來，他花了不只一分鐘。靴子在融雪的地板上打滑，他站起來，又滑下去，他一直把手放在口袋裡，這讓他更難維持平衡。高䠷女孩輕笑出聲，像學校裡那些孩子一樣皺起臉來，似乎在說他很胖，他很笨拙，他很笨，他是豬油。當他終於站起來的時候，她又開槍打他。

「拜託快點，不要讓我浪費子彈。」

小蛋糕的塑膠包裝套已經變硬，他伸手到口袋裡摸的時候總會發出聲音，所以他媽媽知道弟弟失蹤的那天蛋糕在他口袋裡，校車上的大兵也知道。訓練士官叫他磅蛋糕，因為他喜歡這個胖孩子帶著一塊過期的小蛋糕來到基地的故事。

但他在旅館大門外面發現的密封塑膠袋不會發出聲音，那柔軟得多。他把它從口袋裡拿出來的時候沒有發出聲音。袋子靜靜地滑出來，就像他媽媽叫他閉嘴、閉嘴、閉嘴那樣安靜。

高䠷女孩不笑了。

磅蛋糕再度開始移動，不是走向她，也不是走向電梯，而是走向走廊末端的側門。

「嘿，你手上拿著什麼，大個子？嗯？那是啥？我猜不是止痛藥。」

高䠷女孩的微笑回來了，一種不同的微笑，和善的微笑。她笑的時候非常漂亮，她可能是他這輩子見過最漂亮的女孩。

「你得非常小心，你明白嗎？喂，喂，聽著，我跟你打個商量。我放下槍，你把那個放下，好嗎？這聽起來如何？」

她說話算話。她把槍放到地上，再卸下肩上的步槍，然後舉起雙手。

「我可以幫你，只要你把那個放下我就幫你。你不必死，我知道怎麼治療你。我——我跟你不一樣，我沒有你那麼勇敢強壯，我不敢相信你還能站著。」

他拉開密封袋。

高䠷女孩現在不笑了。她朝他跑去，他這輩子從沒見過有人跑得這麼快。她在他眼前的灰幕中閃爍。她雙腳離地，像標槍一樣撲向她第一次開槍打中他的地方。他往後撞上金屬門框，塑膠袋從他麻木的手指間掉落，像曲棍球一樣滑過地面。灰幕變黑了一秒。高䠷女孩像芭蕾舞者一樣優雅地轉身摸向塑膠袋，他用腳絆住她的腳踝，讓她摔了個狗吃屎。

她的動作太快，他傷得太重。她會搶在他前面。於是他撿起掉落的槍，打中她的背。

然後他最後一次站起來，把槍扔到一邊。他跨過她蠕動的身體，然後他最後一次倒下。

他爬向塑膠袋。她爬向他。她站不起來，子彈打碎了她的脊椎，她的腰部以下癱瘓了。但她比他強壯，而且沒有流失那麼多血。

他從地上拿起塑膠袋。她的手覆在他手臂上，把他拉向她，彷彿他完全沒有重量一樣。她只要朝他心臟打一拳就可以解決他。

但他只需要呼吸就好了。

他打開塑膠袋湊到嘴邊。

呼出一口氣。

The Infinite Sea

第二部

第七章

能者之章

The Sum of All Things

一切的總和

50

我獨自坐在一間沒有窗戶的教室裡，藍色地毯，白色牆壁，白色長桌，白色電腦螢幕和白色鍵盤。我穿著新兵的白色袍子。不同的基地，同樣的程序，連頸背裡的晶片和仙境之旅都一樣。我仍舊能感受到仙境之旅的副作用，它們抽取你的記憶之後你不會覺得空虛，而是渾身酸痛。肌肉也有記憶，所以它們才把你綁在椅子上。

門一開，亞歷山大．沃希指揮官走進來。他帶著一個木盒子，放在我面前的桌上。

「妳看起來很不錯，瑪芮卡，」他說：「比我預料中好多了。」

「我叫能者。」

他點點頭，他完全明白我的意思。我不只一次懷疑仙境蒐集資訊是雙向的。如果你可以下載人類的經驗，那為何不能上傳呢？現在對著我微笑的男人很可能擁有仙境處理過的所有人類的記憶。他或許不是人類——這我很懷疑——但他可能是所有經歷過仙境的人類總和。

「沒錯，瑪芮卡死了。」他在我對面坐下。「現在妳在這裡，像灰燼中重生的鳳凰。」

他知道我要說什麼，我從他閃爍的藍眼睛裡看得出來。他為何不直接告訴我？為何一定要我問？

「茶杯還活著嗎？」

「妳願意相信哪個，活著還是死了？」

我得想好再回答，西洋棋教我謹慎為上。「死了。」

「為什麼？」

「活著會是你用來操控我的謊言。」

他讚許地點點頭：「給妳虛假的希望。」

「好讓你佔上風。」

他把頭歪到一邊，垂眼看我：「我為什麼需要佔上風？」

「我不知道。但你一定想要什麼。」

「不然？」

「不然我早就死了。」

他沉默許久，瞪著我看了很久，接著朝木盒示意。

「我帶了禮物給妳。打開。」

我望向盒子，然後回望他：「不要。」

「只是一個盒子。」

「不管你要我做什麼我都不會做。你在浪費時間。」

「時間是我們剩下的唯一籌碼，對不對？時間——和承諾。」他敲著木盒的蓋子。「我花了很多寶貴的時間才找到這個。」他把盒子推向我：「**打開**。」

我打開了。他繼續說：「班恩不會跟妳玩，小艾莉森也不會——我是指茶杯，艾莉森已經死了。令尊死後妳就沒有下過西洋棋了。」

我搖頭。不是在回應他，而是我不明白，種族滅絕行動的總指揮官想跟我下西洋棋？我的身體在像紙一樣薄的袍子底下發抖。房裡非常冷。沃希帶著微笑望著我，不，不只是望著我。**這不像仙境，他不只知道你的記憶，還知道你在想什麼**。仙境是種工具，只會記錄，但沃希會**解讀**。

「他們離開了，」我衝口而出：「他們不在旅館了，而你不知道他們在哪裡。」一定是這樣，我想不出他還沒殺了我的其他理由。

但這個理由很爛。憑他的資源，在這種天氣裡要找到他們能有多難？我把冰冷的雙手夾在膝間，強迫自己慢慢深呼吸。

他打開盒子，把棋盤拿出來，取出白皇后。「妳用白棋如何？妳喜歡白色。」

修長靈活的手指把棋子擺好，音樂家、雕刻家、畫家的手指。他的手肘撐在桌上，手指交疊，撐著下巴，就跟我父親下棋的時候一樣。

「你想要什麼？」我問。

他揚起一邊眉毛：「我想下西洋棋。」

他沉默地瞪著我，五秒，十秒，二十秒。三十秒之後，永恆過去了。我覺得我知道他在幹什麼，他在下局中局。只是我不明白為什麼。

我用西班牙開局，這不是西洋棋歷史裡最有原創性的棋步。我壓力有點大。下棋間，他輕聲哼著不成調的小曲，我發現他正在刻意模仿我父親。我噁心地反胃。為了生存，我築起圍牆，躲在情緒的堡壘裡，讓自己在瘋狂的世界中保持清醒。但就連最開朗的人也會有一個神聖隱密、他人無法涉足的地方。

我明白他的局中局了。沒有任何神聖或隱密的東西，因為我無法對他有所隱瞞。我的胃厭惡地翻攪。他侵犯的不只是我的記憶，還褻瀆了我的靈魂。

我右邊的滑鼠和鍵盤是無線的，但他旁邊的螢幕不是。如果我越過桌面，給他一記上勾拳，用電線纏住他的脖子。只要四秒內就能完事，四分鐘內結束。除非有人在監視我們，而且八成有。沃希不會死，死的會是我和茶杯。就算我設法制伏他，勝利也撐不了多久。假設艾文．沃克說的都是真的。在旅館時蘇利文說艾文犧牲自己炸掉基地的時候，我就跟她說過，如果它們可以把自己下傳到人類軀體裡，那一定也可以自我複製。可以有無限多個「艾文」和「沃希」。艾文可以自殺，我可以殺掉沃希。根本無關緊要。他們體內的心智從定義上來說是不滅的。

妳得仔細聽我說，蘇利文帶著誇張的不耐說道。**有一個人類，他跟外星心智融合在一起。他不是人類或外星人，他兩者皆是。所以他也會死。**

但重要的那部分不會。

對，她怒道。**只有不重要的人類部分會死。**

沃希向棋盤傾身。他的呼吸聞起來像蘋果。我把雙手貼在大腿上。他揚起一邊眉毛：**怎麼了？**

「我會輸。」我跟他說。

他假裝驚訝：「妳為什麼這麼覺得？」

「我還沒出手你就知道我的棋路了。」

「妳是在說仙境程序。但妳忘了我們不只是自己經驗的總和。人類有時非常難以預期，比方說妳在避風營爆炸的時候，不顧邏輯，忽略了所有生物最高的生存本能，出手救了班恩・派瑞許。或是昨天妳發現被捕是那個小女孩唯一的存活機會，就決定投降時也一樣。」

「她還活著嗎？」

「妳已經知道那個問題的答案了。」他不耐煩地說，像個嚴厲的教師對待前途無量的學生一樣。他朝棋盤示意：**下吧！**

我一手握住另一手的拳頭，用力收緊，想像著我的拳頭擊中他的脖子。把他勒死要四分鐘，**只要**四分鐘。

「茶杯還活著。」我告訴他：「你知道就算你威脅要炸掉我的腦子也不能讓我做你要我做的事。但你知道我會為了她而做。」

「現在妳們倆相依為命了，是吧？就像被一條銀線連在一起？」他微笑。「不管怎樣，除了她可能無法痊癒的重傷之外，妳還給了她時間這個無價的禮物。有個拉丁諺語，Vincit qui patitur，妳知道是什麼意思嗎？」

我現在不只是冷了，我降到絕對零度。「你知道我不知道。」

「堅忍必勝。妳記得茶杯的老鼠吧，牠們能教我們什麼？妳第一次來這裡的時候我就告訴過妳，這並不是要摧毀妳戰鬥的能力，而是要摧毀妳戰鬥的意志。」

又是老鼠。「沒有希望的老鼠就是死老鼠。」

「老鼠不知道什麼是希望，或者信心，或者愛情。妳是對的，能者下士，這些無法讓人性熬過試煉。但妳對憤怒的看法卻錯了，憤怒也不是答案。」

「那答案是什麼？」我不想問，不想正中他的下懷，但是我忍不住。

「妳很接近了，」他說：「我覺得妳會驚訝自己有多接近。」

「接近什麼？」我的聲音小得跟老鼠叫一樣。

他搖頭，又不耐煩了。「下吧！」

「這根本沒有意義。」

「我不想活在一個西洋棋沒有意義的世界裡。」

「不要這樣，不要模仿我爸。」

「令尊是個痼疾纏身的好人，妳不應該對他那麼嚴苛，也不要為自己拋下他自責。」

請不要走，不要離開我，瑪芮卡。

修長靈活的手指扯著我的襯衫，藝術家的手指。無情的飢餓在他臉上刻下了痕跡。憤怒的雕刻家面對他無用的黏土，他的一對紅眼睛被黑圈圍繞。

我會回來，我保證。沒有酒你會死的。我保證，我會回來。

沃希冷酷無情地笑了起來，鯊魚的微笑，骷髏的嗤笑。如果憤怒不是答案，那答案是什麼？我握住拳頭，緊握到指甲都陷入掌心。**艾文是這樣描述的**，蘇利文說著用手掌包住拳頭。**這是艾文，而這是裡面的心智**。我的手是憤怒，那我的拳頭是什麼呢？被憤怒包裹的東西是什麼？

「下一步就將軍了，」沃希輕聲說：「妳為什麼不下？」

我的嘴唇幾乎沒有動作：「我不喜歡輸。」

他從胸前口袋拿出一個手機大小的裝置。我以前看過那東西，我知道那是做什麼用的。我頸背上植入傷口周圍的皮膚開始發癢。

「我們已經超越那個階段了。」

我拳頭裡的血藏在握著拳頭的手中。「按下按鈕啊，我不在乎。」

他讚許地點頭：「現在妳非常接近答案了。但這個接收器控制的不是**妳**的晶片，妳還想要我按下去嗎？」

茶杯。我低頭望向棋盤。**離將軍只有一步**。棋局在還沒開始之前就結束了。遊戲被動了手腳，怎麼贏得了？

七歲的孩子都知道這個問題的答案。我把手伸到棋盤下，把棋盤朝他的臉掀去。**我猜這就是殺死將軍，畜生！**

他知道我會這麼做，他輕鬆地閃避。棋子散落在桌上，慢吞吞地滾過邊緣落地。他不該告訴我那個裝置是控制茶杯的晶片，如果他真的按下按鈕，就失去上風位置了。

沃希按下按鈕。

51

我準備了這個反應好幾個月，已經成為反射動作。

我越過桌面，用膝蓋狠狠撞他的胸口，他應聲倒地。我跳到他身上，側身照著避風營教官的教導，以最大的力道，最完美的動作，用染血的手掌底部擊向他的貴族鼻子。我不斷、不斷、不斷、不斷地演練，直到完全不需要思考。肌肉也有記憶。他的鼻子發出令人滿意的喀喳聲斷掉。教練告訴我們，聰明的士兵這個時候就該抽身。因為肉搏是難以預測的，你靠近對方的每一秒都會讓風險增加。這叫作**遠離著陸點，堅忍必勝**。

但我無法遠離這個著陸點。時鐘已經走到最後一秒，我沒有時間了。門砰然大開，士兵蜂擁而入。他們立刻把我從沃希身上拉下來，面朝下壓在地上，有人用小腿壓著我的脖子。我聞到血腥味，不是我的，是他的。

「妳讓我很失望，」他在我耳邊低語：「我跟妳說過憤怒不是答案。」

他們把我拉起來。沃希面孔的下半部全是血。他的眼睛腫起，看起來簡直像個豬頭。

他轉向旁邊的小隊長，一個金髮白皙、眼神憂鬱的削瘦大兵。

「讓她準備好。」

52

走廊的天花板很低，閃爍的日光燈，空心磚牆。我身旁是團團圍繞著我的大兵，前面一個，後面一個，兩邊各有一人抓著我的手臂。橡膠鞋底在灰色水泥地上摩擦出聲音，汗水和循環空氣散發出既苦又甜的味道。樓梯間有跟地板一樣灰的金屬欄杆，角落裡飄著蜘蛛網，鐵絲籠裡是灰撲撲的黃色燈泡。樓下的空氣更暖更濁。我們進入另一條走廊，沒有標示的門，灰色牆壁上有巨大的紅色條紋，以及禁止進入和僅限相關人員進入的標誌。房間很小，無窗，一邊的牆擺了櫃子，中間是醫院病床，旁邊有生命體徵監視器，螢幕是黑的。床的另一邊有兩個穿白外套的人，一個中年男子，一個年輕女子，兩人都帶著勉強的笑容。

門砰地關上。房裡只剩下我跟兩個白外套，還有站在我身後的金髮大兵。

「好過還是難過？」穿著白外套的男人說：「妳自己選。」

「難過。」我說。我旋身一拳打在大兵的喉嚨上擊倒他。他的手槍掉在地磚上。我拿起槍，轉身面對白外套們。

「妳逃不掉的，」那個男人平靜地說：「妳也知道。」

我知道，但我奪槍並不是要逃走。這裡確實無處可逃。我沒有要挾持人質，也沒有要殺人。殺害人類正是敵人的目的。我身後的那個孩子在地板上蠕動，發出哽咽的聲音。我可能打碎了他的喉頭。

我抬眼瞥向天花板角落的監視器。他在看嗎？託仙境的福，他比地球上任何人都瞭解我，他一定知道我為什麼奪槍。

我被將了一軍，而且無法重新來過。

我把冰冷的槍口抵在太陽穴上。那個女人張開了嘴，朝我走近一步。

「瑪芮卡，」和藹的眼神，溫柔的聲音。「她還活著是因為妳還活著。如果妳死了，她就會死。」

這時我才明白。他已經告訴我憤怒不是答案，而我掀翻棋盤的時候，他是因為憤怒而按下按鈕。當時我誤解了，我從沒想過他可能只是虛張聲勢。

我應該想到的。他不可能放棄優勢。我為什麼沒看出來？被憤怒蒙蔽了雙眼的人是我，不是他。

我頭暈目眩，房間不肯停止旋轉。騙局裡的騙局，將軍和反將一軍。我陷在一場我不瞭解規則甚至目標的棋局裡。茶杯還活著是因為我還活著，我活著是因為她活著。

「我要見她。」我對那個女人說。我得證明我最基本的假設沒錯。

「不可能。」那個男人說：「現在妳要怎麼辦？」

好問題。但我得繼續要求，而且強硬，就跟我把槍口抵在太陽穴上一樣強硬。「讓我見她，不然我發誓我真的會開槍。」

「妳不會的。」年輕女人說。溫柔的聲音，和藹的眼神，她對我伸出手。

她說得對，我不會。這可能是個謊言，茶杯或許已經死了，但她也可能還活著。如果我死了，就沒有理由讓她活著。我無法接受這種風險。

這是羈絆，是陷阱，是不可能的承諾碰上的死巷。當你覺得一個微不足道的七歲小孩仍舊重要時，就只能有這種下場。

對不起，茶杯，我應該在樹林裡就結束這一切。

我放下槍。

53

生命體徵監視器的螢幕亮起，脈搏、血壓、呼吸、體溫。被我打倒的孩子已經站了起來，靠著門，一手摸著喉嚨，另一手握著槍。他瞪著我躺在床上。

「這可以幫助妳放鬆，」聲音溫柔、眼神和藹的女人喃喃道。「會有一點痛。」

打針的刺痛感。牆壁消失在無色的虛空中。一千年過去了，我被時間之輪碾成粉末。他們的聲音隆隆作響，他們的面孔無限延伸。我身下的泡沫消失了，我漂浮在無垠的白色汪洋中。

一個沒有形體的聲音從霧中飄來：「現在我們回到老鼠的問題上，好嗎？」

沃希。我看不到他，他的聲音憑空出現，沒有來源，彷彿他就在我體內。

「假設妳失去了家園，而妳找到的唯一一個能取代的地方充滿老鼠，妳要怎麼辦？妳有什麼選擇？認命跟那些充滿破壞力的害蟲和平相處？還是在牠們摧毀妳的新家之前先把牠們消滅？妳會跟自己說：『老鼠是噁心的生物，但牠們跟我們一樣有生存的權利』嗎？還是說：『老鼠跟我無法共存。如果我要住在這裡，害蟲就得死』？」

我聽見一千公里外的監視器嗶嗶叫，那是我的心跳。汪洋上下起伏，我隨著海面載浮載沉。

「但這其實不是老鼠的問題，」他的聲音像雷聲一樣轟隆低沉。「從來就不是。老鼠本來就一定要被消滅。讓妳不安的只是方式而已。真正的問題，最根本的問題，是石頭。」

白色的簾幕拉開了。我仍舊漂浮著，但現在我在地球上方繁星滿佈的黑色虛空中。太陽親吻行星的地平線，我身下是一片閃爍的金光。監視器瘋狂地嗶嗶叫，一個聲音說：「喔，糟了。」然後沃希說：「深呼吸，瑪芮卡，妳非常安全。」

非常安全。所以他們才給我鎮定劑。如果他們沒給我下藥的話，我的心臟可能會休克停止。我的體驗是真實而立體的，跟現實完全沒有差別，差別只有我不會在太空中呼吸，或是在不可能有聲音的地方聽到沃希說話。

「這是六千六百萬年前的地球。很美，對不對？純淨的樂園，大氣沒有被污染，水沒有被毒化，大地在你們出現之前生意盎然。你們這些老鼠，為了滿足貪婪的欲望，建造自己骯髒的巢穴而把地球撕成片片。若不是它偶然碰上了一個有曼哈頓四分之一大小的外星隕石的話，可能還可以再維持六千六百萬年的純樸，免於你們這些貪婪哺乳類的摧殘。」

凹凸不平的龐然大物從我身邊呼嘯而過，遮住了繁星，朝地球奔去。小行星穿越大氣層的時候下半部開始發光，明亮的黃色，然後是白色。

「於是世界的命運被一塊石頭決定了。」

現在我站在一片廣袤的淺海灘邊，望著小行星墜落，一個小點，一塊小石，微不足道。

「等到撞擊塵埃落定的時候，地球上四分之三的生命都會消失。世界毀滅了。世界再生。人類之所以存在完全是宇宙的一時興起，因為一塊石頭。這樣想起來真的非常神奇。」

地面震動，遠方轟隆作響，接著一切陷入詭異的沉默。

「謎題就在這裡，妳一直在逃避的謎題。因為面對這個問題會動搖一切的基礎，對不對？這難以解釋，這讓發生的一切都荒謬矛盾。」

汪洋洶湧，潮流迴旋。水蒸發了。化為粉末的碎石和滔天的塵埃朝我席捲而來。空氣中充滿高頻的尖叫，像是瀕死動物的哀嚎。

「不用我明說吧？這個問題已經困擾妳很久了。」

我無法移動。我知道這不是真的，但震耳欲聾的塵暴仍讓我驚慌不已。一百萬年的演化教會我信任自己的感官，但我腦中最原始的部分聽不進正像瀕死動物般尖叫的理智，**這不是真的這不是真的這不是真的這不是真的**。

「電磁脈衝，天上降下巨大的金屬柱，病毒性瘟疫……」他的聲音越來越大，每個字都像雷聲或頓地的靴跟。「植入人體內的潛伏特工，被洗腦的兒童軍隊。這是怎麼回事？**這**才是關鍵，這才是唯一真正重要的問題。其實只需要一塊非常大的**石頭**，幹嘛還花這麼多功夫？」

浪潮席捲過我，我沉了下去。

54

我沉沒了千年。

世界在我上方數公里處甦醒。雨林裡陰涼的陰影中，一隻鼠般的生物在挖掘嫩根。他的後代會馴服火焰、發明輪子、發現數學、創造詩歌、更改河道、剷平森林、建造都市、探索外太空。但現在唯一重要的是找到食物，活下去，創造更多鼠般的生物。

在火焰和塵埃中覆滅的世界，在一隻挖掘土壤的飢餓鼠輩中重生。

時間一分一秒過去。那個生物緊張地嗅聞溫暖潮濕的空氣。時鐘的節拍加快了。我浮上表面。

我從灰塵中冒出來的時候，那個生物已經變了。他坐在我床邊的椅子上，穿著骯髒的牛仔褲和破爛的T恤。雙肩下垂，滿面鬍渣，眼神空洞。輪子的發明者、繼承人、看守人、流浪者。

我的父親。

體徵監視器的嗶嗶聲，點滴和粗硬的床單枕頭，我手臂上的管線。坐在床邊的男人臉色蠟黃，虛弱無力，滿身污垢，坐立不安。他緊張地拉扯著襯衫，眼裡滿是血絲，嘴唇濕潤腫脹。

「瑪芮卡。」

我閉上眼睛。**那不是他，那是沃希給妳的藥造成的幻覺。**

又來了：「瑪芮卡。」

「閉嘴，你不是真的。」

「瑪芮卡，我有事情要告訴妳。妳應該知道的事情。」

「我不明白你為什麼要這樣。」我對沃希說，我知道他在看。

「我原諒妳。」父親說。

我喘不過氣來。我的胸口很疼，像是插著一把刀。

「拜託，」我哀求沃希：「拜託你不要這樣。」

「妳得離開，」父親說：「妳毫無機會，發生的事都是我的錯，不是妳讓我變成酒鬼的。」

我不自覺地用雙手掩住耳朵。但他的聲音不在房間裡，而是在我的腦子裡。

「妳離開之後我沒有撐很久，」父親試圖安慰我：「幾個小時而已。」

我們努力逃到辛辛那提。走了一百多公里。然後他的存貨沒了。他哀求我不要拋下他，但我知道如果我不快點找到酒精，他就會死。在闖入十六棟空屋之後，我找到了——一張床墊下塞著一瓶伏特加。如果這能稱為闖入的話，因為每棟房子都是荒廢空屋，我只要跨過破窗就能進去。我找到那瓶酒時非常高興，甚至親吻了酒瓶。

但是太遲了，我回到營地時他已經死了。

「我知道妳責怪自己，但我反正會死的，瑪芮卡。我反正會死的。妳做了妳覺得自己該做的事。」

我無法躲避他的聲音，也無法逃離。我睜開眼睛，直直望入他眼中：「我知道這是幻覺，你不是真的。」

他微笑起來，就像我下了非常好的一步棋時他露出的那種微笑。高興的老師。

「這就是我要跟妳說的事！」他在大腿上摩擦修長的手指。我看見他指甲縫裡的污垢。「這就是教訓，瑪芮卡，這就是它們要妳明白的事。」

溫暖的手貼在冰涼的肌膚上，他在撫摸我的手臂。我最後一次感覺到他的手是在我的臉頰上，刺痛、用力的巴掌，另一隻手抓著我讓我無法動彈。**賤貨！不要離開我。絕對不准妳離開我，賤貨！**每一句「賤貨！」都伴隨著一個巴掌。他已經神智不清了，每晚都在深沉的黑暗中看見不存在的東西，每天都在駭人的沉默中聽到威脅要壓垮他的聲音。在他死去的那天晚上，他尖叫著醒來，猛抓自己的眼睛。他覺得裡面有蟲子在爬。

現在那對仍舊腫脹的眼睛瞪著我，眼睛下方的抓痕依然鮮明。另一個圓圈，另一條銀線。現在幻視幻聽的人是我，我在駭人的沉默中感覺到並不存在的一切。

「它們先教我們不要信任它們，」他低聲說：「然後再教我們不要信任彼此，現在它們教我們甚至不能相信自己。」

我低聲回答：「我不明白。」

他逐漸消失。我墜入無光的深淵，父親消失在無盡的光芒中。他親吻我的前額，是祝福，也是詛咒。

「現在妳屬於它們了。」

55

椅子空了。我獨自一人。然後我提醒自己椅子不是空著的時候我也是獨自一人。我等待如雷的心跳安靜下來。我試著保持鎮定，控制呼吸。藥效會漸漸退去，我沒事的。**妳很安全**，我告訴自己，**非常安全**。

被我打中喉嚨的金髮大兵走進來，端著一盤食物，詭異的灰色肉片、馬鈴薯、一堆豆子泥和一大杯柳橙汁。他把托盤放在床邊，按下按鈕讓床墊升高到我坐起來。然後他就站在那裡，雙臂交抱在胸前，好像在等待什麼。

「告訴我味道如何，」他沙啞地低語：「我還要再三個星期才能吃固體食物。」

他的皮膚很白，這讓他凹陷的棕色眼睛顏色顯得更深。他不像班恩那樣強壯，也不像磅蛋糕那樣多肉。他高瘦結實，身材像游泳選手。他有種沉靜專注的氛圍，從他的舉止就感覺得出來，特別是他的眼神，在表面下充滿蓄勢待發的力道。

我不確定他期待我說什麼。「抱歉。」

「很厲害的鎖喉。」他在前臂上敲手指。「妳不吃嗎？」

我搖頭：「我不餓。」

這些食物是真的嗎？送食物進來的孩子是真的嗎？無法相信自己的體驗讓我非常不安。我深陷在無垠之海中，慢慢下沉。無光的深處迫使我下沉，迫使空氣離開我的肺部，擠壓出我心臟中流動的血液。

「把果汁喝掉，」他說：「他們說妳起碼要喝果汁。」

「為什麼？」我設法擠出聲音：「果汁裡有什麼？」

「有一點疑神疑鬼？」

「有一點。」

「他們剛剛從妳身上抽了一品脫的血，所以妳一定要喝果汁。」

我完全不記得有人抽我的血。是在我跟父親**說話**的時候嗎？「為什麼要抽我的血？」

死魚眼回瞪我：「讓我想想看我記不記得，他們什麼都會跟我說。」

「他們跟你說了什麼？我為什麼在這裡？」

「我不應該跟妳說話的，」他說。接著說：「他們告訴我妳是ＶＩＰ，非常重要的犯人。」他搖搖頭：「我不明白，以前那些桃樂西就直接……不見了。」

「我不是桃樂西。」

他聳聳肩：「我沒問。」

但我需要他回答問題。「你知道茶杯怎麼了嗎？」

「跟湯匙私奔了，我聽說的。」

「是小碟子吧？」

「我在說笑話。」

「我聽不懂。」

「好吧，去妳的。」

「跟我一起搭直升機來的那個小女孩。她傷得很重。我得知道她是否還活著。」

他嚴肅地點頭：「我馬上就去查。」

看來我的方法完全不對，我一向不善於交際，我中學時的綽號叫作瑪芮卡陛下，還有十幾種不同版本。或許我得設法讓他除了去妳的之外有別的感想。「我叫能者。」

「真讚。妳一定非常滿意。」

「你看起來很面熟，你待過避風營嗎？」

他張嘴要說話，又止住。「我奉命不能跟妳說話。」

我幾乎要說**那你現在在幹嘛？**但我忍住了。「那可能是個好主意。他們不想讓你知道我知道的事。」

「喔，我知道妳知道什麼。這一切都是騙局，我們被敵人騙了，它們在利用我們消滅倖存者，等等等等。這是典型的桃樂西瘋話。」

「我以前也這麼覺得，」我說：「現在我沒那麼確定了。」

「妳會想清楚的。」

「我會的。」石頭、老鼠跟演化到不需要實體的生命型態。我會想清楚的，但到時可能就太遲了，雖然現在可能也太遲了。他們為什麼抽我的血？沃希為什麼讓我活著？他要從我身上得到什麼？它們為什麼需要我，需要這個金髮男孩或者任何人類？如果它們能創造出可以殺掉十分之九人類的病毒，為什麼不殺掉十分之十？或是就像沃希所說，它們其實只需要一塊非常大的石頭，幹嘛這麼麻煩？

我的頭好痛。我頭昏，想吐。我懷念能清晰思考的自己，那是我最喜歡自己的部分。

「喝掉妳該死的果汁，我才能走。」他說。

「跟我說你叫什麼名字，我就喝。」

他遲疑了一會兒，然後說：「剃刀。」

我喝掉果汁。他端著托盤離開。至少我知道他叫什麼名字了。一個小小的勝利。

56

穿著白色實驗室外套的女人出現。她說自己是克萊兒醫生。她波浪般的黑髮束在腦後，眼睛是秋日天空的顏色。她散發出苦杏仁的味道，那也是氰化物的味道。

「妳為什麼抽我的血？」

她微笑：「因為能者太可愛了，我們決定要做一百個妳的複製人。」她的語氣完全沒有嘲諷。

她拆掉點滴，快速後退，好像怕我會從床上跳起來勒死她。我的確在一瞬間想過要勒死她，但我寧可用一把小刀戳死她。我不知道得戳幾下，八成要很多下。

「還有一件說不通的事，」我對她說：「既然你們可以在母艦裡毫無風險地無限複製自己，為什麼還要把心智下傳到人類軀體裡？」特別是下傳的心智還有可能像艾文．沃克那樣愛上人類女孩。

「這個論點不錯，」她嚴肅地點頭。「我會在下一次計畫會議上提出。或許我們得重新評估這種惡意接管的做法。」她朝門口示意：「走吧！」

「去哪裡？」

「去了就知道。不用擔心，」克萊兒加上一句：「妳會喜歡的。」

我們沒走多遠，只隔兩扇門。房間很簡陋，一個水槽，一個櫃子，馬桶和淋浴間。

「妳有多久沒有好好洗澡了？」她問。

「上次是在避風營。我一槍打中訓練士官心臟的前一天晚上。」

「是嗎？」她隨口回道，彷彿我是跟她說我以前住在舊金山一樣。「毛巾在這裡，櫃子裡有牙刷、梳子和體香劑。我就在門外，有需要時就敲門。」

她離開後我打開櫃子，裡面有一罐體香劑、一把梳子、一條旅行用的牙膏、一支塑膠包裝的牙刷，沒有牙線。我本來希望有牙線。我浪費了幾分鐘考慮要花多久時間才能把牙刷尾端磨成利器，然後我脫掉袍子，走進淋浴間。我想起僵屍，並不是因為我正光著身子在淋浴間裡，而是我想起他總是把臉書、得來速和上課鈴這種一去不復返的東西掛在嘴上，就像油膩的薯條和發出霉味的書店和熱水澡一樣。我把水溫盡量調高，站在蓮蓬頭下，讓水沖刷我全身，直到手指發皺。薰衣草肥皂，水果香味的洗髮精。皮下堅硬的小晶片在我的手指下滾動。**現在妳屬於它們了。**

我拿洗髮精瓶子砸向淋浴間的牆壁，用拳頭一再打磁磚，直到手指關節皮破血流。我的憤怒大於一切的總和。

沃希在兩扇門外的房間裡等我。克萊兒包紮我的手時他一言不發，直到房裡只剩下我們兩人。

「妳這是幹什麼？」他問。

「我得對自己證明。」

「痛苦是活著唯一的實證？」

我搖頭：「我知道我還活著。」

他沉思地點頭：「妳想見她嗎？」

「茶杯死了。」

「妳為什麼這個覺得？」

「你們沒有理由讓她活著。」

「沒錯。如果妳覺得我們讓她活著的理由只是為了操縱妳，那現代年輕人也未免太自戀了。」

他按下牆上的按鈕。一片螢幕從天花板降下。

「你不能強迫我幫你。」我忍著越來越強烈的驚慌，我覺得自己失去了控制權，雖然我從沒真正控制過什麼。

沃希伸出手，他掌心裡有一個膠囊大小的閃亮綠色物體，末端有一根細如髮絲的金屬線。「這就是信息。」

燈光變暗，螢幕上出現影像。鏡頭位於一片荒蕪的冬季麥田上方，遠處有一座農莊和幾棟附屬建築，還有生鏽的穀倉。一個小身影從田地邊緣的樹林裡蹣跚出現，穿越乾燥斷裂的麥桿森林朝農莊前進。

「那是信差。」他說。

從鏡頭的高度我看不出那是男孩還是女孩，只知道是個小孩，大概跟雞塊差不多年紀？或者更小？

「堪薩斯中部，」沃希繼續說：「昨天下午一點整。」

另一個人影出現在門廊上，一分鐘後又走出另一個人。孩子朝他們跑去。

「那不是茶杯。」我低聲說。

「不是。」

孩子在麥田裡跌跌撞撞地前進，奔向兩個大人。他們一動也不動，其中一人有槍。影片沒有聲音，這讓景象更為嚇人。

「這是人類古老的本能。在極度危險的情況下會提防陌生人，不信任自己小圈圈以外的人。」

我緊張了起來。我知道結局是什麼，因為我經歷過。拿著槍的男人是我，奔向他的孩子是茶杯。

孩子跌倒了，又站起來繼續跑，再度跌倒。

「但人類還有另外一種更古老的本能，跟生命本身一樣古老，幾乎無法忽略，就是不惜一切代價保護下一代，保護未來。」

孩子離開麥田來到農莊前的空地，最後一次倒下。拿槍的人沒有放下槍，但他的同伴衝向倒下的孩子，把孩子從結冰的地上抱起來。拿槍的人不讓他們進屋，雙方僵持了幾秒鐘。

「一切都是風險，」沃希說：「妳很久以前就明白了，所以妳當然知道誰會贏。畢竟一個小孩算什麼威脅？要**保護下一代，保護未來。**」

抱著孩子的人越過拿槍的人，奔上階梯進去屋裡。拿槍的男人低下頭好像在禱告，然後抬起頭彷彿在祈求。他轉身進屋。時間一分一秒過去。

沃希在我身邊喃喃道：「世界是一座時鐘。」

農莊、附屬建築、穀倉、棕色的田野，以及螢幕下方以百分之一秒間隔顯示時間的模糊數字。我知道接下來會發生什麼事，但無聲的閃光讓螢幕變成一片空白時我還是退縮了。繼之出現的是滾滾塵埃、殘骸和濃煙，麥田被火焰吞噬，農莊所在之處變成一個凹陷的黑洞。影像結束，螢幕往上收起，燈光仍未亮起。

「我要妳明白，」沃希輕聲說：「妳一直想知道我們為什麼留著小孩，那些年紀太小不能作戰的孩子。」

「我不明白。」棕色田野裡穿著牛仔布連身裝的小身影，光著腳在麥田中奔跑。

他誤解了我的困惑：「孩子體內的裝置能偵測到微量的二氧化碳濃度變化。人類的呼吸大部分是二氧化碳。當二氧化碳濃度超過一定的程度，表示多數目標存在時，裝置就會自爆。」

「不，」我低聲說。他們把孩子帶進屋內，替他裹上毯子，給他水喝，幫他洗臉。一群人圍著他，他們的氣息籠罩了他。「你扔個炸彈一樣可以解決他們。」

「重點不是死，」他不耐地說：「從來就不是。」

燈亮了，門打開，克萊兒推著一台金屬推車進來，她的白外套同伴和剃刀跟在後面。剃刀瞥了我一眼，然後轉開視線，這比放著成排針筒的金屬推車更讓我不安，他不忍心看我。

「這不能改變什麼。」我提高嗓音：「我不在乎你要做什麼，我甚至不在乎茶杯，我寧可死也不會幫你。」

他搖頭：「妳這樣一點幫助也沒有。」

57

克萊兒用一條橡皮管綁住我的手腕，輕拍內側讓靜脈浮現。剃刀站在床的另一邊。穿著白外套的男人——我始終不知道他的名字——在體徵監視器螢幕旁邊，握著一支碼錶。沃希靠著水槽，用冷酷發亮的眼睛望著我，就像我開槍打中茶杯那天樹林裡的烏鴉一樣，好奇但漠然。然後我發覺沃希說得對，用憤怒對付它們的到來是錯誤的。答案是憤怒的相反，唯一可能的答案是一切的相反，就像以前曾是農莊的那個大坑，現在什麼也沒有了。沒有憎恨，沒有憤怒，沒有恐懼，什麼都沒有。一片虛無，猶如鯊魚眼裡的無情冷漠。

「太高了。」白外套先生看著螢幕喃喃道。

「先讓妳放鬆一下。」克萊兒把針插進我的手臂。我望向剃刀，他別開視線。

「好些了。」白外套說。

「我不在乎你對我做什麼。」我告訴沃希。我感覺舌頭腫脹笨拙。

「沒關係。」他對克萊兒點點頭，後者拿起第二根針筒。

「聽我的指令植入中繼點。」她說。

中繼點？

「好，」白外套說：「注意了。」我的心跳開始加速，他瞥向監視器螢幕。

「不用怕，」沃希說：「這不會傷害妳。」克萊兒驚愕地瞥了他一眼，他聳聳肩：「好吧，我們在做實驗。」他對她一擰手指：**動手。**

我彷彿有一千萬噸重，我的骨頭是鐵，其他部分是石頭。我完全沒有感覺到針插進手臂裡。克萊兒說：「**開始。**」白外套按下碼錶。世界是一座時鐘。

「死者已經得到報償，」沃希說：「活人——就像我和妳——還有工作要做。妳要稱這是什麼都可以，命運，運氣，天意，總之妳被送到我手中當我的工具。」

「連結大腦皮層。」克萊兒說。她的聲音聽起來很模糊，好像我的耳朵裡塞了棉花。我把頭轉向她。一千年過去了。

「妳以前見過一個，」沃希在千里外說：「妳到避風營的那一天，在檢測室裡。我們跟妳說那是外星生物侵入人腦的樣子。那是騙妳的。」

我聽見剃刀沉重的呼吸聲，像是潛水夫透過調節器的呼吸。

「那其實是嵌入妳大腦前葉的微型指令中繼點。」沃希說：「妳要稱之為ＣＰＵ也無不可。」

「啟動了。」克萊兒說：「看起來不錯。」

「我們不是要控制妳……」沃希說。

「輸入第一陣列。」針管在日光燈下閃閃發光，黑色小點在琥珀色的液體中漂浮。她把液體注入我的血管，我毫無感覺。

「而是要協調妳體內大約四萬個機械客人。」

「體溫三十七點五度。」白外套說。

剃刀在我旁邊呼吸。

「史前老鼠花了幾百萬年和一千個世代才演化成目前人類的階段。」沃希說：「但妳只要幾天就可以進化到下一個階段。」

「第一陣列結合完畢。」克萊兒說，再度彎身向我。苦杏仁的氣息。「輸入第二陣列。」

房裡熱得跟火爐一樣。我滿身大汗。白外套宣告現在我的體溫是三十九度。

「演化真的很麻煩，」沃希說：「太多錯誤的開頭和死巷。有些候選人不是好宿主，他們的免疫系統崩潰，不然就是永久性認知失調。用一般人的話來說，他們發瘋了。」

我在燃燒。火焰在我的血管裡流竄，液體從我眼中流出，順著太陽穴流下，累積在耳朵裡。我透過起伏的淚海看見沃希的臉孔在我上方。

「但我對妳有信心，瑪芮卡。妳熬過了血腥和火焰，不會現在倒下。妳會成為連接過去和未來的橋樑。」

「我們快要失去她了。」白外套叫道，他的聲音顫抖。

「不，」沃希喃喃道，冰涼的手貼在我潮濕的臉頰上。「我們救了她。」

58

日夜已不復存在，只有日光燈冷硬的光芒，光芒從不消失。我用剃刀出現的頻率來計算時間，他一天三次送來我吃不下的餐點。

他們無法控制我的高燒，不能穩定我的血壓，也不能抑止我反胃。我的身體正在排斥十一個強化我生理機能的陣列，每一個陣列都有四千個單位，總共有四萬四千個微型機器入侵者在我的血管裡流竄。

我覺得糟透了。

每次早餐後克萊兒都來替我檢查，調整用藥，還會說些莫名其妙的話，像是：**妳最好快點好起來，機會的時限快過了。**不然就是冷嘲熱諷：**我開始覺得我們應該用非常大的石頭就好了。**她似乎怨恨我對她注入我體內的四萬個外星機器人反應不佳。

「反正妳無計可施，」她曾跟我說：「這個程序無法逆轉。」

「我可以做一件事。」

「什麼？喔，當然，無可取代的能者。」她從外套口袋裡掏出控制開關。「我已經把妳輸入了，我會按下按鈕。別客氣，叫我按按鈕吧！」她嗤笑。

「按啊！」

她輕笑起來：「真是神奇。每次我開始懷疑他到底看上妳哪一點，妳就會說這種話。」

「誰？沃希嗎？」

她的微笑消失了，眼神像鯊魚般空白。「如果妳不能適應，我們會終止升級。」

終止升級。

她撕下我指節上的繃帶，沒有結痂，沒有瘀傷，沒有疤痕，好像一切從未發生，好像我沒有用拳頭打牆壁打到皮開肉綻。我打斷了沃希的鼻樑，給他兩個黑眼圈，但沒過幾天他走進我的房間時已經完全復原了。蘇利文告訴過我艾文・沃克被打得遍體鱗傷，但不知為何過了幾個小時，他就能獨自潛入並爆破整個軍事基地。

它們先把瑪芮卡變成能者，現在它們把能者「升級」成某個完全不同的人。跟**它們**一樣的人。或是跟它們一樣的**東西**。

日夜已不復存在，只有不滅的冷硬光芒。

59

「他們把我怎麼了？」有一天剃刀帶著我無法入口的餐點來時我問他。我並不期待他回答，但他期待我問這個問題。我一直沒問，他一定覺得很奇怪。

他聳聳肩，避開我的視線。「我們來看看今天的菜單是什麼。哇，肉餅！妳真走運。」

「我要吐了。」

他睜大眼睛：「真的嗎？」他四下張望，急切地找尋塑膠嘔吐盆。

「拜託，把餐盤拿走，我吃不下。」

他皺起眉頭：「如果我不讓妳振作起來，他們會幹掉我的。」

「他們隨便找誰都可以，」我說：「為什麼選我？」

「或許妳與眾不同。」

我搖頭，把他的話當真一樣嚴肅地回答：「不，我覺得與眾不同的是別人。你會下西洋棋嗎？」

他一驚：「下什麼？」

「或許我們可以下棋。等我狀況好一點的時候。」

「我比較喜歡打棒球。」

「是喔？我以為是游泳，或者打網球。」

他把頭歪向一邊，皺起眉頭：「妳一定很不舒服。妳說的話好像妳是半個人類一樣。」

「我的確是半個人類。真的。另外一半……」我聳聳肩，這讓他露齒一笑。

「喔，第十二系統絕對是它們的。」他說。

第十二系統？這是什麼意思？我不確定，但我想他是指人體十一個正常系統之外的玩意兒。

「我們找到了一個方法，把它們從被侵的屍體裡分離出來……」剃刀沒有說完，他瞥了天花板上的監視器一眼。「總之妳非吃不可。我聽到他們在討論餵食管了。」

「那是官方說法嗎？就像仙境一樣，我們在利用它們的科技對抗它們。這你也信？」

他靠著牆，雙手交抱在胸前，哼著〈走上黃磚路〉。我搖搖頭。太神奇了。並不是謊言完美得令人難以抗拒，而是真相太可怕令人無法正視。

「沃希指揮官在小孩體內裝炸彈，把小孩變成活動爆炸裝置。」我告訴他。他哼唱得更大聲了。

「小小孩，剛會走路的，他們到基地之後就被隔離，對不對？避風營就是這樣，五歲以下的小孩都被帶走，然後就再也沒人見過他們了。你見過嗎？那些小孩呢，剃刀，他們在哪裡？」

他停止哼唱：「閉嘴，桃樂西。」

「在我這個桃樂西身上植入先進的外星科技說得通嗎？如果指揮官決定要『加強』作戰的人，你真的覺得他們會選擇瘋子嗎？」

「我不知道。他們選了妳，不是嗎？」他拿起沒動過的餐盤，朝門口走去。

「不要走。」

他驚訝地轉過身。我臉頰發熱。我一定是燒得更嚴重了，一定是這樣。

「為什麼？」他問。

「現在唯一肯跟我說實話的人就只有你了。」

他笑了起來，自然真實的笑聲，我喜歡。但我在發燒。「誰說我誠實了？」他問。「我們都是偽裝的敵人，不是嗎？」

「我父親曾跟我說過六個瞎子跟一頭大象的故事。一個人摸到大象的腿，說大象一定跟柱子一樣。另一人摸到鼻子，說大象一定跟樹枝一樣。第三個瞎子摸到尾巴，說大象像繩子。第四個摸到肚子，說大象像一堵牆。第五個摸到耳朵，說大象像扇子。第六個摸到象牙，說大象一定是喇叭。」

剃刀面無表情地瞪著我好一會兒，然後微笑起來。我也喜歡這個微笑。

「這個故事很不錯，妳應該在開趴的時候說。」

「重點是，」我告訴他：「從它們的母艦到來之後，我們就全是瞎子摸象。」

60

在不滅的冷硬光芒中，我以他帶來的沒人吃的餐點計算日子。三餐，一天。六餐，兩天。第十天，他把餐盤放在我面前之後，我問他：「你為什麼都不嫌煩？」現在我的聲音跟他一樣成了沙啞的喉音。我發著高燒，全身是汗，腦袋轟然作響，心跳如雷。他沒有回答。剃刀已經十七餐沒有跟我說話了，他看起來坐立不安，心神不寧，甚至有點憤怒。克萊兒也不說話了，她一天替我換點滴兩次，用耳鏡看我的眼睛，測試我的反應，換尿袋，倒便盆，每隔六餐就擦澡。有一天她帶了一把軟尺來量我的上臂，我猜是要看我失去了多少肌肉。除此之外我沒見過別人。白外套先生沒來，沃希沒來，沃希灌輸到我腦袋裡的亡父也沒來。我還沒神智不清到不知道他們在做什麼，他們在守靈，等著看「升級」會不會殺了我。

一天早上她在洗便盆的時候，剃刀送來我的早餐。他沉默地等她洗完，然後我聽到他低聲說：「她是不是要死了？」

克萊兒搖頭。模稜兩可。可能是**不**，也可能是**天曉得**。我等她離開之後才跟剃刀說：「你在浪費時間。」

他瞥向天花板上的監視器：「我只是照著他們的話做。」

我拿起餐盤扔到地上。他抿緊嘴唇，沒有說話，默默地清理地上的一團糟，我則躺在床上喘氣，光這麼做就已經讓我氣喘如牛，滿身大汗。

「對啦，快點清理乾淨，讓自己有點用處。」

我發高燒的時候，腦子就會鬆懈下來，我想像我感覺得到四萬四千個小機器人在我的血管裡流竄，中繼點纖細的觸手鑽進我的每一個腦細胞。我終於知道父親臨死時為什麼要撕扯自己皮膚底下不存在的昆蟲了。

「**賤貨**，」我喘著氣說。剃刀在地上驚訝地抬眼望向我。「不要煩我，賤貨。」

「沒問題，」他喃喃道。他跪在地上用一塊濕布擦地。我聞到消毒劑刺鼻的氣味。「我會盡快。」

他站起來，原本象牙色的面頰漲紅，我昏沉地想著這讓他金髮上的褐色光澤更加明顯。「行不通的，」他說：「妳沒辦法餓死自己。妳最好想點別的辦法。」

我試過了。但別無他法。我連抬頭都很吃力。**現在妳屬於它們了**。雕刻家沃希，我的身體就是他的黏土，但我的精神不是，我的靈魂更不可能。我不屈不撓，無拘無束。

被監禁的不是我，是它們。無論我憔悴、死亡、或復原，遊戲都已經結束了。大師沃希棋逢敵手。

「我父親很喜歡說一句話，」我告訴剃刀：「**我們稱西洋棋是『帝王的遊戲』，因為透過西洋棋，我們學會如何控制國王。**」

「又是西洋棋。」

他把骯髒的抹布扔進水槽，砰地關上門離去。他帶來下一餐的時候，餐盤旁邊有一個熟悉的木盒。剃刀一言不發地把食物倒進垃圾桶，把餐盤匡噹一聲扔進水槽。床發出嗡嗡聲，升高到讓我成坐姿，他把木盒放在我面前。

「你說你不會下棋。」我低聲說。

「妳教我啊！」

我搖著頭對他身後的監視器說：「不錯的嘗試。但還是塞回你的屁眼裡吧！」

剃刀笑了起來：「這不是他們的主意。但說到屁眼，妳可以打賭我有先得到許可。」

他打開木盒，拿出棋盤和棋子。「有皇后、國王、蛇足，跟這些像崗哨的東西。為什麼除了這種之外其他都像人形？」

「卒子？」

「蛇足。我不知道那是什麼意思。」

他點頭：「我的小隊裡有個傢伙叫這個名字。」

「那是**卒子**，不是蛇足。蛇足是沒用的東西。」

「你擺錯了。」

「那是因為我他媽的不會下棋！妳來擺。」

「我不想下棋。」

「所以妳認輸了？」

「棄子。這叫作棄子。」

「很好。我覺得這能派上用場。」他微笑，不是僵屍那種火力全開的笑容，比較收斂，比較微妙，比較諷刺。他坐在床邊，我聞到口香糖的味道。「妳要黑還是白？」

「剃刀，我沒力氣——」

「那妳說妳要怎麼下，我替妳走。」

他不肯放棄，我也沒有期待他放棄。到了這個階段，窩囊廢和膽小鬼早就已經被淘汰，留下來的都不是簡單的角色。我告訴他棋子要擺在哪裡，以及不同的棋子該怎麼走。我告訴他基本規則，他不斷地點頭，嗯嗯啊啊，但我覺得他沒有聽懂。我們開始下棋，我四步就擊敗他了。下一局他開始爭辯，**妳不能這樣！這是世界上最蠢的規則好嗎？**第三局的時候我確定他已經後悔，我沒有比較高興，而他完全垂頭喪氣。

「這真是人類發明最愚蠢的遊戲。」他嗔道。

「西洋棋不是發明的，是發現的。」

「像美洲一樣嗎？」

「像數學一樣。」

「我們學校也有妳這種女生。」他沒有說下去，開始重新擺棋盤。

「沒關係，剃刀，我累了。」

「明天我帶跳棋來。」他簡直像在威脅我得陪他玩。

但是他沒有。餐盤，木盒，棋盤，這次他擺棋子的方式很奇怪，黑國王在中間面對他，皇后在角落面對國王，三個卒子在國王後面十點、十二點和兩點鐘方向。國王左右兩邊各有一個騎士。主教在國王後面，主教旁邊是另一個卒子。然後剃刀帶著天使般的笑容望著我。

「ＯＫ。」我不知怎地在點頭。

「我發明了一個遊戲，妳準備好了嗎？這叫作……」他敲著床邊的欄杆模仿鼓聲。「西洋棋球！」

「西洋棋球？」

「西洋棋棒球，西洋棋球。懂了嗎？」他把一個硬幣放在棋盤旁邊。

「那是什麼？」我問。

「二十五美分。」

「我知道那是二十五美分。」

「在遊戲裡這就是球。好吧，不是真的球，但它代表球，或者球的狀況。如果妳能安靜一秒鐘的話，我就可以解釋規則。」

「我沒說話啊！」

「很好。妳一說話就讓我頭痛，不是罵人就是高深的西洋棋名言，不然就是莫名其妙的大象故事。妳到底要不要玩？」

他沒有等我回答。他把白卒子放在黑皇后前面，說那是他，他是打擊手。

「你應該用皇后開始，她最強。」

「所以她排第四棒。」他搖頭，好像覺得我很笨。「這非常簡單，妳守我攻。先扔銅板，正面是好球，背面是壞球。」

「不能用銅板。」我指出：「這應該有三種可能，好球、壞球、安打。」

「事實上有**四種**可能，界外球也算。妳下西洋棋就好，棒球歸我管。」

「西洋棋球。」我糾正他。

「隨便啦！如果妳扔出壞球，那就是壞球。妳就再扔一次。如果是正面的話，銅板就歸我，這樣我就有機會擊出安打。正面表示我擊中，背面表示我揮棒落空。如果我揮棒落空，就是好球。這樣。」

「我懂了。如果你拋出正面，銅板就歸我，看我能不能防守。如果我拋出正面，你就被接殺……」

「不對！完全不對！不對！我先扔銅板，三次，如果我拋出兩背就再拋一次。」

「兩背？」

「兩次背面。那是三壘安打。兩背可以再拋一次，如果是正面就是全壘打，背面就只是三壘安打。兩次正面則是一壘安打，正面和背面各一次是二壘安打。」

「或許我們應該直接開始玩，然後你再——」

「**然後**銅板就歸妳，看妳能不能防守我理論上的一壘安打、二壘安打、三壘安打或全壘打。妳拋出正面我就出局，背面我就上壘。」他深吸一口氣：「當然全壘打例外。」

「當然。」

「妳在取笑我嗎？因為我不知道——」

「我只是在試著弄清楚。」

「妳聽起來像在取笑我。妳不知道我花了多少時間想出這玩意兒。這很複雜，我是說，它不像帝王的遊戲那麼高深，但妳知道大家說棒球是什麼，對不對？國民消遣。棒球叫作國民的消遣，因為打棒球讓我們學會如何控制時間，或是消磨時間。」

「現在是你在取笑我了。」

「事實上現在我是**唯一**沒有在取笑妳的人。」他停頓下來。我知道他在等什麼。「妳從沒笑過。」

「那又如何？」

「我小時候有一次笑得很厲害，結果尿了褲子。我們在六旗遊樂園的摩天輪上。」

「你為什麼笑？」

「我不記得了。」他伸手到我的手腕底下，抬起我的手臂，把銅板放在我手掌上。「快點拋銅板，我們好開始玩。」

我不想傷害他的感情，但這個遊戲沒有那麼複雜。他第一次安打的時候非常興奮，勝利地握著拳頭，然後像玩公仔的小孩一樣在棋盤上移動黑色棋子，一面逼尖嗓子學評論員報導比賽戰況。

「球飛到中外野！」中外野的卒子滑向二壘，然後二壘手主教和游擊手卒子後退，左外野手卒子往前跑向中外野。他一手移動棋子，銅板在另一手的指間翻轉，彷彿球在空中飛舞一般。他用慢動作把銅板放在左外野。真是荒謬又幼稚，如果我還會笑的話，我就要微笑了。

「他上壘了！」剃刀大叫。

不，不是幼稚，是孩子氣。眼睛閃閃發光，興奮地大叫，他又回到了十歲。我們並沒有失去一切，重要的東西都還在。

他的下一次打擊落在一壘和右外野之間。他讓我的外野手和三壘手相撞，一壘手往後，右外野手往前，然後，**砰！**剃刀咯咯笑起來。

「那樣不是失誤嗎？」我問。「那個球可以接殺。」

「可以接殺？能者，這只是我花五分鐘用西洋棋跟銅板編出來的蠢遊戲而已。」

又兩次安打，第一局上半就有三人上壘。我一向不擅長靠機會的遊戲，一向非常討厭。剎刀一定察覺到我逐漸沒了興致，他一面移動棋子一面加強解說（雖然我指出那是我的棋子，因為防守的人是我）。又一次打到左外野。一壘後的慢球。一壘手又跟外野手相撞。我不知道他一直重複是因為他覺得這很有趣，還是他嚴重缺乏想像力。我覺得自己好像應該替全世界的西洋棋士感到深受冒犯。

到了第三局時我已經累壞了。

「我們今晚再繼續吧，」我建議道：「不然就明天。明天好了。」

「什麼？妳不喜歡嗎？」

「不。這很有趣。我只是累了，真的很累。」

他無所謂似的聳聳肩。但其實有所謂，不然他就不會聳肩了。他把銅板放進口袋，把棋子收進盒裡，嘴裡還一直咕噥。我聽見他說**西洋棋**。

「你說什麼？」

「沒什麼。」他轉開視線。

「你剛說西洋棋。」

「西洋棋、西洋棋、西洋棋，動腦筋的西洋棋。真抱歉，西洋棋球沒有西洋棋那麼刺激。」

他把盒子夾在腋下，大步走向門口，離開時他開口道：「我只是以為這能讓妳高興一點，如此而已。謝啦，我們不用再玩了。」

「你在生我的氣嗎？」

「我也試過西洋棋了，不是嗎？妳可沒聽到我抱怨。」

「你沒有抱怨。但你也抱怨了不少。」

「好好想一下吧！」

「想什麼？」

他遠遠地大喊：「好好**想想**就是了！」

他衝出門口。我喘著氣渾身發抖，但不知道為什麼。

61

那天晚上門打開時我已經準備好要向他道歉。我用發燒的腦子越想越覺得自己像是沙灘上踢倒小朋友砂堡的惡霸。

「嘿，剃刀，我很——」

我愣愣地張著嘴。因為端著餐盤的是個陌生人，一個大概十二三歲的孩子。

「剃刀呢？」我問。好吧，比較像是命令。

「不知道，」那個孩子尖聲說：「他們給我餐盤叫我拿來。」

「拿來。」我蠢蠢地重複道。

「對，拿來。把餐盤拿來。」

他們不讓剃刀負責能者了。或許西洋棋球違反了軍規，或許兩個孩子像小孩一樣玩幾個小時讓沃希不爽。絕望是會上癮的，對旁觀者和當局者都一樣。

也或許不爽的是剃刀。或許他要求被換下，帶著他的西洋棋球回老家。

那天晚上我沒睡好。如果在不滅的冷硬光線下能叫作夜晚的話。我燒到三十九度半，我的免疫系統最後一次拚命攻擊陣列。我看見螢幕上模糊的綠色數字上升。我陷入半昏迷狀態。

賤貨，滾開！妳知道他們叫棒球什麼，對不對？那是中外野安打！我不玩了，妳自己看著辦吧！

剃刀手指間骯髒的銀幣。**安打。安打。**慢慢朝向棋盤，外野手往前跑，二壘手和游擊手往後跑，左邊往右邊。**一壘高飛球！**外野手衝上來，三壘手往後。**砰！**外野手往前，內野手往後切到右邊。一壘手往後，右外野手往前，**砰！**往前，往後，攔截。往後，往前。**砰！**

一次又一次。**我們反覆重播**。往前，往後，攔截。往後，往前。

砰！

我完全清醒了。我瞪著天花板。不行，還是想不清楚，閉著眼睛比較好。

中間和左邊往下，從左切到右。

H

右外野往前，一壘往後。

|

喔，少來，這太荒謬了，**妳在妄想**。

那天晚上我帶著伏特加回營地的時候，發現父親像胎兒一樣蜷著身子，他抓著想像中的蟲子，把自己抓得滿臉是血。**賤貨！**我離開去找能救他的毒藥時他罵我。他還用另外一個名字叫我，我三歲時拋棄我們的那個女人的名字。他以為我是我母親。這實在很諷刺。確實從十四歲開始，我就比較像**他的**母親。我幫他做飯，替他洗衣服，整理家裡，確定他不會做出傷害自己的蠢事。同時每天我穿著熨得平整的制服上學，同學叫我瑪芮卡陛下，說我自覺高人一等，因為我父親是個小有名氣的藝術家，那種隱士型的天才，而事實上我父親大部分時間都不知道自己在哪個星球上。等我放學回家時，他已經完全神智不清。但我讓外面的人繼續保有他們的假象，我讓他們以為我驕傲自大，就像我讓蘇利文以為她都說對了一樣。我不只培養假象，還活在假象裡。當世界在我們周圍崩潰的時候，我緊緊攀住這些假象。但是他死了之後，我就告訴自己可以不必了，不用再假裝勇敢，不用再抱著虛假的希望，或是在一切都不對勁的時候假裝沒事。我原以為假裝是堅強的表現，是樂觀、理性、或配合當時情況不得已的鬼扯。但那不是堅強，而是軟弱。我以他的病為恥，他讓我憤怒。而我跟他一樣有罪，我一直到最後都被這些謊言所困。他用母親的名字叫我的時候，我也沒有糾正他。

妄想。

監視器空洞無神的眼睛在角落瞪著我。

剃刀是怎麼說的？**好好想想就是了！**

你說的不只這些，對不對？我問他，空洞無神地瞪著空洞無神的眼睛。**那不是一切。**

62

第二天早上門打開時我屏住氣息。

一整晚我都在信任和懷疑之間搖擺不定。我仔細考量這個新現實裡的每一個層面。

第一個選項：剃刀並沒有發明西洋棋球，就像西洋棋不是我發明的一樣。那個遊戲是沃希不知道為了什麼目的而創造的。

第二個選項：剃刀因為某個只有他自己知道的原因，決定跟我過不去。畢竟不只有熬過人類篩選的倖存者冷酷堅強，很多有虐待狂的混蛋也很耐操。每個人類悲劇都是這樣，惡棍幾乎堅不可摧。

第三個選項：這一切都是我的想像。西洋棋球是一個孩子創造出來讓我分神的愚蠢遊戲，讓我不去想我可能快死了的事實。沒有其他理由，棋盤上沒有祕密訊息。我在沒有字母的地方看見字母，這只是人腦想要找尋模式的傾向，就算那裡根本沒有模式也一樣。

我屏息還有另外一個原因，如果又是那個聲音尖細的孩子怎麼辦？如果剃刀不回來，永遠不回來了怎麼辦？剃刀很可能已經死了。如果他試著跟我祕密通訊被沃希發現，我確定沃希只會有一種反應。

他走進房時我慢慢地呼出一口氣，螢幕的嗶嗶聲加快了一點。

「怎麼了？」剃刀問，瞇著眼睛看我。他立刻感覺事情有異。

我說了出來：「嗨（Hi）。」

他的眼睛往右看，再往左看。「嗨。」他慢慢吐出這個字，好像他不確定眼前的人是不是瘋了。「妳餓嗎？」

我搖頭：「不餓。」

「妳應該試著吃一點。妳看起來就像我表姊史黛西，她有毒癮。我不是說妳真的看起來像有毒癮，只是……」他的臉頰漲紅。「只是，妳好像被什麼東西侵蝕了。」

他按下床邊的按鈕將我往上升，說：「妳知道我對什麼上癮嗎？酸軟糖，覆盆子口味。我不大喜歡檸檬。我藏了一點，妳要吃的話我下次帶一點來。」

他把餐盤放在我面前。冷炒蛋，炸馬鈴薯，還有一塊焦黑脆脆的東西，可能是培根，也可能不是。我的胃又翻攪起來。我抬頭看他。

「試試炒蛋，」他建議道：「新鮮的，有機放養的，沒有化學藥劑。這是我們自己在營地裡養的，我是說雞，不是蛋。」

深邃的眼神，以及那細微神祕的幸福笑容。我說嗨的時候他的反應是什麼意思？他是因為我給了他一個像人的招呼而吃驚，還是因為我明白了西洋棋球的真正目的而吃驚，又或者他完全不吃驚，是我自己想像出來的？

「我沒看見盒子。」

「什麼盒子？喔，那個蠢遊戲。」他別過臉，輕聲對自己說：「真想念棒球。」

他沉默了幾分鐘，我撥弄著盤子上的冷蛋。**真想念棒球**。這五個字代表了整個失去的宇宙。

「不，我喜歡，」我告訴他：「那很有趣。」

「真的嗎？」他的表情像在說：**妳是認真的嗎？**他不知道我百分之九十九點九九九九的時候都是認真的。

「我猜我只是不大舒服。」

他笑了起來，然後好像對自己的反應吃了一驚。「ＯＫ，我把棋子留在營房裡，如果沒被人偷走的話我下次帶來。」

我們換了話題。我得知剃刀是五個小孩中的老么，在安娜堡長大，父親是電工，母親是中學的圖書館員。他打棒球，踢足球，喜歡密西根美式足球賽。他十二歲之前的志願是成為密西根大學狼獾隊的四分衛，但他只長高而非長壯，棒球便成了他的熱情所在。

「我媽要我當醫生或是律師，但我爸覺得我不夠聰明……」

「等一下。你爸覺得你不聰明？」

「不夠聰明。那是有差別的。」他爸雖然死了，他仍舊替他辯護。人都會死，愛卻不滅。「他希望我跟他一樣當電工。我爸對工會事務非常熱心，是當地的工會領袖之類的。所以他不想讓我當律師，他說律師都是穿西裝的。」

「他不願意服從權威。」

剃刀聳聳肩。「當自己的主人，他總是這麼說，不要當主人的僕人。」他困窘地移動腳步，似乎覺得自己說太多了。「妳爸呢？」

「他是藝術家。」

「太酷了。」

「還是個酒鬼。他大部分時間都在喝酒，不是畫畫。」雖然也不是一直就是了。泛黃的畫展照片裝在積塵的畫框裡歪斜地掛在牆上。學生在他的畫室裡緊張地洗畫筆，他走進擁擠的房間時大家都虔敬地沉默下來。

「他畫些什麼鬼？」剃刀問。

「大部分都是鬼畫符沒錯。」但不是一直。他年輕的時候，我還小的時候，他抱著我的手總染著彩虹的顏色。

他笑了起來：「妳說笑話的時候好像妳甚至不知道那是笑話一樣，而且妳自己就在偷笑。」

我搖頭：「我沒有在說笑話。」

他點頭：「或許這就是妳不知道的原因。」

63

我沒吃的晚餐結束後，我們強顏歡笑，每句話之間都籠罩著微妙的尷尬沉默。他從木盒裡拿出棋盤，開始扔銅板，看誰先攻。他贏了。我跟他說我可以自己防守，他露出詭笑。**是啦，加油喔，小妞**。他在我床邊坐下。過去幾個星期以來我學習放掉憤怒，擁抱咆哮的空虛。過去多年來我在痛苦、失落和我永遠不會再有的感覺周圍築起堡壘。在失去父親、失去茶杯、失去僵屍、失去一切，只剩下一無所有的咆哮虛空之後，我默默地說了一個字：

嗨。

剃刀點頭：「好。」他在毯子上敲手指。我的大腿感覺到振動。「好。」一下。「不錯，但是用慢動作比較酷。」他接著示範。「明白了嗎？」

「如果你堅持的話，」我嘆口氣。「好吧！」我用手指敲床邊的欄杆。「老實說我看不出來為什麼要這樣。」

「看不出來嗎？」敲毯子兩下。

「不。」敲欄杆兩下。

下一個字花了二十分鐘才表達出來：

HLP（救）

一下。「我有沒有跟妳說過我以前暑假打的工？」他問。「寵物美容。妳知道最糟的部分是什麼嗎？擠肛門腺……」

他的運氣非常好，得了四分沒人出局。

HOW（怎麼做）

我等了四十分鐘才得到答案。我有點累了，而且感到不只一點挫折。這就像跟在千里之外的人讓只有一條腿的運動員傳訊一樣。時間變慢，事件加快。

PLM（計畫）

我不知道這是什麼意思。我望向他，但他望著棋盤，一面說話一面移動棋子，用閒聊填滿空白間微小的沉默。

「大家都說那叫**展現**。」他說，話題仍在寵物美容上。「沖刷，清洗，沖刷，展現，重複。無聊死了。」

「我不明白剛才那一場比賽。」

「西洋棋球可不是西洋棋那種遜爆了的遊戲。」他耐心地說：「這很複雜。想贏的話妳要有**計畫**。」

「我猜有計畫的人是你囉？」

「沒錯，就是我。」

一下。

64

我已經好幾天沒見到沃希，但第二天早上情況改變了。

「告訴我們吧！」他對克萊兒說，後者站在白外套先生旁邊，看起來像是因為欺負弱小而被拖到校長辦公室的中學生。

「她少了兩公斤和百分之二十的肌肉。我們用得安穩控制她的高血壓，非那根控制反胃，阿莫西林和鏈黴素控制她的淋巴系統不過度反應，但我們還在想辦法控制高燒。」克萊兒報告道。

「還在想辦法控制高燒？」

克萊兒轉開視線。「好消息是她的肝臟和腎臟仍正常運作，肺部有點積水，但我們正在——」

沃希揮手打斷她，走到我的床邊，銳利的鳥眼閃閃發光。

「妳想活下去嗎？」

我毫不遲疑地回答：「想。」

「為什麼？」

這個問題讓我吃了一驚。「我不明白。」

「妳無法打敗我們。沒有人能。就算你們一開始有七十億人口的七倍也沒有勝算。世界是一座時鐘，發條已經鬆到最後一秒——妳為什麼還想活？」

「我並不想拯救世界，」我告訴他：「我只是希望能有機會殺掉你。」

他的表情沒有改變，但眼神閃亮雀躍。**我瞭解妳**，他的眼神說，**我瞭解妳**。

「希望，」他低聲說：「沒錯。」他點頭，我讓他很滿意。「希望，瑪芮卡，不要放棄妳的希望。」他轉向克萊兒和白外套先生：「把她的藥停掉。」

白外套先生的臉色變得跟外套一樣白，克萊兒張嘴要說話，然後別開視線。沃希轉回來面對我。

「答案是什麼？」他問：「不是憤怒，是什麼？」

「漠然。」

「再試。」

「疏離。」

「再來……」

「希望，絕望，愛情，憎恨，憤怒，哀傷。」我在發抖，我的發燒一定又變嚴重了。「我不知道，我不知道，我不知道。」

「這樣好多了。」他說。

65

那天晚上我的情況非常糟，幾乎無法撐過四局西洋棋球。

XMEDS（沒藥）

「我聽說他們把妳的藥停了。」剃刀說，握著銅板搖晃拳頭。「真的嗎？」

「我的點滴裡只剩下生理食鹽水，讓我的腎臟不至於罷工。」

他瞥向生命體徵監視器的螢幕，皺著眉頭。剃刀皺起眉頭的時候，總讓我想起撞到腳趾但覺得自己是大人所以不能哭的小男孩。

「那妳一定是好轉了。」

「大概吧！」床邊欄杆上敲兩下。

「ＯＫ，」他吐出一口氣。「我的皇后上場了，妳小心吧！」

我的背發僵，視線模糊。我側身把胃裡僅存的一點東西全吐在白色的磁磚上。剃刀厭惡地叫了一聲跳起來，撞翻了棋盤。

「喂！」他大叫道。不是對我，而是對著我們上方的黑色眼睛。「喂，來人幫忙啊！」

沒人來幫忙。他望向螢幕，又望向我，然後說：「我不知道要怎麼辦。」

「我沒事。」

「當然，妳沒事，妳好得很！」他到水槽前弄了乾淨的濕毛巾，敷在我前額上。「好個屁！他們為什麼停了妳的藥？」

「為什麼不？」我忍著不再吐。

「喔，我不知道，或許是因為妳沒藥就會**死**吧！」他瞥向監視器。

「或許你該把那邊的盆子遞給我。」

他擦掉黏在我下巴的殘渣，疊好毛巾，拿了盆子放在我大腿上。

「剃刀。」

「怎樣？」

「請不要再把那條毛巾放回我臉上。」

「啥？喔，該死。好，等一下。」他拿來一條乾淨的毛巾，又絞了一把。他的手在發抖。「妳知道這是什麼嗎？我知道這是什麼。我之前怎麼沒想到？**妳**怎麼沒想到？那些藥一定是干擾了系統。」

「什麼系統？」

「第十二系統。就是他們灌到妳裡面的玩意兒，福爾摩斯。中繼點與它強化另外十一個系統的四萬個小朋友。」他把冰涼的毛巾敷在我前額上。「妳會冷。妳要再蓋一條毯子嗎？」

「不了，我在發燒。」

「這是戰爭。」他說，拍拍胸口：「這裡的戰爭。妳得宣告休戰，能者。」

我搖頭：「不休戰。」

他點點頭，在薄薄的毯子底下握住我的手。他蹲下去撿散落的棋子，找不到銅板便咒罵了一聲。他決定不讓嘔吐物留在地上，於是跪在地上用剛才替我擦嘴的髒毛巾擦地板。門打開克萊兒走進房間時，他還在咒罵。

「妳來得正好！」剃刀對她大叫。「嘿，妳就不能至少讓她不要吐嗎？」

克萊兒把頭朝門口一扭：「你給我出去，」她指著木盒。「把那玩意兒也帶走。」

剃刀怒瞪著她，但還是照辦了。我又看到他天使般的臉孔底下極力克制的憤怒。**小心，剃刀，那不是答案。**

房中只剩下我們倆，克萊兒沉默地研究了螢幕很長一段時間。

「妳先前說的是真話嗎？」她問：「妳想活下去然後殺掉沃希指揮官？妳沒有這麼笨。」她的腔調像是責罵小孩的母親。

「妳說得對。」我回答：「我不會有機會，但我有機會殺了妳。」

她大吃一驚：「殺了我？妳為什麼想殺我？」我沒有回答。她又說：「我不覺得妳能活過今晚。」

我點頭：「妳活不過這個月。」

她笑了起來。她的笑聲讓膽汁湧上我的喉頭，燒灼，燒灼。

「妳打算怎麼做？」她輕聲說，拉下我額頭上的毛巾。「用這個悶死我嗎？」

「不，我會用鈍器打守衛的腦袋，然後奪他的槍打爆妳的臉。」

我說話的時候她一直笑。「那就祝妳好運啦！」

「我不靠運氣。」

66

克萊兒說我活不到早上，她錯了。

以每天三餐來計算，過了將近一個月後，我還活著。

我記不清楚，不知道他們何時撤掉了我的點滴和生命體徵監視器。不停斷的嗶嗶聲消失後，取而代之的沉默卻大到驚天動地。在此期間我看到的人只有剃刀，現在他是我全天候的看護，餵我吃飯、替我倒便盆、洗臉洗手、替我翻身不讓我長褥瘡、在我神智清醒的時候跟我玩西洋棋球。他不停地說話，說他死掉的家人、朋友、他的小隊隊員和冬天基地裡的苦差事，因為厭倦、疲憊和恐懼（大部分是恐懼）而起的爭鬥，「被侵」會在春天發動大規模攻擊的謠言，除去這世界上人類噪音的最後努力，剃刀會非常積極地參與。他不停不停不停地說話。他有個女朋友叫奧莉維亞，她的膚色跟泥濘的河流一樣深，她在學校的樂團裡吹長笛，將來打算當醫生，她討厭剃刀的爸爸，因為他覺得剃刀當不了醫生。他不小心說出他真正的名字叫作亞歷克斯，跟大聯盟的棒球選手一樣，他的訓練士官叫他剃刀，不是因為他又高又瘦，而是因為有一天早上他刮鬍子時割傷了自己。**我的皮膚很敏感**。他說話沒有句點，沒有逗點，沒有段落，更正確地說，他說的話是沒有句點的長篇文章。

將近一個月的話語連珠炮中他只閉嘴過一次。那時他正講著他五年級的時候用馬鈴薯發電參加科展得了第一名，話說到一半他突然停住。他的沉默像是大樓崩毀後的寂靜一樣刺耳。

「那是什麼？」他緊盯著我的臉，沒有人的視線比剃刀更銳利，連沃希都比不上。

「沒事。」我別過頭。

「妳在哭嗎，能者？」

「我的眼睛在分泌液體。」

「不是。」

「不要跟我說不是，剃刀。我不哭的。」

「放屁。」毯子上敲一下。

床邊欄杆敲兩下。「那能用嗎？」我轉向他。讓他看見我哭有什麼關係？「我說馬鈴薯電池。」

「當然能。那是**科學**，絕對行得通。只要好好計畫，遵循步驟，就不會出錯。」他隔著毯子握住我的手。**不要害怕，一切都準備好了，我不會讓妳失望。**

反正現在也已經不能回頭了，他的視線落在床邊的餐盤上：「妳今天晚上把布丁都吃完了。妳知道沒有巧克力的時候他們怎麼做巧克力布丁嗎？妳不會想知道的。」

「讓我猜猜。用樂瑪可。」

「樂瑪可是什麼？」

「什麼，你不知道？」

「喔，對不起，我不知道那個誰在乎叫什麼的樂瑪可是啥。」

「那是巧克力口味的瀉藥。」

他做個鬼臉：「噁心死了。」

「沒錯。」

他露齒一笑：「沒錯？老天，妳剛剛是不是在說**笑話**？」

「我哪知道？你跟我保證沒人把樂瑪可加在我的布丁裡就好。」

「我保證。」**一下**。

他離開後我忍了數個小時。冬夜已深，基地裡其他地方早已熄燈，我撐到忍無可忍才開始呼救。我對著監視器的鏡頭揮手，翻身把胸口抵在冰冷的金屬欄杆上，憤怒地握拳搥著枕頭。門突然大開，克萊兒衝進來，後面跟著一個壯得跟熊一樣的大兵，他立刻伸手掩住鼻子。

「怎麼了？」克萊兒問，雖然房裡的氣味已經說明了一切。

「喔，這屎味！」大兵掩著嘴竊笑。

「沒錯。」我喘著氣說。

「這下可好，真的太好了。」克萊兒說。她拉下我的毯子和床單扔到地上，示意大兵過來幫忙。「幹得好，小姐，我希望妳很得意。」

「還沒有。」我咕噥。

「你在幹什麼？」克萊兒對大兵吼道，溫柔的聲音不見了，和藹的眼神不見了。「過來幫我！」

「幫您什麼，長官？」他的鼻子很扁，眼睛非常小，前額的中央突起。他的大肚子在腰帶上突出，褲子短了一吋。他很高大，大概比我重五十公斤。

無所謂。

「起來，」克萊兒對我怒道：「快點，把腳放下來。」她抓住我的手臂，大兵金寶抓住另外一隻手臂，他們倆合力把我抬下床。高大的大兵厭惡地皺起臉。

「喔，老天，妳搞得到處都是！」他輕聲哀嚎。

「我覺得我還不能走路。」我對克萊兒說。

「那就用爬的！」她咆哮道：「我應該不要管妳才對。」

他們把我拖到隔著兩扇門的淋浴間。高大的大兵咳嗽乾嘔，克萊兒不斷抱怨，我則一直道歉。她脫掉我的連身袍，扔給大兵金寶，要他到外面等。「不要靠在我身上，靠在牆上。」她沙啞地命令。我雙膝發軟。我抓住浴簾穩住身子。我已經有一個月沒有站起來了。

克萊兒一手摟住我的左臂，把我推到蓮蓬頭下，彎身避開水柱。水是冰的。她沒有調整水溫，打在我身上的冷水像是警鈴，將我從漫長的冬眠中喚醒。我伸手抓住蓮蓬頭下面的水管，告訴克萊兒我覺得我能自己站著，她可以放手了。

「妳確定嗎？」她問，繼續扶著我。

「非常確定。」

我用盡全力把水管往下扯，管子從接口處斷裂，發出刺耳的聲響，冷水猛地傾洩而下。我舉起左手，掙脫克萊兒的手指，抓住她的手腕撲向她，扭轉腰部加強衝擊力道，將斷裂的水管插進她脖子裡。

我本來不確定我能赤手空拳拆下金屬水管。但現在我非常確定。

我被強化了。

67

克萊兒踉蹌了幾步，血從她脖子上五公分寬的傷口噴出來。我不驚訝她沒有被我幹掉，因為我假定她也強化過了，但我本來希望能走運切斷她頸部的大動脈。她伸手到外套裡摸索晶片的控制器。我也料到她會這麼做。我扔掉水管，抓住淋浴間牆上的桿子，用力折斷後揮向她的太陽穴。

她完全不為所動，她以快得看不清的動作抓住桿子一端。我迅速鬆手，所以當她用力拉過桿子時毫無抗力，直接往後撞上牆壁，力道大到把磁磚都撞裂了。我撲向她，她朝我的腦袋揮動桿子，這一招我也料到了——我在不滅的燈光下上千個沉默的小時裡反覆演練過無數次。

我在桿子朝我揮來時抓住一端，先用右手，然後是左手。我張開手臂，把桿子壓向她的脖子，同時張開雙腿保持平衡，施力壓扁她的氣管。

我們的臉只相距幾公分，我近得能聞到她唇間逸出的氰酸鉀氣息。

她雙手在我的手旁邊緊握桿子，我往前推，她往外推。地板濕滑，我光著腳，她穿著鞋。可能她還沒暈過去我就要失去優勢了，我得解決她——盡快。

我把腳伸到她腳踝內側，用力踢她。她倒到地上，我跟著她倒下。

她仰天倒地，我壓在她身上。我用雙膝緊緊夾住她的身體，把桿子壓向她的脖子。

我們身後的門砰然大開，大兵金寶手裡握著槍衝進來，語無倫次地大叫。三分鐘過去，克萊兒的眼神開始渙散，但意識仍舊清醒。我知道我得冒險。我不喜歡風險，從來就不喜歡，我只是學著接受而已。有些事情你可以選擇，有些事情不能，就像蘇利文的十字架大兵，就像茶杯，就像回去救僵屍和雞塊，因為不回去就表示一切都失去了價值，生命沒有價值、時間沒有價值、承諾沒有價值。

而我得實現承諾。

金寶的槍。第十二系統鎖定了它，數以萬計的微型機器人開始強化我的雙手、雙眼、腦部的肌肉、筋腱和神經，以消除眼前的威脅。在千分之一秒內辨識出目標，處理了資訊，決定了方法。

金寶連祈禱的時間都沒有。

我的反擊快得讓他沒有強化的腦子無法反應。我懷疑他甚至沒有看見桿子揮向他的手。槍飛到房間另一端。他撲向槍，我撲向馬桶。

馬桶水箱的蓋子是結實的陶器，而且很沉重。我可以用它殺了他，但我沒有。我打中他的後腦勺，他昏了過去。

金寶倒下，克萊兒站起來。我把蓋子扔向她的腦袋，她舉手擋住。我強化的聽覺捕捉到撞擊讓她骨頭斷裂的聲音。她手中的銀色裝置掉到地上。她撲過去撿，我往前一步，用力踩住她伸出的手，用另一隻腳把裝置踢開。

結束。

她也知道。她的視線越過對準她的臉的槍管——越過那個充滿無垠虛空的小洞——望進我眼中。她的眼神再度和藹，她的聲音溫柔起來。這個賤貨。

「瑪芮卡……」

不，瑪芮卡遲緩、軟弱、多愁善感、愚蠢無知，瑪芮卡攀住彩虹，無助地看著時間一分一秒過去，在陡峭的無底深淵邊緣搖搖欲墜，無法實現的承諾讓她在城牆後面無所遁形。但我會實現她對克萊兒最後的承諾，那個賤貨扒光她的衣服，讓她接受冰冷的淋浴洗禮，壞掉的蓮蓬頭仍在噴水。我會實現瑪芮卡的承諾。瑪芮卡已經死了，由我來實現她的承諾。

「我叫能者。」

我扣下扳機。

68

金寶身上應該有刀，那是所有大兵的標準配備。我在他身邊跪下，把刀從鞘裡抽出來，非常小心地挖出他頭蓋骨下方靠近頸椎的晶片。我把晶片含在面頰內側和牙齦之間。

現在輪到我自己。挖出晶片的時候我一點都不覺得痛，只流了一點點血。微型機器人麻痺了我的知覺，並修補傷處，所以我用水管戳進克萊兒的脖子時她沒死，受傷後出血很快就停止了。

這也是為什麼我幾乎沒有進食在床上躺了六個星期之後，還能大氣不喘地進行劇烈體力活動的原因。

我把我頸子裡的晶片塞進金寶頸子裡。**混蛋指揮官，來追蹤我吧！**

水槽底下的架子上有新的連身裝。鞋子，克萊兒的腳太小，金寶的腳太大。我晚點再想辦法。但這孩子的皮外套很可能派得上用場。外套像毯子一樣掛在我身上，我喜歡袖子裡大大的空間。

我忘了某件事。我環視小小的房間，找到控制晶片的裝置。裝置的螢幕摔壞了，但仍在運作，閃爍的綠色按鈕上方有個號碼，那是我的號碼。我用拇指拂過螢幕，上面頓時充滿號碼，代表基地裡每個大兵的好幾百個序號。我碰觸一下螢幕，叫回我的號碼，輕觸一下。螢幕上出現一幅地圖，顯示我確切的位置。我把地圖縮小，螢幕上頓時充滿發亮的小綠點，那是整個基地裡所有被植入晶片的士兵位置。賓果。

將軍。我可以用拇指觸摸螢幕，選擇所有號碼。裝置底部的按鈕會亮起來，按下按鈕就能除去每個大兵。我可以大搖大擺地走出去。

但我不能這麼做——除非我想跨過幾百個無辜人類的屍體，幾百個跟我一樣是受害者的小孩，他們唯一的罪惡就是懷抱希望。如果罪惡的報償是死亡，那現在美德就是惡行了。收容一個迷失在麥田裡、手無寸鐵飢腸轆轆的孩子；一個受傷的士兵在冷凍櫃後面求救；為了救一個被誤擊的小女孩而把她送到敵人手中。

我不知道誰比較沒有人性：創造這個新世界的外星生物，還是一瞬間想按下這個綠色按鈕的人類。

螢幕右邊有三大團靜止的綠點，邊緣是十來個孤立的人，大概是守衛。中間則有兩個綠點，分別是金寶頸子裡我的晶片和我嘴裡金寶的晶片。另外還有三四個非常接近的點，是與我同一層樓的病人。樓下加護病房只有一個綠點。結論：營房，崗哨，醫院。彈藥庫有兩個綠點在巡邏，我用不著猜是哪兩個，我很快就會知道了。

來吧，剃刀，我們走。我得實現最後一個承諾。

我望著冷水從斷裂的水管激射而出。

69

「妳會祈禱嗎？」某天晚上下完累死人的西洋棋球後，剃刀收棋盤的時候問我。

我搖頭。「你呢？」

「我當然會祈禱。」他點頭強調：「散兵坑裡沒有無神論者。」

「我父親就是。」

「散兵坑嗎？」

「無神論者。」

「我知道，能者。」

「那你為什麼還問我是不是散兵坑？」

「我沒問，那只是天殺的——」他微笑起來：「喔，我懂了，我知道妳在幹嘛，但我搞不懂**為什麼**。好像妳並不想說笑，但卻想證明妳比我厲害，或者妳以為妳比我厲害。我告訴妳，妳兩者都不是，不好笑也不厲害。妳為什麼不祈禱？」

「我不想讓上帝為難。」

他拿起皇后，打量著它的臉。「妳有沒有仔細看過？這婊子長得真嚇人。」

「我覺得她看起來很高貴。」

「她看起來像我三年級的導師，大部分是人，但女人的部分很少。」

「什麼？」

「妳知道的啦，比較像男人，不像女人。」

「她很英勇，她是戰士女王。」

「妳說我的三年級老師嗎？」他打量我的臉孔，等待，等待。「抱歉，這笑話我以前試過了，爛得要命。」他把棋子放進盒子裡。「我祖母有參加一個祈禱圈。妳知道祈禱圈是什麼嗎？」

「知道。」

「真的？我以為妳是無神論者。」

「我父親是無神論者。但無神論者為什麼不能知道祈禱圈是什麼？有信仰的人也知道演化論。」

「我知道演化論，我懂。」他沉思地說，專注的眼神仍盯著我的臉：「妳就像個五六歲的小孩，自從某個親戚稱讚妳真是個**認真**的小女孩之後，妳就覺得認真是一種魅力。」

「祈禱圈怎麼了？」我試著拉回話題。

「哈，所以妳的確**不知道**那是什麼！」他放下盒子，坐到我的床邊。他的屁股碰到我的大腿，我把腿挪開，希望我的動作沒有很明顯。「我告訴妳發生了什麼事。我祖母的狗病了。那種見人就咬，可以活二十五年的小型犬。於是她跟上帝請願，要祂救救那隻小混蛋，好讓牠能咬更多的人。她圈子裡半數的老太太同意，半數不同意。我不確定為什麼，但我覺得不愛狗的上帝就不是上帝了。反正不管怎樣，她們爭論著要不要替牠禱告，吵著吵著就變成爭論這樣是否會浪費禱告，最後成了為猶太人大屠殺而吵架。主題在五分鐘內從一隻老狗變成猶太人大屠殺。」

「到底發生了什麼事？她們最後替狗祈禱了嗎？」

「沒有，她們為死於大屠殺的靈魂祈禱。第二天狗死了。」他沉思地點點頭：「我祖母替牠祈禱。每天晚上。還要她所有孫子也一起祈禱。所以我替一隻我既討厭又害怕還把我咬成這樣的狗祈禱。」他把腿架到床上，拉起褲管露出小腿。「看見我的疤了嗎？」

我搖頭：「沒有。」

「總之在這裡就是了。」他拉下褲管，但腿仍放在床上。「牠死了之後，我問祖母：『我很努力地祈禱，但福來比還是死了，是因為上帝不喜歡我嗎？』」

「她怎麼說？」

「說什麼上帝想把福來比留在天堂之類的廢話，當時六歲的我聽不懂。天堂裡有凶惡的老狗嗎？天堂不是應該是個**好**地方嗎？我苦惱了很久。每天晚上祈禱的時候，我都懷疑自己是不是真的想上天堂，永遠跟福來比在一起。所以我決定當成牠一定下地獄去了，不然神學就不成立了。」

他用修長的手臂摟住豎起的腿，下巴擱在膝蓋上，望向空中，彷彿又成了那個擔心祈禱、上帝和天堂的小男孩。

「我打破過一個茶杯。」他繼續說：「我打開我媽的瓷器櫃子，結果打破了一個精緻的小茶杯，那是她的嫁妝之一。不是真的打破，是它掉在地上裂了。」

「地上裂了？」

「不是地上，是茶杯——」然後他驚訝地睜大眼睛：「妳剛才是不是說了笑……」

我搖頭。他用手指著我：「哈，我逮到妳了！戰士女王能者說笑話了！」

「我成天都在說笑話。」

「對，但妳的笑話高明到只有聰明的人才聽得懂。」

「茶杯。」我提醒他。

「我把我媽的寶貝瓷器摔裂了。我很害怕，於是我把茶杯放回櫃子裡，將裂掉的那一面轉到背後，希望她不會發現。但我知道過不了多久她就會發現，然後我就死定了。妳知道我跟誰求救嗎？」

我用不著多想，我知道這個故事會怎麼發展。「上帝。」

「對，我跟上帝祈禱，希望我媽不要接近那個茶杯，一輩子都不要接近，或者至少等到我離家去上大學以後。我還祈禱祂能修好茶杯。祂不是上帝嗎？祂可以治好人類，一個中國製的茶杯算什麼？這是最棒的解決方案，上帝就是最棒的解決方案。」

「但她還是發現茶杯裂了。」

「她沒發現才有鬼。」

「在福來比跟茶杯事件之後，我很驚訝你還在祈禱。」

他搖頭：「這不是重點。」

「有重點嗎？」

「如果妳讓我把故事說完的話——對，有重點。重點就是，她發現茶杯裂了之後，沒有先來問我，而是把舊的杯子丟掉，換了一個新的。某個星期六早上，在我大概祈禱了一個月之後——我打開櫃子，想證明祈禱圈說祈禱是種浪費是錯誤時，看見了那個杯子。」

「新的杯子，」我說，剃刀點頭。「但你不知道你母親已經換了一個杯子。」

他舉起雙手：「奇蹟出現了！杯子沒有裂痕了！壞的修好了！上帝真的存在！我幾乎要尿褲子了。」

「茶杯修好了。」我慢慢地說。

他深深望入我眼中。他的手落在我的膝蓋上，握住我的手，然後敲了一下。

對。

70

淋浴間裡的水變成了小溪流，小溪流變成涓滴細流，細流變成小水滴。水流漸緩，我的心跳加快。我快要被恐慌控制了。我彷彿等待水被關上等了十年，那是剃刀的信號。

我從克萊兒的追蹤裝置得知外面的走廊上沒人。我知道我該去哪裡。樓梯。下面一層。最後的承諾。我在樓梯轉角處停下來，把金寶的手槍放進外套口袋。然後我衝進走廊，直奔護士站。護士從椅子上跳起來。

「找掩護！」我大叫：「要爆炸了！」

我繞過櫃台，衝向通往行政區的旋轉門。

「喂！」她叫道：「妳不能進去！」

隨時都可以，剃刀。

她按下封鎖出入口的按鈕。無所謂。我全速衝向門口，把兩扇門板撞掉。

「不要動！」她尖叫道。

我眼前是一整條空蕩蕩的走廊。我無法成功的。我被強化了沒錯，但還是跑不過子彈。我停下腳步。

剃刀，我是說真的。現在是非常好的時機。

「把手放在頭上！馬上！」她設法喘過氣來。「很好。現在走過來，倒退走。慢慢來，非常慢。不然我跟上帝發誓我會開槍。」

我聽話照辦，慢慢往後退向她聲音的來處。她叫我停下來。我停了下來，沒有動，但我體內的機械可不。她的位置是固定的，我不用看也知道她站在哪裡。中繼點命令我的肌肉和神經系統隨時準備執行指令。只要時候到了，我不用思考，中繼點就會處理一切。

但我之所以能留住一條小命並不全是第十二系統的功勞。穿上金寶的外套是我的主意。

這讓我想起來了。

「鞋子。」我喃喃道。

「妳說什麼？」她的聲音顫抖。

「我需要鞋子。妳穿幾號？」

「啥？」

中繼點以光速發出訊號。我的身體動作沒那麼快，但比平常快兩倍也夠了。

我把右手縮進金寶寬大的外套袖子裡，抓住三十公分長的獵刀，往左方扔去。

她應聲倒下。

我把刀從她的脖子上抽出來，將血淋淋的刀鋒插回左邊袖子裡，然後查看她的鞋子，是那種結實厚底的護士鞋，大了半號，但將就著穿沒問題。

我在走廊末端轉進右邊的最後一間房間。房裡很黑，但我的眼睛已經強化了，可以清楚看見她躺在床上，沉睡或是被下了藥。我得確定是哪一種。

「茶杯？我是能者。」

濃密的黑睫毛顫動。我的知覺敏銳到可以聽見睫毛扇動空氣的聲音。

她閉著眼睛低聲說了些什麼，聲音輕到連我強化的聽覺都無法辨識，但負責聽力的微型機器人將訊息傳到中繼點，中繼點再將訊息傳到我腦子裡的聽覺中樞。

「妳死了。」

「我沒死，妳也沒死。」

71

床邊的窗戶錚鏦作響，地板震動，明亮的橘色光線湧入房中，然後消失。石灰粉塵隨著一聲震耳欲聾的巨響從天花板落下。這個景象重複了一次，再一次，又一次。

剃刀在引爆彈藥庫。

「茶杯，我們得走了。」我一手捧住她的腦袋，輕輕把她抬起來。

「去哪裡？」

「越遠越好。」

我一手撐住她的頭，另一手的手掌底部碰觸她的前額。力道剛好，不太重，不太輕。她的身體癱軟下來。我把她從床上抱起來。彈藥庫裡的軍火陸續引爆。我踢開窗戶，刺骨的寒風衝進房裡。我坐在面對床鋪的窗檯上，把茶杯摟在胸前。我心裡的盤算讓中繼點警覺起來。我距離地面有兩層樓高。我的腳掌、腳踝、腳脛、膝蓋和骨盆都強化了。

行動。

我們往下墜時我在空中翻跟斗，像是從桌上摔下的貓一樣。我們安全著地，只不過茶杯的腦袋在落地時往上重重撞到我的下顎。醫院在我們面前，我們身後是熊熊燃燒的彈藥庫，右邊有一輛黑色道奇M882，正如剃刀所說。

我打開車門，把茶杯推進副駕駛座，自己跳上駕駛座，開車越過停車場，往左急轉彎奔向位於北邊的機場。警笛尖鳴，探照燈大亮。我在後視鏡裡看見救難車輛駛向燃燒的彈藥庫。消防隊要滅火可不容易，因為**有人**把給水泵站關掉了。

我再度往左急轉彎，直接開向在探照燈刺目的白光下像巨大黑甲蟲一樣閃閃發光的黑鷹直升機。我用力握住方向盤，深吸一口氣。這是最困難的部分。如果剃刀沒有綁架到飛行員，我們就完蛋了。

我看見有人從幾百公尺外的直升機上跳下來。他穿著一件厚重的大外套，手裡握著一把狙擊步槍。他的臉被帽子遮住了一半，但那微笑我無論到哪裡都認得出來。

我從M882上跳下來。

剃刀說：「嗨！」

「飛行員呢？」我問。

他把頭扭向駕駛座：「我找了我的，妳的呢？」

我把茶杯從車裡抱出來，跳上直升機。一個只穿著綠色T恤和四角褲的傢伙坐在駕駛座上，剃刀滑進他身邊的座位。

「發動引擎，鮑伯中尉。」剃刀對飛行員露齒一笑。「喔，我真沒禮貌。能者，這是鮑伯中尉。鮑伯中尉，這是能者。」

「這絕對行不通的，」鮑伯中尉說：「他們會全力追擊。」

「是嗎？這是什麼？」剃刀舉起一束亂七八糟的電線。

飛行員搖搖頭，他冷得嘴唇發紫。「我不知道。」

「我也不知道，但我猜這對直升機的飛行非常重要。」

「你不明白……」

剃刀傾身向他，所有的嬉鬧消失了。他深陷的雙眼彷彿在燃燒，我一開始就感覺到的那股內斂的力量凶猛地釋放出來，我不由得畏縮。

「聽好了，你這外星畜生，給我立刻把這玩意兒飛起來，不然就——」

飛行員把手壓在大腿下，瞪著前方。溜上直升機之後，我最擔心的就是飛行員不肯合作。我傾身向前，抓住鮑伯的手，把他的小指往後扳。

「我會折斷你的手指。」我說。

「請便！」

我折斷他的小指。他咬住下唇，雙腿發抖，淚水在眼眶裡晃動。不該這樣的。我把手指貼在他的脖子上，然後轉向剃刀。

「他有晶片，他不是它們的人。」

「喔，那你們是他媽的什麼人？」飛行員叫道。

我把追蹤裝置從口袋裡拿出來。螢幕上醫院和彈藥庫周圍全擠滿了綠色光點，機場跑道上則有三個綠色光點。

「你把你的晶片挖出來了。」我對剃刀說。

他點點頭：「放在枕頭下。計畫是這樣的，是嗎？該死，能者，計畫是什麼？」他有點驚慌。

我握住刀子：「抓住他。」

剃刀立刻明白。他勒住鮑伯中尉的頸子，鮑伯沒有怎麼反抗。我擔心他可能會休克，如果他昏過去，一切就完了。

燈光很暗，剃刀沒辦法讓他完全不動，所以我告訴鮑伯放輕鬆，不然我可能會切斷他的頸椎，這樣除了小指斷掉之外他還會全身癱瘓。我挑出他的晶片，扔到柏油地上，然後把鮑伯的腦袋往後拉，在他耳邊低語：「我不是敵人，也不是桃樂西，我跟你一樣——」

「只不過比較高明。」剃刀替我說完，接著瞥向窗外說：「呃，能者……」

我看見了，一對像爆炸成超新星的星星一樣越來越亮的車頭燈。「它們來了。它們一到就會幹掉我們。」我告訴鮑伯：「連你一起。它們不會相信你，一定會殺了你。」

鮑伯瞪著我的臉，痛楚讓他淚流滿面。

「你得相信我。」我說。

「不然她會折斷你另一根手指。」剃刀加上一句。

他震顫地深吸一口氣，全身發抖地捧住受傷的那隻手，血從他的脖子上流下來，浸透了T恤的領子。「沒用的，」他低聲說：「他們會把我們打下來。」

我一時衝動下往前把手貼在他面頰上。他沒有躲開，他靜止不動。我不知道我為什麼要摸他，也不知道現在發生了什麼事，但我感覺心中的某個部分敞開了，像是迎著陽光綻開的花苞。我冷得要命，頸子彷彿著了火，右手小指隨著心跳悸痛。痛楚讓我流淚，**他的**痛楚。

「能者！」剃刀大叫道：「妳他媽的在**幹什麼**？」

我把溫暖透過雙手灌輸給眼前的男人。我平息他的灼燒，安撫他的痛楚，消除他的恐懼。他的呼吸平穩下來，身體放鬆。

「鮑伯，我們真的得出發了。」我告訴他。

兩分鐘後，我們升空了。

72

直升機上升的時候，衝向我們的卡車尖聲剎住，一個高大的男人下了車。他的面孔籠罩在探照燈的陰影下，但我強化的雙眼看得到他的眼睛，像樹林裡的烏鴉一樣明亮冷硬。只不過烏鴉的眼睛是黑色的，他的眼睛卻湛藍無比。他臉上似乎帶著一絲微笑，那一定是光線或陰影造成的錯覺。

「保持低空飛行。」我命令鮑伯。

「要去哪裡？」

「往南。」

直升機傾斜轉彎，地面衝向我們。我看見熊熊燃燒的彈藥庫和消防車旋轉的燈光，大兵們像螞蟻般亂竄。我們越過一條河流，黑色的河水在探照燈的餘光下閃爍。被我們拋在身後的基地是黑色冬夜裡的光之綠洲。我們從樹頂上方二公尺處掠過，衝入暗夜之中。

我坐到茶杯旁邊，讓她靠在我胸前，把她的頭髮拂到一邊。我希望這是我最後一次這麼做——我幫她挑出晶片，用刀柄擊碎。

剃刀的聲音在我耳機裡響起：「她還好嗎？」

「我想沒事。」

「妳呢？」

「我很好。」

「傷呢？」

「都是小傷。你呢？」

「跟嬰兒屁股一樣光滑。」

我讓茶杯躺回座位上，然後站起來打開箱子，找出降落傘。我在檢查裝備時剃刀在一旁嘰哩呱拉地說個不停。

「妳有話要跟我說嗎？像是，我不知道啦，比如：『**剃刀，謝謝你在我一拳打中你的喉嚨，還對你那麼惡劣之後，你還救了我免於一輩子當外星人的奴隸。**』差不多這樣如何？妳知道嗎，在遊戲裡暗藏密碼，把瀉藥混進布丁裡，裝炸彈偷卡車，綁架飛行員讓妳折斷他的手指這些事，並沒有很容易好嗎？不然妳可以說：『**嘿，剃刀，沒有你我辦不到的，你太棒了。**』之類的，不一定要一字不漏，只要意思到了就好。」

「你為什麼要幫我？」我問：「你為什麼決定相信我？」

「那天妳說到那些小孩——說他們把小孩變成炸彈。我到處問了一下，結果立刻就被送上仙境的椅子，還帶我去見指揮官。他一直詢問妳說過的話，還命令我不要再跟妳交談，因為他不能命令我不要聽。我越想越覺得不對勁，他們訓練我們消滅被侵，然後在小孩身上裝外星武器？到底誰是好人？我就想，**我**是好人還是壞人？我的腦袋非常混亂，簡直就像要決定生死一般。最後是數學讓我下定決心。」

「數學？」

「對，數學。你們亞洲人不是數學都很強嗎？」

「不要種族歧視好嗎？而且我是四分之三的亞洲人。」

「四分之三，看吧？**數學**。結果是簡單的加法讓我下定決心，也就是說加起來不對。ＯＫ，或許我們走運，從外星人手裡搶到仙境程式，就算是超級厲害的外星人也會犯錯，沒有人是完美的。但我們不只有仙境，還有它們的炸彈、它們的追蹤消滅裝置、它們超級先進的微型機器人系統——

媽的，我們甚至有能**偵測它們**的科技。搞屁啊？我們手上的武器比它們還多！但真正的轉捩點是他們把那一堆東西打進妳身體裡的那天，沃希說人腦裡的外星人是騙我們的。這真是太超過了！」

「因為如果那是騙人的話……」

「那麼一切都是謊言了。」

我們下方的地面一片銀白，地平線迷失在黑暗中。**一切都是謊言**。我想到死去的父親跟我說現在我屬於它們了，不由得握住茶杯的小手，感受**真實**。

我聽見鮑伯在駕駛座說：「我聽不懂。」

「不要緊張，鮑伯。」剃刀說：「嘿，**鮑伯**，那不是避風營少校的名字嗎？是不是軍官都要叫鮑伯？」

警鈴突然響起。我放開茶杯的手，擠到前面。「怎麼了？」

「有追兵，」鮑伯說：「六點鐘方向。」

「直升機？」

「不。」鮑伯說：「F-15戰機，三架。」

「它們還有多久進入射程？」

他搖搖頭。雖然天氣嚴寒，但他的T恤卻濕透了，臉上也全是汗光。「五到七分鐘。」

「上升，」我命令他：「到最大高度。」

我拿起兩個降落傘，把其中一個扔到剃刀腿上。

「我們要跳機嗎？」他問。

「我們不能交戰，也逃不掉。你帶著茶杯一起跳傘。」

「我帶著茶杯？那妳帶誰？」

鮑伯瞥向我手裡另外一個降落傘。「我不跳。」他說。他怕我沒聽見或是沒聽懂，又說了一次：「我，不，跳。」

沒有任何計畫是完美的。本來的計畫中鮑伯是消音器，這表示在我們跳傘之前我會先殺了他。現在情況複雜起來。我沒有殺掉金寶的原因正是我不想殺掉鮑伯的原因。殺掉夠多的金寶，謀殺夠多的鮑伯，你就會變得跟那些在小孩喉嚨裡塞炸彈的傢伙沒兩樣了。

我聳聳肩，掩飾自己的遲疑，把降落傘扔到他膝上：「那你就等著被炸飛吧！」

我們在一千多公尺的高空，漆黑的天空，漆黑的地面。沒有地平線，一片黑暗，彷彿黑暗汪洋的底部。剃刀望著雷達螢幕對我說：「妳的降落傘呢，能者？」

我不理會他的問題。「你能給我它們進入射程的六十秒倒數嗎？」我問鮑伯。他點頭。剃刀又問了一次。「是數學，」我告訴他：「四分之三的我很擅長。如果我們有四個人，它們偵測到兩個降落傘，那表示直升機上至少還有一人。這樣或許會有兩架，至少一架戰機跟上直升機，把我們擊落。這樣可以爭取一點時間。」

「妳為什麼覺得它們會追上直升機？」

我聳聳肩：「如果是我就會這樣做。」

「妳還是沒有回答我剛才的問題。」

「對方在呼叫我們，」鮑伯說：「命令我們降落。」

「叫它們去死。」剃刀說。他把一片口香糖塞進嘴裡，輕敲耳朵。「亂丟垃圾是不好的。」他把口香糖包裝塞進口袋裡。他注意到我在看他，便微笑著說：「在沒人收垃圾之後，我才注意到世界上有多少垃圾。」他解釋道：「保護地球是我的責任。」

鮑伯大叫：「六十秒！」

我拉住剃刀的外套。**現在。**

他抬頭望著我，慢慢一字一字地說：「妳他媽的降落傘在哪裡？」

我單手把他從椅子上拉起來。他驚訝地叫出聲，踉蹌退後。我走上前，在茶杯面前蹲下，解開她的安全帶。

「四十秒！」

「我們要怎麼找妳？」剃刀在我身邊叫道。

「朝火光的方向。」

「什麼火光？」

「三十秒！」

我拉開艙門。吹進來的強風把剃刀的帽子吹了下去。我抱起茶杯，塞到他懷裡。

「不要讓她死。」

他點頭。

「你保證。」

他再度點頭：「我保證。」

「剃刀，謝謝你，」我說：「為我做的一切。」

他傾身向前，狠很吻上我的嘴。

「絕對不要再這麼做。」我告訴他。

「為什麼？因為妳喜歡還是因為妳不喜歡？」

「兩者都是。」

「十五秒！」

剃刀把茶杯扛到肩上，抓住安全繩，往後退到跳台邊緣。他的影子映在艙口，男孩肩上扛著一個小女孩，他們下方是一千多公尺的無垠黑暗。**保護地球是我的責任。**

剃刀放開繩子。他似乎沒有墜落，而是被吸入了貪婪的虛空中。

73

我回到駕駛艙，發現駕駛座旁邊的艙門打開，位子上沒人，鮑伯不在了。

我剛才就想他為什麼沒有繼續倒數，現在總算知道了。他改變主意決定跳傘。

直升機一定進入了射程，這表示它們並不打算擊落我們。它們鎖定了剃刀降落的地點，然後會跟著直升機，直到我跳傘或是燃料耗盡我被迫跳傘為止。現在沃希一定已經知道金寶的晶片為什麼會在直升機上，而他本人卻因為嚴重頭痛正在病房裡接受治療。

我用舌尖把晶片舔出來，吐在手掌上。

妳想活下去嗎？

想，你也想活下去，我告訴沃希。**我不知道為什麼，我希望我永遠不會知道。**

我把晶片彈掉。

中繼點立刻有所反應。我的想法警告了中央處理器，它計算出故障的機率非常大，便中止除了肌肉系統之外的所有主要功能。第十二系統的指令和我給剃刀的指令一樣：**不要讓她死。**這個系統就像寄生蟲，必須倚賴我才得以存活。

因此只要我的意圖一改變——**ＯＫ，好吧，我用降落傘就是了**——系統就會讓我自由。只有這樣它才會放過我。我不能欺騙它或是跟它討價還價。不能說服它，不能強迫它。除非我改變心意，不然它不會放過我。

內心焦灼，身體沉重。

但中繼點對我滾雪球般的驚慌無計可施。它對情緒有反應，但不能控制情緒。它釋放恩多芬，讓神經細胞和肥大細胞在我的血流中儲存血清素。除了這些生理上的調節之外，它幾乎跟我一樣束手無策。

一定有答案，一定有答案，一定有答案。答案是什麼？我看見沃希明亮的鳥眼瞪入我眼中。**答案是什麼？不是憤怒，不是希望，不是信心，不是愛情，不是疏離，不是堅持，不是放棄，不是逃避，不是躲藏，不是放棄，不是認命，不是不是不是，不對不對不對，全錯全錯全錯。**

全錯。

「答案是什麼？」他問。

我回答：「**什麼都不是。**」

74

我仍舊無法移動──連眼睛都不能轉──但可以看見儀表板，包括高度計和燃料表。我們距離地面一千多公尺，燃料撐不了多久。現在讓我癱瘓或許可以阻止我跳機，但無法阻止我墜落。在這種情況下，故障的可能性無庸置疑。

沒有其他選項，中繼點放開了我，感覺像是被扔過足球場。我被用力推回了自己身體裡。

OK，能者2.0，讓我們看看妳有多強。

我抓住駕駛座艙門的把手，熄掉引擎。警鈴響起。我把那也關掉。現在只剩下風聲。動能讓直升機維持了幾秒鐘的平衡，然後開始自由落下。

我被拋到機頂，頭撞到擋風玻璃，眼前金星直冒。直升機一面墜落一面旋轉，我抓住門把的手鬆開了，我像杯子裡的骰子一樣晃蕩，在空中伸手亂抓，找尋著力點。直升機翻轉，機鼻朝上，我被拋到機艙內五公尺處的後方，然後直升機再度翻轉，我又被拋回前方，這次胸口撞上駕駛座的椅背，彷彿有一把炙熱的刀劃過我的身側。我的肋骨斷了。駕駛座鬆開的安全帶打到我臉上，我在被甩開之前緊緊抓住它。又翻轉一次，離心力讓我摔進駕駛艙，我撞到艙門。門打開了，我用白底護士鞋抵在駕駛座上，把自己半身撐到直升機外。我放開安全帶，緊緊握住門把，用力往外推。

翻滾，前傾，後翻，滾動，灰色黑色白色的閃光。我抓著門把，直升機再度翻轉，這次駕駛座朝上，門夾住我的手腕，夾斷了我的骨頭，讓我鬆了手。我的身體沿著黑鷹直升機的機身滾動，撞上後輪反彈，機尾朝上時我像彈弓上的石頭一樣被甩向地平線。

我沒有墜落的感覺。我懸浮在溫暖的上升氣流中，像是展翅在夜空遨翔的老鷹。直升機成了重力的俘虜，在我下方墜落。我沒有聽到它墜毀時的爆炸聲，我耳中只有風聲和血流的悸動。在直升機裡的碰撞也沒有讓我感到疼痛，我神智不清，腦中愉快地空無一物。我什麼也不是。風比我的骨頭還堅實。

地球衝向我。我並不害怕。我實現了承諾，逆轉了時間。

我伸出雙手，張開手掌，抬頭望著天空與地球相接的那條線。

我的家鄉，我的責任。

75

我以最終速度朝一片空白的景致墜落，一片吞噬了一切、朝地平線伸展的無垠虛空。

一座湖，非常大的湖。

結冰的大湖。

我唯一的選擇是腳朝下掉進去，但如果結冰超過三十公分，我就完了。再多的外星強化系統都無法保護我。我的腿骨會粉碎，脾臟會破裂，肺部會坍塌。

我對妳有信心，瑪芮卡。妳熬過了血腥和火焰，不會現在倒下。

指揮官，事實上我倒下了。

我身下的白色世界像珍珠一樣閃閃發光，猶如一片空白的畫布，象牙白的深淵。尖叫的風聲掠過我的雙腿，我蜷起身子把膝蓋抵在胸前開始翻轉。我必須成直角落水，太早直起身體的話，風會讓我失去平衡，太遲的話我會以臀部或胸部著地。

我閉上眼睛。我不需要看。到目前為止中繼點的表現都完美無缺，現在是我信任它的時候了。

我清空思緒。空白的畫布，象牙色的深淵。我是機器，中繼點是操縱者。

答案是什麼？

我說：「空無一物。答案是空無一物。」

我的兩條腿用力伸直，把身體挺直，雙臂交抱在胸口。我仰頭朝天，張開嘴深深吸氣，吐氣。深深吸氣，吐氣，再深深吸氣，**憋氣**。

我呈垂直狀快速墜落，以時速一百五十公里直接腳朝下落在結冰的湖面。

我沒有感覺到衝擊。

沒有感覺到淹沒我的冷水。

沒有感覺到我陷入漆黑水底時的水壓。

我沒有任何感覺。我的神經系統關閉了，不然就是腦中的痛覺接收器關閉了。

我上方數百公尺處有一個微小的光點，像針尖一樣遙遠的星光。那是我的入水點，也是我的出口。我踢動雙腿朝星星前進。我的身軀麻木，腦中空無一物，我完全把自己交給了第十二系統。那已經不是我的一部分，第十二系統就是我，我們合為一體。

我是人類，同時也不是人類。我奔向那顆在冰窟頂端閃爍的星星，一個神祇雛型從原始深處升起，完全是人類，完全是異類。現在我明白了，我知道艾文．沃克不可能的謎題的解答。

我奔向星星的中心，爬上冰封的湖面。幾根斷掉的肋骨，折斷的手腕，被駕駛座的安全帶割裂的前額，渾身麻木，上氣不接下氣，空虛，完滿，警覺。

活著。

76

天亮時我找到了直升機冒煙的殘骸。墜毀地點並不難找，黑鷹直升機落在空曠的雪地中央，好幾公里外都能看到火光。

我慢慢從南方接近。太陽從我右邊的地平線上升起，陽光普照雪地，冰晶像燃燒般閃亮，彷彿十億鑽石從天而降。

我濕透的衣服結了冰，在我走動的時候喀喳作響。我恢復了感覺。第十二系統為了活下去而幫助我活下去，它需要食物和休養以加速修復過程，所以讓我感覺到痛楚。

不，找到他們之前我不能休息。

天上什麼也沒有，沒有風，直升機的殘骸冒著灰黑的煙霧，像避風營燒毀屍體時冒出的煙霧。

你們在哪裡，剃刀？

太陽升起，雪地反射的陽光令人目盲。視覺程式調整我的眼睛，跟墨鏡沒有兩樣的深色濾層覆蓋了我的視野，我在一片純白中看到右方一公里外有個黑點。我趴在地上，挖了一個小小的戰壕藏身。那個黑點慢慢走近，現在我可以清楚看出那是個人形。又高又瘦，穿著厚重的大外套，帶著一把步槍，在深及腳踝的雪地中緩慢前進。三十分鐘慢慢地過去。他走到距離我一百公尺處的時候我站了起來。他像是被子彈擊中般突然倒地。我叫喊他的名字，沒有很大聲，一點聲音在冬天的空氣中就可以傳得很遠。

他的聲音也傳到了我耳中，高亢又焦急：「天殺的！」

他蹣跚走了幾步，然後拔腿奔跑，高高抬起腳，前後擺動手臂，像在跑步機上一樣拚命。他在我面前停下，嘴裡吐出溫暖的氣息。

「妳還活著。」他低聲說。我在他眼中看見不可置信的神情。

「茶杯呢？」

他把頭朝後扭：「她沒事。嗯，我覺得她的腿可能斷了……」

我走過他身邊，朝他來的方向前進。他蹣跚跟在我身後，叫我放慢腳步。

「我本來都要放棄了，」他喘著氣說：「沒有降落傘！怎麼，現在妳會飛了嗎？妳的頭是怎麼回事？」

「我撞到了。」

「喔，好吧，妳看起來像是阿帕契人。妳知道的，臉上塗了迷彩。」

「那就是我的另外四分之一，阿帕契。」

「真的假的？」

「你說你覺得她的腿斷了是什麼意思？」

「就是我覺得她的腿可能斷了的意思，但妳用X光眼看一下或許就可以正確診斷——」

「這很奇怪，」我們一面走我一面打量著天空：「追兵在哪裡？它們應該找到直升機墜落的地點了。」

「我啥也沒看見。可能放棄了吧！」

我搖頭：「它們不可能放棄。還有多遠，剃刀？」

「再一公里半吧！不用擔心，我把她藏在安全的地方。」

「你為什麼留下她？」

他猛地望向我，沉默了一秒，但只有一秒，剃刀沉默不了多久。「這樣我才能來找妳啊！妳叫我找火光，這方向很模糊耶，妳應該說：『跟我在直升機墜落的地點碰面，墜毀的**那個**火光。』」

我們沉默地走了幾分鐘。剃刀上氣不接下氣。我沒有。我體內的陣列會支撐到我找到她，但我覺得等我崩潰的時候一定會很慘。

「所以現在要怎麼辦？」他問。

「休息幾天——能休息多久就多久。」

「然後呢？」

「往南。」

「往南。妳的計畫就這樣嗎？**往南**，還真詳細。」

「我們得回去俄亥俄州。」

他彷彿撞上一堵隱形的牆一樣停下腳步。我繼續往前走了幾步才轉過身，剃刀對著我搖頭。

「能者，妳知道妳現在在哪裡嗎？」

我點頭道：「五大湖之一的北方三十公里左右。我猜是伊利湖吧！」

「妳怎麼能——我們怎麼能——妳知道俄亥俄州距離這裡有一百多公里吧？」

「我們要去的地方可能有三百公里，以烏鴉飛行那樣的直線距離來算的話。」

「烏鴉那樣……那真是太不幸了。我們不是烏鴉！為什麼要去俄亥俄州？」

「我的朋友在那裡。」

我繼續跟著他之前留下的腳印往前走。

「能者，我不想戳破妳的美夢，但——」

「你不想破壞我的美夢蛋？」

「這聽起來太像笑話了。」

「我知道他們可能已經死了，也知道就算他們沒死，在我找到他們之前我也可能會死。但我做了承諾，剃刀。當時我不明白那是承諾，我跟自己說那不是，我跟**他**說那不是。但我們總會面對真相，而真相也會來找我們。」

「妳剛才說的話完全沒有道理，妳自己也知道吧？一定是因為妳撞到頭了。通常妳說的話都很有道理。」

「撞到頭？」

「現在這絕對是笑話了！」他皺起眉頭：「妳跟誰承諾了什麼？」

「一個典型的天真呆瓜。他若不是覺得這個世界是上帝送給他的禮物，就是以為自己是上帝送給這個世界的禮物。」

「喔，OK，」他沉默了幾步的時間，然後說：「典型的天真呆瓜先生當妳男朋友多久了？」

我停下腳步，轉身捧住他的臉，用力吻上他的嘴。他雙眼圓睜，裡面充滿了跟恐懼非常類似的神色。

「這是幹什麼？」

我再度吻他。我們的身體緊緊相貼，他冰冷的面孔被我更加冰冷的手捧住，我聞到口香糖的氣味。**保護地球是我的責任**。我們是無垠的白色汪洋上的兩根支柱，沒有限制，沒有邊界。他讓我重見天日，讓我起死回生，他冒著生命危險讓我活下去。他要離開很容易，要放棄很容易，要相信美麗的謊言、不顧醜惡的事實也很容易。父親死後，我在自己周圍築起千年不壞的堅固堡壘，一座被一個吻瓦解的要塞。

「現在我們扯平了。」我低語。

「並不盡然，」他沙啞地說：「我只吻了妳一次。」

77

我們快到了，工廠像海怪一樣浮現在雪地上。穀倉、輸送機、貨櫃、攪拌機、儲藏室和辦公室，一座比普通停機坪大兩倍的巨大倉庫，整座工廠被一道生鏽的鐵絲網圍住。這一切將在一座水泥工廠裡結束，這簡直像是某種嚇人的隱喻。水泥是人類的象徵，是我們在空白的世界畫布上塗抹的主要顏料。人類所到之處，世界就慢慢消失在水泥下方。

剃刀拉開腐朽的鐵絲網讓我鑽進去。他雙頰泛紅，鼻子也凍得通紅。他溫和深沉的眼神飛快地四下掃視。天空晴朗無雲。或許他跟我一樣在空曠處就會感到危險，在巨大的穀倉和裝備之下覺得自己渺小。

或許吧，但我很懷疑。

「給我你的步槍。」我跟他說。

「什麼？」他把武器摟在胸前，食指緊張地敲擊槍托。

「我的槍法比較好。」

「能者，我探勘過了，這裡沒人，這裡非常——」

「**安全**。」我替他說完。「最好是啦**！**」我伸出手。

「別這樣，她就在那邊的倉庫裡……」

我沒有移動。他翻翻白眼，抬頭望向天空，然後回望我。

「如果追兵在這裡，我們一定早就死了。」

「步槍。」

「**好吧！**」他把槍塞給我。我從他手中接過步槍，用槍托打向他的太陽穴。他跪倒在地，瞪著我的臉，但眼中毫無表情，什麼都沒有。

「**倒下**。」我對他說。他往前趴在地上，一動也不動。

我不覺得她在倉庫裡。他要我進去一定有理由，但我不相信那個理由跟茶杯有關。我懷疑她根本不在方圓百里之內。但是我沒有選擇。我的優勢就是一把步槍，以及剃刀不能動彈。僅此而已。

我吻他的時候他對我開啟。我並不知道強化系統能讓我望進另一個人類的心靈深處。或許這讓我變成了人體測謊器，可以採集並整理無數感官數據，讓中繼點進行分析。不管這怎麼運作，我都感受到了剃刀心中空白的部分，一個祕密空間，我知道大事不妙了。

隱藏在謊言裡的謊言，偽裝和反偽裝，就像沙漠中的海市蜃樓。不管你多麼努力地跑向它，它永遠在彼岸。找尋真相就像在追逐地平線。

當我進入建築物的陰影時，我的體內有什麼崩解了。我的膝蓋開始發抖，胸口痛得像是被撞錘打中，我喘不過氣來。第十二系統強化了我，支撐著我，加強我的反應，讓我的感官敏銳十倍，並修復我，保護我不受外界傷害，但四萬個不請自來的客人無法治癒心碎。

不行，不行，現在不可以軟弱。我們軟弱的時候會怎樣？會發生什麼事？

我不能進去，但我必須進去。

我靠著倉庫冰冷的金屬牆，敞開的門裡一片黑暗，跟墳場一樣。

78

酸掉的牛奶。

瘟疫的惡臭味濃到我一走進去就喘不氣來。嗅覺系統立刻抑制氣味，我不再想吐，也不再流淚。倉庫有兩座足球場大，分成三層。我所在的第一層被改裝成野戰醫院，眼前是數以百計的行軍床、成疊的被褥和東倒西歪的醫療用品推車。到處都是血。光線從三層樓上天花板的破洞傾洩而下。地板上的血都凍住了，牆上全是血，床單和枕頭也都被血浸透了。血、血、血，到處都是血。但是沒有屍體。

我走樓梯到第二層，補給品層。成袋的麵粉和其他乾貨，裡面的東西被老鼠和其他掠食動物搞得亂七八糟。罐頭食品、飲用水、罐裝煤油，全是為了過冬而儲備的用品，但紅色海嘯趕上了他們，讓他們淹死在自己的血泊中。

我走上第二段樓梯到三樓。一道陽光像聚光燈般刺穿滿是塵埃的空氣。我來到了盡頭，最後一層。這裡堆滿了屍體，有些地方疊了六層，屍體都用床單包得好好的，接近頂端的屍體則是隨意拋上去的。雜亂無章的肢體，屍骨爛皮和徒勞伸向虛空的枯指。

地板中央被清出一塊空間。那道陽光直接照在一張木桌上，桌上有一個木盒，木盒旁邊是棋盤，我立刻認出上面的棋局。

接著他的聲音憑空出現，像是遙遠的雷聲般難以捉摸。

「我們始終沒把這局棋下完。」

我伸手推倒白國王。我聽見彷彿林間風聲的嘆息。

「妳為什麼來這裡，瑪芮卡？」

「這是測試。」我輕聲說。傾倒的白國王，空洞的眼神，象牙白的深淵回望我。「你得在我不自覺的情況下測試第十二系統，而我得相信這是真的，不然我不會合作。」

「妳及格了嗎？」

「我及格了。」

我轉過身。他站在樓梯頂端，獨自一人，臉藏在陰影裡。但我可以發誓我看得到他明亮的藍色鳥眼在黑暗中閃閃發光。

「還沒有。」他說。

我用步槍對準那對閃亮的眼睛，扣下扳機，卻聽見撞針打空的喀啦聲，**喀啦**、**喀啦**、**喀啦**、**喀啦**、**喀啦**、**喀啦**。

「妳已經走到這一步，瑪芮卡，不要現在讓我失望。」沃希說：「妳一定知道槍裡沒有子彈。」

我把步槍扔在地上，往後退到桌子邊緣，用手撐在桌上穩住自己。

「妳問吧！」他命令我。

「你說『還沒有』是什麼意思？」

「妳知道答案。」

我抬起桌子扔向他，他一隻手就把桌子揮開。我衝過二公尺的距離到他面前，用肩膀撞上他的胸口，雙手勒住他。我們從三樓跌到二樓，身下的木板發出震耳欲聾的喀啦聲，撞擊的力道讓我鬆了手。他一隻手修長的手指勒住我的脖子，把我甩到六公尺外的罐頭山上。不到一秒我就站起來，但他的動作仍舊快過我，快到在我的視野裡只有一抹殘象。

「淋浴間裡那個可憐的大兵，」他說：「加護病房外面的護士，飛行員，剃刀——甚至克萊兒。可憐的克萊兒，她從一開始處境就很不利。這樣不夠，還不夠。要真的合格，妳得克服妳原本不可能克服的事情。」

他張開雙臂。這是邀請。「妳想要機會，瑪芮卡，**這就是了。**」

79

接下來發生的事跟我們的棋局沒什麼不同。他知道我的思考方式，知道我的長處和短處，他在我行動之前就知道我要做什麼。他特別注意我的傷處，手腕、肋骨、臉部。血從我額頭上裂開的傷口流下，在零下的空氣中流到我嘴裡和眼睛裡，世界在血紅的簾幕後面變成深紅色。我第三次倒下的時候他說：「夠了，不要起來，瑪芮卡。」

我爬起來。他第四次把我擊倒。

「妳會把系統燒掉的。」他警告我。我跪在地上，雙手撐著地面，愣愣地看著血從我的臉上滴到地面，血雨。「系統會崩潰。如果崩潰了，妳就會傷重而死。」

我尖聲大叫，從靈魂深處湧出的咆哮，被屠殺的七十億人口臨死的哀嚎，聲音在空蕩的室內迴盪。

然後我最後一次站起來。即便強化過，我的眼睛仍然跟不上他的拳頭。它們就像量子世界裡的粒子一樣，不在這裡也不在那裡，無法確定位置，無法預測。他把我癱軟的身體扔到底下的水泥地上。我似乎一直在墜落，墜入比開天闢地前的宇宙還深沉的黑暗。我翻身趴著，把自己撐起來。他的靴子踩在我脖子上，把我壓下去。

「答案是什麼，瑪芮卡？」

他不用解釋。我終於明白這個問題了，我終於解開了這個謎題。他並不是在問我們要怎麼**應對**它們，他從來就沒有問過。他問的是它們要怎麼**處理**我們。

於是我說：「什麼也沒有。答案是什麼也沒有。它們根本不在這裡，它們從來沒有來過。」

「誰？誰不在這裡？」

我嘴裡全是血。我吞嚥了一下。「風險……」

「對，非常好。風險是關鍵。」

「它們不在這裡。沒有下傳到人類軀體裡的東西，沒有任何人體內有外星心智。因為風險太大了，大到無法接受。那是一個……一個程式，一種在他們出生之前就植入的幻覺架構，在個體到達青春期的時候開始運作——那是謊言，全是謊言。他們就是人類，只是跟我一樣被強化了，但仍是人類……跟我一樣是人類。」

「我呢？如果你們是人類，那我是什麼？」

「我不知道……」

他的靴子往下踩，把我的臉壓在水泥地上。

「**我是什麼？**」

「我不知道。主持人，指揮官。我不知道。你被選來……我不知道，我不知道。」

「我是人類嗎？」

「我不知道！」我真的不知道。此刻我們來到了我無法前進也無法回頭的地方。我的上方是靴子，下方是深淵。「因為如果你是人類……」

「對，把話說完。如果我是人類的話……怎樣？」

我沉沒在血泊中，不是我的，是在我之前死去的幾十億人的。一片無垠的血海吞噬了我，將我帶到黑暗深處。

「如果你是人類，我們就沒有希望了。」

80

他把我從地上抱起來，輕柔地放到一張行軍床上。「妳屈服了，但沒有崩潰。鋼鐵要先融化才能鑄成劍。妳就是劍，瑪芮卡。我是鐵匠，妳是劍。」

他捧住我的臉，眼睛閃著狂熱教徒般的光芒，猶如街角瘋狂的傳教士。只不過這個瘋子掌握著世界的命運。

他用拇指拂過我染血的面頰：「休息吧，瑪芮卡。妳在這裡很安全，非常安全。我留他下來照顧妳。」

剃刀。我無法接受，我搖頭：「拜託，不要，拜託。」

「過一兩個星期妳就會準備好了。」

他等著我提問，他非常沾沾自喜。我讓他欣喜異常，他在我身上得到的成就讓他非常滿意。但我沒有提問。

然後他走了。

稍後我聽見載他離開的直升機的聲音。接著剃刀出現了，看起來像是有人在他一邊臉頰裡塞了一顆蘋果。他沒有說話，我也沒有說話。他用溫肥皂水替我洗臉，替我包紮傷口，替我固定斷掉的肋骨，替我斷掉的手腕做了夾板。雖然他一定知道我很渴，卻沒有問我要不要喝水，而是直接替我打上生理食鹽水點滴。然後他裹著厚外套走到敞開的門邊，在折疊椅上坐下，把步槍放在大腿上。太陽下山後，他點起一盞煤油燈，放在自己旁邊的地上。光線籠罩他的臉，但我看不到他的眼睛。

「茶杯在哪裡？」我的聲音在巨大的空間中迴盪。

他沒有回答。

「我有一個理論，」我對他說：「關於老鼠的。你想聽嗎？」

沉默。

「殺掉一隻老鼠很容易，只需要一塊發霉的乳酪和一個捕鼠夾。但要殺掉一千隻老鼠、一百萬隻老鼠、十億隻老鼠——或七十億隻老鼠的話，就沒有那麼簡單了。需要誘餌，毒藥。用不著毒死七十億隻，只要讓一部分的老鼠把毒藥帶回巢裡就行了。」

他沒有動作，我甚至不知道他有沒有在聽，還是睡著了。

「我們就是老鼠，而下傳到人類胎兒裡的程式——是誘餌。一個帶著外星心智的人類和**相信**自己有外星心智的人類有什麼不同？只有一處不同。風險。不同之處就在風險。不是我們的風險，是它們的。它們為什麼要冒那種險？答案就是它們其實**沒有**冒險。它們不在這裡，剃刀，它們從來沒有來過。這裡只有我們，一直都只有我們。」

他非常緩慢地往前傾，把燈熄滅。

我嘆了一口氣：「但這跟所有的理論一樣都有漏洞。這仍然無法解釋大石頭的問題。只要扔一塊大石頭就能解決，幹嘛這麼麻煩？」

他用輕到只有強化聽力才聽得到的聲音說：「閉嘴。」

「你為什麼要這麼做，亞歷克斯？」如果他真的叫作亞歷克斯的話。他的身世背景可能都是沃希編造出來騙我的。事實上很有可能就是這樣。

「我是軍人。」

「你只是服從命令。」

「我是軍人。」

「你不需要去質疑原因。」

「我，是，軍，人！」

我閉上眼睛：「西洋棋球。那也是沃希發明的嗎？對不起，這問題太蠢了。」

沉默。

「艾文！」我猛地睜開眼睛。「一定是這樣，這是唯一說得通的理由。是艾文，對不對？因為這是唯一能找到他的方法。」

沉默。

避風營爆炸後，所有無人偵察機都墜毀了。但它們為什麼需要偵察機？我一直很困惑，它們有那麼多種人類科技，要找到少數的倖存者能有多難？倖存者都聚集在一起，像蜂巢裡的蜜蜂一樣。

因此，無人偵察機是用來追蹤**我們**的，是用來追蹤跟艾文．沃克一樣單獨行動的人類。他們全都強化過，非常危險，分散在每一個大陸上。如果植入到他們腦中的程序出錯的話，他們的所知會導致整個偽裝瓦解——就像艾文那樣。

艾文脫離了網絡，沃希不知道他在哪裡，不知道他是死是活。如果艾文還活著，沃希就需要某個人潛入，某個艾文信任的人。

我是鐵匠。

妳是劍。

81

一整個星期都只有他陪著我，他是我的看守、保母、警衛。我餓的時候他送來食物，痛的時候他減輕我的痛苦，髒的時候他替我清洗。他始終如一，忠貞不移。我醒的時候他在，睡著的時候他也在。我從沒逮到他睡覺過。他從不間斷，但我的睡眠可不是。我一晚醒來好幾次，他總在門邊望著我，沉默陰鬱，這個輕而易舉就騙過我、取得我信任的男人，現在卻一直很緊張。這很古怪，彷彿我會逃跑一樣，他知道我可以，但我不會。因為他明白我被一個比千條鎖鍊都堅固的承諾束縛住了。

第六天下午，剃刀用一塊破布蒙住口鼻，走到第三層，扛著一具屍體下來。他把屍體扛到外面，然後再度爬上樓梯，雖然空著手，他的步履卻跟扛著屍體時一樣沉重。他又搬了一具屍體下來。一直到第一百二十三具屍體之後，我就沒有再算了。他把倉庫裡的屍體全部搬出去，堆在外面的空地上，傍晚時分他在屍堆上點火。屍體已經乾燥，很快就起火燃燒，火勢炙熱猛烈，數公里外都看得到。如果有人在看的話。火光從門口蔓延過地板，將水泥變成一片起伏的汪洋。剃刀在門口看著火堆，他在火光的照耀下猶如一個月蝕般削瘦的影子。他聳聳肩讓外套掉到地上，脫掉襯衫，捲起內衣的袖子露出肩膀，接著用刀尖切割皮膚，刀鋒反射出黃色的光芒。

夜色漸深，火勢慢慢減弱，風向變了，憶起往事讓我心痛——夏令營，抓螢火蟲，繁星滿天的八月夜空，沙漠的氣味，太陽沉入地平線時從山上吹下長嘆般的風聲。

剃刀點起煤油燈，走到我身邊。他滿身煙味，還帶著些微死亡的氣息。

「你為什麼那麼做？」我問。

他的眼睛在蒙住口鼻的破布上方滿是淚水。我不知道是煙霧燻的，還是有其他原因。

「命令。」他說。

他取下我手臂上的點滴，把細管纏在架子的鉤子上。

「我不相信。」我說。

「唉喲，我太震驚了。」

自從沃希離開後，這是他第一次跟我說這麼多話。我驚訝地發現自己再度聽見他的聲音反而鬆了一口氣。他檢查我額頭上的傷，光線很暗，他的臉靠得非常近。

「茶杯。」我低聲說。

「妳覺得呢？」他不悅地說。

「她還活著。她是他控制我唯一的籌碼。」

「好吧，那她還活著。」

他在我的傷口上塗抗菌藥膏。沒有強化的人類可能需要縫好幾針，但再過幾天就沒人看得出來我曾經受過傷了。

「我可以逼他攤牌。」我說：「現在他怎麼能殺她？」

剃刀聳聳肩：「因為整個世界危在旦夕的時候，他完全不在乎一個小女孩的死活？我隨便猜的。」

「發生了這麼多事情之後，在你聽到、看到這一切之後，你仍舊相信他。」

他低頭帶著幾乎像是憐憫的表情望著我：「我**必須**相信他，能者。如果我放棄這一絲希望，我就完了，我就是他們之一了。」他朝外面焦黑的屍堆殘骸示意。

他坐到我旁邊的行軍床上，拉下臉上蒙著的布。他把燈放在雙腳之間，光線從下方照上他的臉，陰影累積在他深陷的眼窩裡。

「已經太遲了。」我告訴他。

「沒錯，我們都已經死了，根本沒有優勢，對不對？殺了我，能者，現在就殺了我，然後逃吧，**逃吧！**」

我可以在轉瞬間從行軍床上跳起來，向他胸口打一拳，我強化的拳頭會讓他斷裂的肋骨刺進他的心臟，然後我就可以大搖大擺地走出去，遁入荒野，躲藏好幾年，好幾十年，直到我衰老到第十二系統都無法支撐我。我或許能活得比所有人都長命，或許有一天醒來就發現自己成了地球上最後一個人類。

然而。然而。

他只穿著一件內衣坐在那裡，一定快凍僵了。我看見他的二頭肌上乾掉的血痕。

「你在手臂上刻了什麼？」我問。

他拉起袖子。字母粗陋歪斜，像是小孩剛學寫字的習作。

VQP

「這是拉丁文，」他低聲說：「Vincit qui patitur。意思是——」

「我知道那是什麼意思。」我也低聲回答。

他搖頭：「我不覺得妳知道。」他的聲音並不憤怒。他聽起來很哀傷。

亞歷克斯把頭轉向門口，視線越過裊裊飄向冷漠天空的死者灰燼。**亞歷克斯**。

「你真的叫亞歷克斯嗎？」我問。

他再度轉向我，我看見嘲弄的微笑。和聽見他的聲音時一樣，我驚訝地發現自己竟然想念他的微笑。「那都不是謊話。只有重要的部分才是。」

「你祖母真的有一隻叫福來比的狗？」

他輕笑起來：「有。」

「真不錯。」

「什麼不錯？」

「我希望那部分是真的。」

「妳喜歡凶惡的小狗？」

「我喜歡那段還有凶惡小狗的日子。那很不錯。值得紀念。」

他在轉瞬間站了起來，吻住我。我陷入他沒有任何隱瞞的心中，他完全對我敞開，這個支撐著我、背叛了我、讓我起死回生又置我於死地的人。憤怒不是答案，憎恨也不是。分隔我們的障礙一層又一層地消失，直到我抵達核心，那個無名的區域，不設防的堡壘，一種深不見底的永恆疼痛，他靈魂的孤獨奇點，不受時間或經驗污染，超越思緒的無垠。

我跟他在一起——我已經在那裡了。在奇點之內，我就在那裡。

「不可能。」我低語。一切的中心裡什麼也沒有。他在那裡摟住我。

「我不相信妳的那些胡說，」他喃喃道：「但有一點妳說對了，某些事情，無論多麼微小，都相當於一切的總和。」

苦澀的收成在外面燃燒。他在裡面拉下我身上的床單，雙手摟住我，替我擦洗，餵我吃飯，在我無法起身時把我扶起來。他置我於死地而後生。所以他才把最上層的屍體搬下來。他驅逐了他們，讓他們接受火的洗禮而昇華。

陰影跟光線交纏，冰與火競爭。**這是戰爭**，他曾經跟我說過，而我們是未知領域的征服者，無垠血海中央的生命之島。

刺骨的嚴寒，灼燒的炙熱。他的唇拂過我的脖子，我用手指感受他裂開的臉頰上我給他的傷痕，以及他手臂的傷處——VQP——他給自己的傷痕。我的手滑下他的背。**不要離開我，不要離開我**。口香糖的氣味，煙霧的氣味，他的血的氣味。他的身體覆上我，他的靈魂切入我的深處，**剃**

刀。我們心臟的躍動，呼吸的韻律，我們無法看見的旋轉繁星正刻劃著時間，衡量著逐漸縮短的間隔直到結束。我和他和所有的一切。

世界是一座發條漸鬆的時鐘，這跟它們到來完全無關。世界一直都是一座時鐘，連星星都會一一消失，光熱都即將不在。這是戰爭，永無止盡的無望戰爭，對抗吞噬我們的冰冷黑暗。

他的手在我背後交纏，把我緊緊摟向他。我們之間不再有距離，我們融為一體，無法區分。空虛被填補了，虛空被擊敗了。

82

他陪在我身邊，直到我們呼吸平穩，心跳減緩。他用手指梳過我的頭髮，專注地凝視我的臉，好像要記住每一個細節。他撫觸我的雙唇、臉頰、眼瞼。他的手指滑過我的鼻樑，順著耳廓撫摸。他的面孔在陰影中，我的面孔在光線下。

「逃吧！」他輕聲說。

我搖頭：「我不能。」

他從行軍床上撐起身子，一動也不動，但我卻有墜落的感覺。他迅速穿上衣服，我無法解讀他的表情，剃刀把自己封閉了起來。我再度陷入虛無，這讓人難以忍受，我之前一直沒有察覺的空虛會讓我崩潰。直到此刻之前我都沒有察覺，是他填補了這份空虛，讓我知道空虛有多巨大。

「他們抓不到妳的，」他進一步說：「他們怎麼可能抓到妳？」

「他知道只要茶杯在他手裡，我就不會逃跑。」

「喔，老天，她對妳而言到底算什麼？她值得妳去死嗎？一個人怎麼可能值得妳用一輩子去交換？」他早就知道這個問題的答案。「好吧，妳愛怎樣就怎樣。我不在乎，無所謂。」

「這就是它們給我們的教訓，剃刀。什麼重要，什麼不重要，這是所有謊言裡唯一的真實。」

他拿起步槍，甩到肩上。然後親吻我的前額，像是祝福。最後他拿起煤油燈，步履不穩地走到門口。我的守衛，我的看護，不休息、不疲累、不動搖的男人。他靠在敞開的門邊，面對黑夜，成千上萬的屍堆在他上方的天空散發出冰冷的光芒，標記著分秒流逝的時間。

「逃吧，」我聽見他說，但我不覺得他是在對我說話。「逃吧！」

83

第八天，直升機回來接我們。我讓剃刀幫我穿好衣服，現在我除了肋骨有點酸痛和雙腿無力之外，由十二個陣列構成的能者已經可以正常運作了。我的臉傷完全痊癒，連一絲疤痕都沒有。在飛回基地的途中，剃刀坐在我對面，盯著地板，只抬頭看了我一次。**逃吧**，他無聲地說，**逃吧！**

白色的大地，黑色的河流。直升機急轉彎，繞過機場中央的管制塔，近到我能看見暗色玻璃後面高大的身影。我們在當初起飛的地點降落，另一個圓圈完成了。剃刀托住我的手領我走向管制塔。搭電梯上塔頂的時候，他短暫地握了一下我的手。

「我知道什麼才重要。」他說。

沃希背對我們站在房間另一端，但我能看見他的臉在玻璃上模糊的倒影。他旁邊有一個高壯的大兵把步槍捧在胸前，臉上絕望的表情像是在懸崖邊抓著一條鞋帶一般。大兵旁邊坐著一個穿著白色連身袍的身影，那正是我來此的原因，我的犧牲者，我的十字架，我的責任。

茶杯一看見我便想站起來，但高壯的大兵立刻抓住她的肩膀，推她坐回去。我搖搖頭，無聲地對她說：**不**。

房裡很安靜。剃刀在我右後方，我看不到他，但可以聽到他的呼吸聲。

「所以，」沃希慢慢拖長了聲音說：「妳解決大石頭的謎題了嗎？」

「是的。」

我在黑暗的玻璃上看見他毫無笑意的微笑。「所以呢？」

「扔一塊非常大的石頭無法達到目的。」

「目的是什麼？」

「讓某些人活著。」

「這會讓人繼續問為什麼。妳的能耐不止於此。」

「你們可以把我們全部殺光，但你沒有。你燒了村落是為了拯救大家。」

「所以我是救世主囉？」他轉身面對我：「修正妳的答案。一定得是一或零嗎？如果目的是拯救村落不被村民破壞，比較小的石頭就能達到同樣的效果，為什麼要有一連串的攻擊？為什麼要作假欺瞞？為什麼會創造出像艾文．沃克那樣有妄想症的強化傀儡？一塊大石頭直接了當多了。」

「我不確定，」我承認道：「但我覺得這跟運氣有點關係。」

他瞪著我許久，然後點點頭，似乎很高興。「現在要怎麼辦，瑪芮卡？」

「你會把我送到他最後出現的地點，」我回答：「讓我追蹤他。他不正常，他是系統不能容忍的缺陷。」

「真的嗎？一個微不足道的人類棋子能構成什麼威脅？」

「他戀愛了。愛是唯一的弱點。」

「為什麼？」

剃刀的呼吸在我身邊，茶杯仰起的臉在我面前。

「因為愛情不講道理，」我對沃希說：「不遵守規則，甚至不理會自己的規矩。愛情是宇宙裡唯一無法預測的東西。」

「這我必須持不同意見。」沃希說，望向茶杯：「愛情是一道完全可以預期的拋物線。」

接著他走近我，低頭望著我。一座血肉巨像，如山間湖泊般清澈的眼睛望入我靈魂深處。

「我為什麼需要妳去追蹤他或其他人？」

「你失去了偵察機，無法監督他和其他像他一樣的人。他脫離了網絡，他不知道真相，但他所知的一切足以對你造成嚴重的傷害。如果沒有人阻止他的話。」

沃希舉起手，我畏縮了一下，但他的手只是往下放到我的肩上，用力按了一下。他志得意滿。

「非常好，瑪芮卡，非常好。」

剃刀在我身邊低語：「逃吧！」

接著他的手槍在我耳邊轟然作響。沃希往後退向窗戶，但沒有被擊中。高壯的大兵跪到地上，把步槍抵上肩窩，也沒有被擊中。

剃刀的目標是那個最微小的一切的總和。他的子彈是斬斷我鎖鍊的利劍。

衝擊力讓茶杯往後飛了起來。她的頭撞到背後的櫃台，木棒般細瘦的手臂浮在空中。我轉向右邊的剃刀，剛好看見他的胸口被跪在地上的大兵開槍打爆。

他往前倒下，我不假思索地伸出雙臂，但他倒得太快了，我無法接住他。

在連沃希都無法預期的拋物線末端，他溫柔深沉的眼睛望向我。

「妳自由了，」亞歷克斯低語：「**逃吧！**」

大兵把步槍轉向我。沃希發出憤怒的咆哮，走到我們中間。

我躍過二公尺的距離，衝向俯瞰降落坪的窗戶，扭動身體讓右肩朝向玻璃，中繼點啟動負責肌力的陣列。

然後我已在空中，墜落，墜落，墜落，墜落。

妳已自由。

墜落。

第八章

凱西之章

Dubuque

歡迎來到迪比克

84

凌晨時，五個滿身塵土的灰色鬼影躲在樹林裡。

梅根和山姆終於睡著，與其說睡著不如說是累昏了。她把小熊摟在胸前。小熊跟我說：**只要有人需要幫助，我就會去。**

班恩把步槍放在大腿上，沉默地望著太陽升起。憤怒和哀傷緊緊包圍著他，大部分是哀傷。實事求是的小飛象在背包裡找食物。而憤怒和哀傷也緊緊包圍了我，但大部分是憤怒。哈囉，再見。哈囉，再見。我要重複這種循環幾次？我不用想也知道發生了什麼事，只不過我完全無法理解。艾文找到了山姆弄丟的小膠囊，把自己和恩典炸到九霄雲外。他從一開始就打算這麼做，這個犧牲小我完成大我、充滿理想的半個外星混蛋。

小飛象過來問我要不要讓他看一下我的鼻子，我問他怎麼可能沒有看到，他笑了起來。

「你去照顧班恩吧！」我說。

「他不讓我。」他說。

「好吧，」我說：「你的急救對他真正的傷處派不上用場，小飛象。」

最先聽到動靜的是他（因為耳朵大？）。他抬起頭，望向我身後的樹林，凍僵的地面傳來枯葉碎裂的聲音。我站起來，用步槍對著聲音來處。難道直升機上的生還者追蹤到這裡來了嗎？或是另一個艾文或恩典，我們闖進某個消音器的地盤了嗎？不，不可能，消音器不會像瓷器店裡的大象一樣蹣跚前進——不然早就被消音了。

但當那個影子高舉雙手時，我就知道了——在聽見自己的名字之前就知道了——他再度找到了我。他遵守了不該許下的承諾，我用自己的血標記了他，他用自己的淚標記了我。他是消音器，我的消音器，在殘冬的純淨朝陽下朝我走來。春天已然不遠。

我把手中的步槍交給小飛象。當初我拋下了他。光線金黃，暗色的樹林閃爍著冰光，寒冷早晨清新的空氣。被我們拋下，卻始終跟隨著我們的一切。世界結束過一次，以後仍舊會結束。世界結束了，然後又重生。世界永遠會重生。

我在距離他幾步的地方停下，他也停下，我們隔著比宇宙還遙遠的距離打量彼此，但我們之間真正的距離比剃刀的刀鋒還要狹窄。

「我的鼻樑斷了。」我說。該死的小飛象，他應該要幫我治療，害我現在這麼醜。

「我的腳踝斷了。」他說。

「我過去找你。」

（《第五波2：無垠之海》完）

謝辭

我剛開始投入這個寫作計畫的時候，並不真的瞭解可能要付出多少代價。我身為作家的缺陷之一（天曉得我的缺陷可多了），就是我常常太深入作家這個角色的內心世界。我不去理會那些要我維持超然立場、跟神祇一樣對作家這個角色的苦難無動於衷的明智建議。當你執筆寫一本關於世界末日的長篇三部曲的時候，或許不要太認真比較好，不然就要面對長夜漫漫、內心交戰、疲憊倦怠、情緒不穩、疑神疑鬼、突發號哭，以及幼稚嘔氣。你告訴自己（以及身邊的人）你的舉止跟一個沒有得到想要的聖誕禮物而大哭大鬧的四歲小孩一樣是很正常的，但你內心深處知道自己言不由衷，你內心深處知道時間一分一秒過去，時候到了你不只得寫謝辭，還得道歉。

致Putnam出版社的好人，特別是唐・威斯伯格（Don Weisberg）、珍妮佛・貝瑟（Jennifer Besser）和艾利・勒溫（Ari Lewin）。原諒我迷失在叢林之間，原諒我把自己和我的書看得太重，原諒我因為自己的不足而歸咎他人，原諒我陷入自己挖的泥坑中進退兩難。你們既慷慨又有耐心，而且非常支持我。

致我的經紀人布萊恩・迪費爾羅（Brian DeFiore）。十年前你完全不明白你讓自己陷入何種境地。老實說，我也不明白，但謝謝你陪著我，知道我不需要任何原因就能隨時打電話對你吼叫真是太好了。

致我兒傑克。謝謝你總是回我的簡訊，並在我抓狂時保持冷靜。謝謝你體察我的情緒，推我一把，在刻薄的人面前替我辯護。謝謝你不介意你老爸討人厭的壞習慣，說話總要引用你沒看過的冷僻書籍和電影。

最後致珊蒂，我結縭近二十年的愛妻。她在丈夫身上看見了一個未實現的夢想，她比丈夫還瞭解如何能讓夢想成真。我的寶貝，妳給了我勇氣去面對不可抗拒的困境和無法估量的損失。面對絕望妳給我信心，在黑暗的困惑中妳給我激勵，在我因為浪費的時間和精力而驚惶失措時妳充滿耐心。原諒我沉默不語，口齒不清的憤怒和絕望，不可理喻的高亢（「我是天才！」）到焦慮（「我蠢到不行！」）的種種時刻。妳容忍的傻子只有我。慘遭破壞的假期，拋到腦後的責任，對問題充耳不聞。沒有比跟一個心不在焉的人過日子更痛苦孤獨的事了。我虧欠妳的一切無法償還，但我保證我會嘗試。因為到頭來，如果沒有愛情，一切的努力都是白費，我們所做的一切都是徒然。

Vincit qui patitur，堅忍必勝。

文學森林 LF0065

第五波2：無垠之海

The 5th Wave 2 : The Infinite Sea

作者
瑞克・楊西（Rick Yancey）
美國小說家，劇作家。在國稅局擔任稅務官超過十年，於二〇〇五年出版《艾佛瑞奇幻冒險》系列深受青少年喜愛，獲選為《出版人週刊》青少年最佳圖書，榮獲英國童書權威卡內基文學獎。之後更以《第五波》三部曲創下個人寫作生涯顛峰，尚未出版即售出電影版權，改編電影由克蘿伊・摩蕾茲主演，於二〇一六年上映。
官網：www.rickyancey.com

譯者
丁世佳
以文字轉換糊口二十餘年，英日文譯作散見各大書店。
部落格：tanzanite.pixnet.net/blog

美術設計　陳威伸
責任編輯　詹修蘋
行銷企劃　傅恩群、詹修蘋
版權負責　陳柏昌
副總編輯　梁心愉
初版一刷　二〇一六年一月十一日
初版二刷　二〇一六年三月三日
定價　新臺幣三二〇元

ThinKingDom 新経典文化
發行人　葉美瑤
出版　新經典圖文傳播有限公司
地址　臺北市中正區重慶南路一段五七號一一樓之四
電話　02-2331-1830　傳真　02-2331-1831
讀者服務信箱　thinkingdomtw@gmail.com
部落格　http://blog.roodo.com/thinkingdom

總經銷　高寶書版集團
地址　臺北市內湖區洲子街八八號三樓
電話　02-2799-2788　傳真　02-2799-0909
海外總經銷　時報文化出版企業股份有限公司
地址　桃園縣龜山鄉萬壽路二段三五一號
電話　02-2306-6842　傳真　02-2304-9301

第五波. 2, 無垠之海 / 瑞克・楊西（Rick Yancey）著；丁世佳譯. -- 初版. -- 臺北市：新經典圖文傳播, 2016.01
304面；14.8×21公分. --（文學森林；LF0065）
譯自：The 5th Wave 2 : The Infinite Sea
ISBN 978-986-5824-50-1（平裝）

874.57　　104024094